로알드 달의
백만장자의 눈

로알드 달의
백만장자의 눈

로알드 달 글 | 김세미 옮김

초판 1쇄 펴낸날 2015년 2월 27일
초판 6쇄 펴낸날 2019년 4월 20일

펴낸이 이종미 | 펴낸 곳 담푸스 | 대표 이형도 | 등록 제395-2008-00024호
주소 (우)10881 경기도 파주시 회동길 219, 4층
전화 031)919-8510(편집) 031)911-8513(주문관리) | 팩스 0303)0515-8907
메일 dhampus@dhampus.com | 카페 http://cafe.naver.com/dhampusbook

편집 김현정, 양선화 | 마케팅 신기탁 | 디자인 박정현

책값은 뒤표지에 있습니다.
잘못 만든 책은 구입하신 서점에서 바꾸어 드립니다.

ISBN : 978-89-94449-48-7 43840

이 도서의 국립중앙도서관 출판예정도서목록(CIP)은 서지정보유통지원시스템 홈페이지
(http://seoji.nl.go.kr)와 국가자료공동목록시스템(http://www.nl.go.kr/kolisnet)에서 이용하실 수
있습니다.(CIP제어번호: CIP2014034359)

THE WONDERFUL STORY OF HENRY SUGAR
Copyright@Roald Dahl Nominee Ltd, 1977

로알드 달의
백만장자의 눈

로알드 달 지음 · 김세미 옮김

담푸스

로알드 달에겐 즐거운 이야기만큼 행복한 일들이 있습니다.

이 책의 인세* 십 퍼센트는 로알드 달의 자선단체에 기부된다는 것을 알고 계십니까? 로알드 달은 이야기의 귀재로 유명하지만, 그가 아픈 어린이들을 얼마나 많이 돕고 있는지에 대해서는 덜 알려져 있습니다.

'로알드 달 기적의 어린이 자선단체'는 도움이 절실히 필요한 어린이들을 위한 일을 하고 있습니다. 우리는 믿습니다. 모든 어린이는 얼마나 아픈가, 얼마나 짧은 삶을 사는가와 상관없이 더 행복하게 살 수 있다고 말입니다.

www.roalddahlcharity.org에서 더 많은 정보를 찾아 보세요.

버킹엄셔 그레이트 미센던(로알드 달의 고향)에 있는 로알드 달 박물관과 스토리센터에서는 로알드 달이 어떤 삶을 살았으며, 어떻게 이야기 속에서 자신의 길을 발견했는지 알 수 있습니다. 박물관은 읽기, 쓰기 및 창의성을 키워 주는 자선단체입니다. 재미난 사실을 바탕으로 만들어진 세 곳의 갤러리가 있는데, 로알드 달이 글을 쓰던 움막을 포함한 여러 가지를 만들고, 움직여 보고, 볼 수 있습니다. 여섯 살에서 열두 살까지의 어린이들을 위한 곳으로, 박물관은 일 년 내내 일반인과 학교 단체를 위해 열려 있습니다.

로알드 달 박물관 홈페이지 주소는 www.roalddahlmuseum.org입니다.

'로알드 달 기적의 어린이 자선단체' 등록번호는 1137409입니다.
로알드 달 박물관 및 스토리센터RDMSC의 자선단체 등록번호는 1085853입니다.
새로 설립된 자선단체 '로알드 달 자선신탁'은 로알드 달 박물관 및 스토리센터를 지원합니다.

---

*기부되는 인세는 순수 수익금입니다.

차 례

1

동물들과
이야기하는 소년

그리 오래전 일은 아니다. 나는 서인도 제도에서 며칠간 지내기로 결정했다. 거기서 짧은 휴가를 보낼 예정이었다. 친구들이 말하길 기가 막히게 좋은 곳이라고 했다. 그들 말대로라면 나는 은빛 해변에서 일광욕을 하고 따뜻한 푸른 바다에서 헤엄을 치면서 하루 종일 게으름을 피울 수 있을 터였다.

나는 자메이카를 선택하고 런던에서 킹스턴까지 바로 날아갔다. 킹스턴 공항에서 북쪽 해안에 있는 호텔까지는 차로 두 시간이 걸렸다. 자메이카 섬에는 산이 아주 많았고, 산마다 빽빽한 밀림으로 덮여 있었다.

택시를 운전하는 덩치 큰 자메이카 인은 나에게 저 위쪽 숲에는 여전히 부두와 주술과 그 밖에 마술적인 의식을 행하는 사악한 부족들이 산다고 말했다. "저 숲에는 절대 올라가지 마십쇼." 그가 눈동자를 굴리며 말했다. "저 위에서 벌어지는 일들을 알면 나리의 머리가 당장 하얗게 세고 말 겁니다요."

"무슨 일들인데 그럽니까?"

"물어보지 않는 게 좋을 텐뎁쇼. 말도 하지 않는 게 좋아요."

그는 그 이상 이야기를 하려 하지 않았다.

8

내가 묵을 호텔은 진주 빛깔 해변의 가장자리에 있었다. 호텔의 주변 경관은 상상했던 것보다 훨씬 더 아름다웠다. 그러나 호텔의 활짝 열린 커다란 정문으로 걸어 들어가는 순간 불편한 느낌이 들기 시작했다. 그럴 만한 이유가 있었던 것은 아니다. 잘못된 것은 아무것도 보이지 않았다. 그러나 분명히 불편한 느낌이 있었고, 나는 그 느낌을 떨칠 수 없었다. 그곳에는 뭔가 기괴하고 불길한 점이 있었다. 그렇게나 아름답고 화려한데도 위험한 느낌이 독가스처럼 감돌았다.

단순히 호텔만의 문제는 아닌 것 같았다. 섬 전체, 산과 숲, 해안선을 따라 널린 검은 바위들과 눈부신 진홍색의 풍성한 꽃들과 어우러진 나무들, 그리고 다른 많은 것들이 뼛속 깊이 나를 불편하게 만들었다. 이 섬의 지면 아래, 악의에 찬 무언가가 웅크리고 있었다. 나는 그것을 직감했다.

호텔의 내 방에는 작은 발코니가 딸려 있어서, 거기서 바로 해변으로 걸어 내려갈 수 있었다. 주변에 온통 야자나무가 자라고 있었는데 가끔 축구공만 한 커다란 초록색 열매가 모래사장으로 쿵 떨어지곤 했다. 야자나무 아래에서 어슬렁거리는 것은 바보짓이었다. 열매가 머리에 떨어지면 두개골이 박살날 것이 뻔했기 때문이다.

내 방을 정리하기 위해 들어왔던 자메이카 소녀는 바서만 씨라는 부유한 미국인이 겨우 두 달 전에 바로 그런 식으로 최후를 맞았다고 말했다.

"농담이겠지."

"농담 아니라고요!" 그녀가 외쳤다. "아니에요, 나리! 그 일이 벌어지는 걸 내 눈으로 똑똑히 봤다니까요!"

"그런 일이 있었으면 끔찍한 난리가 벌어지지 않았겠어?"

"사람들은 쉬쉬했어요." 그녀가 음울하게 대답했다. "호텔 사람들이 사실을 감췄고, 신문사 사람들도 마찬가지였어요. 그런 일은 관광업에 아주 안 좋으니까요."

"넌 그 일이 벌어지는 걸 실제로 보았다고?"

"실제로 봤어요. 바서만 씨는 저기 해변의 바로 저 나무 아래에 서 있었어요. 카메라를 꺼내 석양에 초점을 맞추고 있었지요. 그날 저녁의 석양은 붉은색이었는데 굉장히 예뻤어요. 그런데 갑자기 커다란 초록색 열매가 그분의 벗겨진 머리 꼭대기를 정통으로 후려쳤답니다. 꽝!" 그녀는 즐기는 기색을 보이며 덧붙였다. "그리고 그것이 바서만 씨가 본 마지막 석양이 되고 말았죠."

"즉사했다는 뜻이야?"

"즉사했는지는 저도 몰라요. 기억나는 건 그다음 순간 카메라가 손에서 모래사장으로 떨어졌다는 거예요. 그러더니 그분의 팔이 옆구리로 떨어지고 그대로 축 늘어졌어요. 그리고 몸이 흔들리기 시작했지요. 앞뒤로 여러 번 미약하게 흔들리는 동안 나는 계속 지켜보고 있었어요. 나는 저 불쌍한 분이 심하게 현기증이 나서 금방이라도 기절할

것 같다고 혼잣말을 했어요. 그리고 그분이 아주, 아주 천천히 바닥에
쓰러졌답니다."

"죽었나?"

"완전히 죽었죠."

"맙소사."

"그러게 말이에요. 바람이 불 때 야자나무 아래에 서 있으면 안 된다
니까요."

"고맙구나. 기억해 둘게."

둘째 날 저녁, 나는 무릎 위에 책 한 권을 올려놓고 손에 럼 펀치가
든 긴 유리잔을 든 채 작은 발코니에 앉아 있었다. 책은 읽고 있지 않았
다. 나는 2미터 정도 떨어진 발코니 바닥에서 작은 초록색 도마뱀이 다
른 도마뱀을 괴롭히는 모습을 보고 있었다. 괴롭히는 도마뱀이 아주 천
천히, 그리고 아주 조심스럽게 전진해서 다른 도마뱀의 뒤로 접근하더
니, 발이 닿을 정도의 거리에 다른 도마뱀이 들어오자 긴 혀를 잽싸게
움직여 꼬리를 건드렸다. 그러자 다른 도마뱀은 펄쩍 뛰어 뒤로 돌았
다. 두 마리는 서로 마주 본 채 움직이지 않고 바닥에 딱 달라붙어 맹렬
히 상대방을 노려보았다. 그러더니 갑자기 둘이서 같이 펄쩍펄쩍 뛰는
우스꽝스러운 춤을 추기 시작했다. 도마뱀들은 공중으로 펄쩍 뛰었다.
뒤로, 앞으로, 옆으로 펄쩍펄쩍 뛰고 껑충거리고 춤을 추면서 두 권투
선수처럼 빙빙 맴돌았다. 이상한 광경이라 일종의 구애 의식을 치르는

것이지 않을까 생각했다. 나는 꼼짝도 하지 않고 다음 순간 무슨 일을 보게 될지 기다렸다.

그러나 그다음에 벌어진 일은 보지 못했다. 바로 그때 아래 해변에서 큰 소란이 벌어진 것을 깨달았기 때문이다. 쭉 훑어보니 많은 사람들이 해안 가장자리에서 무언가를 둘러싸고 있는 모습이 눈에 들어왔다. 좁은 카누같이 생긴 어부의 작은 보트가 근처의 모래사장에 끌어올려져 있었다. 어부가 물고기를 아주 많이 잡아 와서 사람들이 구경하고 있는 것 같았다.

나는 늘 물고기 떼에 매혹되곤 했다. 책을 옆으로 밀쳐 두고 일어섰다. 호텔 베란다에서 더 많은 사람들이 내려오더니 부리나케 해변을 가로질러 무리에 합류했다. 남자들은 하나같이 무릎까지 오는 끔찍한 버뮤다 반바지를 입고 있었고, 분홍색이며 주황색이며 떠올릴 수 있는 온갖 어울리지 않는 색깔의 셔츠들은 혐오스럽기 짝이 없었다. 여자들의 취향은 그나마 좀 나아서 대부분 예쁜 면 드레스를 입었다. 거의 다 한 손에 음료를 들고 있었다.

나도 내 음료를 들고 발코니에서 해변으로 내려갔다. 나는 바서만 씨가 최후를 맞았을 것으로 추정되는 야자나무를 에돌아서 아름다운 은빛 모래사장을 가로질러 무리에 합류했다.

그러나 사람들이 보고 있던 것은 물고기 떼가 아니었다. 그것은 거꾸로 뒤집혀 모래에 등을 댄 채 누운 거북이였다. 얼마나 대단했던지! 거대하고 엄청난 거북이였다. 나는 거북이가 이렇게 거대하게 자랄 수 있다고 생각해 본 적이 없었다. 그 크기를 어떻게 설명해야 할까? 거북이가 똑바로 엎드린 상태에서 키가 큰 남자가 그 등 위에 앉는다면 발이 땅에 닿지 않을 정도였다. 거북이는 길이 1.5미터, 너비 1.2미터 정도 크기에 돔 모양으로 높이 솟은 껍질이 대단히 아름다웠다.

거북이를 잡은 어부는 거북이가 도망을 가지 못하게 뒤집어 놓았다. 또 등껍질 한가운데를 두꺼운 밧줄로 묶어 놓았다. 아랫도리에 천 하나만 걸친 호리호리하고 새까만 어부가 자부심으로 가득 차서는, 거북이에게서 얼마 떨어지지 않은 곳에서 양손으로 밧줄을 잡고 서 있었다.

거꾸로 뒤집힌 이 거대한 생명체는 지느러미가 달린 두터운 발 네 개를 허공에서 미친 듯이 허우적거렸고, 주름진 긴 목은 등껍질에서 길게 뻗어 있었다. 발에는 커다랗고 날카로운 발톱이 나 있었다.

"뒤로 물러나요, 신사숙녀 여러분, 어서요!" 어부가 외쳤다. "멀찍이 뒤로 물러나요! 거북의 발톱은 위험하다고요! 나리들의 팔 정도는 깨끗하게 잘라 낼 수 있을걸요!"

호텔의 손님 무리는 이 광경에 스릴을 느끼며 기뻐했다. 열두 개의 카메라가 나와 찰칵거렸다. 여자들이 즐거워하며 꺅꺅거리면서 남편의 팔을 붙잡았고, 남자들은 시끌벅적 바보 같은 소리를 지껄이면서 자기가 남자답고 겁 없다는 것을 보여 주려 했다.

"이봐, 앨, 저 등껍질로 멋진 뿔테 안경을 만들어 쓰지그래?"

"끝내주는데. 아마 1톤은 나갈 것 같아!"

"저 거북이 진짜로 물에 뜰 수 있다고?"

"당연히 물에 뜨지. 수영을 얼마나 잘하는데. 배 한 척 정도는 쉽게 잡아 끈다고."

"악어 거북이네, 맞지?"

"아니야. 악어 거북은 저렇게 크게 자라지 않아. 그렇지만 너 그거 알아? 네가 너무 가까이 다가가면 저 녀석이 네 손을 단숨에 뚝 물어뜯어 버릴걸."

"정말이야?" 한 여자가 어부에게 물었다. "저 거북이가 사람 손을 문다고?"

"당장이라도요." 눈부시게 하얀 이가 드러나도록 활짝 웃으며 어부가 말했다. "저놈이 바닷속에 있을 때는 사람을 해치지 않아요. 그렇지만 잡아서 해안으로 끌어올려 뒤집어 놓으면, 이봐요, 조심하는 게 좋을걸요! 저놈 발이 닿는 곳에 있는 것이라면 무엇이라도 물어뜯어 버릴 테니까요!"

"내가 저 거북이라도 그러고 싶을 거야." 여자가 말했다.

멍청한 남자 하나가 모래 위에서 떠내려온 나무판자 한 개를 발견했다. 그는 판자를 거북이 근처로 가져갔다. 길이가 1.5미터, 두께가 2.5센티미터 정도 되는 상당히 큰 판자였다. 그는 판자의 끄트머리로 거북이의 머리를 찌르기 시작했다.

"저라면 그러지 않겠습니다." 어부가 말했다. "나리는 그놈의 화를 돋우고 있다고요."

판자의 끄트머리가 거북이의 목을 건드리자 거대한 머리가 갑자기 뒤돌아보더니 입을 크게 벌려 판자를 뚝 부러뜨렸다. 거북은 판자를 입에 물더니 마치 판자가 치즈라도 되는 양 우적우적 물어뜯었다.

"우와!" 사람들은 소리를 질렀다. "저거 봤지! 내 팔이 아니라 정말 다행이야!"

"그냥 내버려 두세요." 어부가 말했다. "녀석을 완전히 흥분시켜 봤자 좋을 게 없다니까요."

엉덩이가 펑퍼짐하고 다리가 아주 짧은 배불뚝이 남자가 어부에게로 다가가서 말했다. "이봐, 잘 들어. 난 저 껍질이 가지고 싶어. 내가 자네에게 저걸 사겠어." 그러더니 오동통한 자신의 아내에게 말했다. "내가 뭘 하려는지 알겠지, 밀드레드? 난 저 등껍질을 집으로 가져가서 전문가에게 맡겨 광을 내게 할 거야. 그런 다음에 우리 집 거실 한가운데에 둘 거야! 정말 근사하지 않겠어?"

"굉장해요." 통통한 아내가 말했다. "얼른 가서 사세요, 여보."

"걱정하지 마. 벌써 내 거나 다름없다고." 그러더니 어부에게 가서 말했다. "저 등껍질이 얼마지?"

"벌써 팔았어요. 등껍질이랑 전부 다 팔았어요."

"이봐, 그렇게 빨리 팔리지는 않았을 텐데. 내가 더 높이 쳐 주지. 자,

그 사람이 얼마를 부르던가?"

"안 됩니다요. 벌써 팔았어요."

"누구에게?"

"지배인님한테요."

"무슨 지배인?"

"이 호텔의 지배인님이요."

"들었어?" 다른 남자가 소리쳤다. "어부가 저 거북이를 우리 호텔 지배인한테 팔았대! 그게 무슨 뜻인지 알아? 거북이 수프란 말이야. 바로 그런 뜻이지!"

"자네 말이 맞아! 그리고 거북이 스테이크도! 빌, 자네는 거북이 스테이크를 먹어 본 적 있나?"

"한 번도 안 먹어 봤지, 잭. 벌써 고대되는구먼."

"제대로 요리하기만 한다면 거북이 스테이크가 소고기 스테이크보다 낫지. 훨씬 부드러운 데다 풍미가 끝내준다고."

"들어 봐." 배불뚝이 남자가 어부에게 말했다. "난 고기를 사려는 게 아니야. 고기는 지배인이 가져가도 돼. 이빨이든 발톱이든 안에 있는 건 뭐든지 가져가도 된다고. 나는 등껍질만 있으면 돼."

"여보, 제가 아는 당신이라면 등껍질을 손에 넣고 말 거예요." 아내가 배불뚝이를 보고 방긋 웃으며 말했다.

나는 거기 서서 이 인간들의 대화를 듣고 있었다. 그들은 거꾸로 뒤집혔을 때조차 위엄이 넘쳐 보이는 이 생명체를 해체하는 것과 먹어 치우는 것과 그 풍미에 관한 이야기를 하고 있었다. 한 가지는 확실했다. 거북은 거기 있는 누구보다도 나이가 많았다. 아마 서인도 제도의 초록색 바다에서 150년간은 유영했을 것이다. 조지 워싱턴이 미국의 대통령이었을 때에도, 나폴레옹이 워털루에서 압도적인 차이로 굴복했을 때에도 거북은 그곳에 있었을 것이다. 그때는 작은 거북이였겠지만 그곳에 있었을 것이라는 사실은 분명했다.

그런데 이제 거북은 이곳에서, 해변에 거꾸로 뒤집힌 채, 수프와 스테이크를 위해 희생되길 기다리고 있었다. 거북은 주위의 시끄러운 소음과 그를 둘러싼 고성에 깜짝 놀란 것이 분명했다. 오래되고 주름진 목은 등껍질에서 죽 뻗어 나와 있었고, 거대한 머리는 이 모든 부당한 대우에 대해 설명해 줄 누군가를 찾기라도 하듯 이리저리 돌아가고 있었다.

"저놈을 호텔까지 어떻게 올려 갈 거지?" 배불뚝이 남자가 물었다.

"밧줄로 묶어서 끌고 갈 겁니다요." 어부가 대답했다. "호텔 직원들이 곧 이놈을 가지러 올 겁니다. 이놈을 당기려면 한 번에 열 명이 필요합죠."

"여러분, 들어 봐요!" 근육질의 젊은 남자가 외쳤다. "우리가 저 거북이를 끌고 가면 어때요?" 그는 주홍색과 황록색으로 된 버뮤다 반바지를 입고 셔츠는 입고 있지 않았다. 그의 가슴에는 유난히 털이 무성했는데, 셔츠를 입지 않은 것은 분명히 계산된 마무리였다. "우리들의 저녁 식사를 위해 약간 수고를 하는 게 어때요?" 그가 근육에 불끈 잔물결 모양을 만들어 보이며 소리쳤다. "자, 친구들! 새로운 경험을 해 보고 싶은 사람 없어요?"

"좋은 생각이오!" 사람들이 소리를 질렀다. "정말 멋진 계획이야!"

남자들은 저마다 음료를 여자들에게 넘기고 밧줄을 잡으러 돌진했다. 그들은 줄다리기를 하는 것처럼 대열을 만들었고, 가슴에 털이 무성한 남자가 스스로 팀의 캡틴이자 진행자로 나섰다.

"자, 이제, 친구들!" 그가 소리쳤다. "내가 '당겨요' 하면 모두 한꺼번에 당기는 겁니다. 알겠죠?"

어부는 이 상황이 별로 마땅치 않았다. "이 일은 호텔에 맡기는 게 좋을 텐데요." 그가 말했다.

"말도 안 돼!" 털북숭이 가슴이 소리를 질렀다. "당겨요, 자, 당겨요!"

그들은 모두 밧줄을 당겼다. 거대한 거북의 등이 기우뚱 불안정하게 흔들리더니 하마터면 뒤집어질 뻔했다.

"거북이를 기울이지 말아요!" 어부가 고함쳤다. "그렇게 하면 거북이가 뒤집어진단 말입니다요! 네발로 서게 되면 분명히 도망을 칠 거라고요!"

"이봐, 진정해." 털북숭이 가슴이 깔보는 듯한 목소리로 말했다. "어떻게 도망을 친단 말이야? 우리가 저놈을 밧줄로 잡고 있는데. 안 그래?"

"저 늙은 거북이는 기회만 생기면 나리들 전부를 한꺼번에 끌고 갈 수 있다니까요!" 어부가 소리를 질렀다. "저놈은 나리들을 바닷속으로 끌고 갈 겁니다요. 나리들 전부를요!"

"당겨요!" 어부를 무시한 채 털북숭이 가슴이 소리쳤다. "당겨요, 여러분, 당겨요!"

그러자 거북이가 아주 서서히 해변 위 호텔 쪽으로, 주방 쪽으로, 큰 칼들이 보관되어 있는 곳 쪽으로 미끄러지기 시작했다. 여자들과 나이 들고 뚱뚱하고 몸이 부실한 남자들이 시끄럽게 응원하면서 옆에서 따라갔다.

"당겨요!" 털북숭이 가슴 진행자가 외쳤다. "여러분, 더 열심히 당겨요! 더 세게!"

갑자기 비명 소리가 들렸다. 모두가 그 비명을 들었다. 굉장히 톤이 높고 귀가 째질 듯한 다급한 비명이라 그들은 즉시 움직임을 멈췄다. "아―아―안 돼애애애!" 절규하는 소리였다. "안 돼! 안 돼! 안 돼! 안 돼!"

사람들은 얼어붙었다. 줄다리기를 중단하고 구경꾼들은 시끄러운 응원을 중단했으며, 모두가 비명 소리가 들리는 곳을 향해 몸을 돌렸다.

세 사람, 남자와 여자와 어린 소년이 반쯤 걷고 반쯤 뛰면서 호텔에서 해변으로 내려오는 것이 보였다. 소년이 남자를 마구 잡아당기면서 반쯤 뛰고 있었다. 남자는 소년의 손목을 잡고 속도를 줄이려 했지만 소년이 계속 잡아당겼다. 동시에 그는 펄쩍펄쩍 뛰고 비틀고 꼼지락거리면서 아버지의 손아귀에서 벗어나려 애를 쓰고 있었다. 비명을 지른 것은 그 소년이었다.

"하지 마!" 소년이 비명을 질렀다. "하지 말라고요! 거북이를 놔줘요! 제발 거북이를 놓아주세요!"

어머니가 소년의 다른 팔을 붙잡아 제지하려고 했지만 소년이 너무 날뛰어서 소용이 없었다.

"거북이를 놔줘요!" 소년이 비명을 질렀다. "아저씨들이 하는 짓은 끔찍해요! 제발 거북이를 놓아주세요!"

"그만해, 데이비드!" 여전히 소년의 다른 팔을 잡으려고 애쓰면서 어머니가 말했다. "왜 이렇게 어린애처럼 굴어! 넌 지금 완전히 바보 같은 짓을 하고 있다고."

"아빠!" 소년이 비명을 질렀다. "아빠! 저 아저씨들한테 거북이를 놔주라고 말해 주세요!"

"그럴 수 없단다, 데이비드." 아버지가 말했다. "우리랑은 아무런 상관이 없는 일이야."

줄다리기꾼들은 움직이지 않았다. 한쪽 끝에 거대 거북이가 묶인 밧줄을 그대로 쥔 채였다. 모두가 깜짝 놀라서 아무런 말도 하지 못하고 소년을 응시한 채 서 있었다. 모두 허를 찔린 상태였다. 그다지 명예롭지 않은 어떤 일을 하다가 들킨 사람들처럼 쭈뼛거리는 분위기가 감돌았다.

"자, 데이비드." 아버지가 소년을 잡아끌면서 말했다. "우리는 호텔로 돌아가고 저분들은 그냥 내버려 두자꾸나."

"난 돌아가지 않을 거예요!" 소년이 소리쳤다. "돌아가고 싶지 않아요! 저 아저씨들이 거북이를 놔줬으면 좋겠어요!"

"어서, 데이비드." 어머니가 말했다.

"꼬마야, 저리 가!" 털북숭이 가슴이 소년에게 말했다.

"아저씨는 끔찍하고 잔인해요!" 소년이 소리쳤다. "아저씨 아줌마들 모두가 끔찍하고 잔인해요!" 그는 해변에 서 있던 사오십 명 정도 되는 어른들에게 새되고 높은 목소리로 소리를 질렀고, 아무도, 털북숭이 가슴조차도 이번에는 대꾸를 할 수 없었다. "저 거북이를 바다로 돌려보내주세요." 아이가 소리쳤다. "저 거북이는 아저씨 아줌마들에게 잘못한 게 없잖아요! 보내 주세요!"

아버지는 아들 때문에 당황하긴 했지만 아들을 부끄러워하지는 않았다. "이 애는 동물을 정말 좋아하거든요." 아버지가 사람들에게 말을 건넸다. "집에 이 세상 온갖 동물이 다 있다니까요. 애는 그 동물들이랑 이야기를 해요."

"얘는 그 동물들을 사랑하거든요." 어머니가 말했다.

여러 사람들이 모래에서 발을 꼼지락거리기 시작했다. 무리의 여기

저기서 분위기가 약간 바뀐 것을 느낄 수 있었다. 불편해하고 심지어 부끄러워하는 것 같았다. 많아야 여덟아홉 살쯤 되어 보이는 소년은 이제 몸부림을 멈췄다. 아버지는 여전히 소년의 손목을 잡고 있었지만 더 이상 억지로 제지하진 않았다.

"말도 안 돼요!" 소년은 계속 외쳤다. "거북이를 놔주세요! 밧줄을 풀어 거북이를 보내 주세요!" 소년은 키는 작지만 똑바로 선 채 어른들 무리를 마주했다. 그의 눈은 두 개의 별처럼 빛났고 바람에 머리칼이 흩날렸다. 그는 참으로 당당했다.

"우리가 할 수 있는 일은 없어, 데이비드." 아버지가 부드럽게 말했다. "돌아가자."

"싫어요!" 소년이 외쳤다. 바로 그 순간 소년은 갑자기 손목을 확 비틀어 아버지의 손에서 벗어났다. 그는 한 줄기 빛처럼 모래사장을 가로질러 거꾸로 뒤집힌 거대한 거북을 향해 달려갔다.

"데이비드!" 아버지가 소년을 뒤따라 달리며 고함을 질렀다. "멈춰! 돌아와!"

소년은 공을 가지고 달리는 선수처럼 획획 방향을 바꾸며 무리 사이를 재빨리 헤쳐 나갔다. 소년을 막으러 앞으로 뛰쳐나온 사람은 어부뿐이었다. "거북이 근처로 가면 안 돼요, 도련님!" 그는 소년에게 달려들면서 소리쳤다. 그러나 소년은 어부를 획 돌아 계속 달렸다. "거북이한테 물려 갈기갈기 찢길 거라고요!" 어부가 고함을 질렀다. "멈춰요, 도련님. 멈추라고요!"

그러나 소년을 막기에는 너무 늦었고, 소년이 거북의 머리 쪽으로 돌진하자 거북의 거꾸로 뒤집힌 거대한 머리가 재빠르게 소년을 향했다.

어머니의 목소리, 어머니가 고통스럽게 울부짖는 목소리가 저녁 하늘에 울려 퍼졌다. "데이비드! 오, 데이비드!" 잠시 후 소년은 모래 위에 털썩 무릎을 꿇고 팔을 쭉 뻗어 거북이의 주름진 늙은 목에 두르더니 그 생명체를 가슴에 끌어안았다. 소년은 뺨을 거북의 머리에 대고 누르면서, 다른 누구도 들을 수 없는 부드러운 말을 속삭였다. 거북은 완전히 조용해졌다. 거대한 앞발마저 허공에 허우적거리기를 멈췄다.

큰 한숨이, 길고 부드러운 안도의 한숨이 사람들 무리에서 일었다. 이해할 수 없는 일에 약간이나마 거리를 두려는 것처럼 많은 사람들이 한두 발 뒤로 물러섰다. 그러나 아버지와 어머니는 함께 앞으로 나가 아들에게서 3미터 정도 떨어진 곳에 섰다.

"아빠!" 소년이 늙은 갈색 머리를 계속 다독이며 외쳤다. "아빠, 제발 어떻게 해 주세요! 사람들이 거북이를 놓아주게 해 주세요!"

"여기 무슨 일이 있습니까?" 막 호텔에서 내려온 흰 양복을 입은 남자가 말했다. 모두가 알고 있듯이 그는 지배인인 에드워즈 씨였다. 그는 키가 크고 긴 분홍색 얼굴에 매부리코를 가진 영국인이었다. "아니 세상에 이런 일이!" 그가 소년과 거북이를 보면서 말했다. "아직 목이 물어뜯기지 않은 걸 보면 저 아이가 운이 좋군요." 그리고 소년에게 말했다. "지금 물러나는 편이 좋을 거다, 애야. 그건 위험한 물건이야."

"나는 사람들이 이 거북이를 보내 줬으면 좋겠어요!" 소년은 여전히 팔로 거북의 머리를 부드럽게 안은 채 외쳤다. "사람들한테 거북이를 놓아주라고 말해 주세요!"

"선생님도 아시겠지만 아드님은 당장에라도 죽을 수 있습니다." 지배인이 소년의 아버지에게 말했다.

"그냥 두세요." 아버지가 대답했다.

"말도 안 됩니다. 가서 애를 잡으세요. 아주 서둘러야 합니다. 그리고 조심해야 하고요."

"싫습니다."

"싫다니, 그게 무슨 뜻입니까? 이건 치명적인 일이란 말입니다! 그걸 모르겠습니까?"

"알아요."

"맙소사, 그렇다면 얼른 애를 떼어 놓으란 말입니다!" 지배인이 소리를 질렀다. "선생님이 그렇게 하지 않으면 아주 고약한 사건이 생길 테니까요."

"누구 것이죠? 저 거북이가 누구 겁니까?"

"우리 겁니다. 호텔에서 저것을 샀지요."

"그렇다면 제 부탁을 들어주십시오. 제가 저걸 사겠습니다."

지배인은 아버지를 빤히 쳐다보았지만 아무런 대답도 하지 않았다.

"지배인님은 제 아들을 모릅니다." 아버지가 조용한 어조로 말했다. "저 애는 저것이 호텔로 끌려가 도살당한다면 미쳐 버릴 겁니다. 발작을 일으킬 거라고요."

"그냥 아드님을 떼어 놓으세요. 어서요."

"저 애는 동물을 사랑합니다. 정말로 동물들을 사랑해요. 동물들과 의사소통을 할 정도예요."

모여 있던 사람들은 무슨 말이 오가는지 들으려 애쓰며 침묵했다. 아무도 움직이지 않았다. 그들은 마치 최면에 걸린 것처럼 서 있었다.

"우리가 저걸 놓아준다고 해도 사람들에게 다시 잡힐 뿐입니다." 지배인이 말했다.

"어쩌면 그렇겠죠." 아버지가 대꾸했다. "그렇지만 저것들은 헤엄을 칠 수 있으니까요."

"사람들도 헤엄을 칠 수 있어요. 다시 이 거북이를 잡을 겁니다. 이건 값진 물건입니다. 선생님도 아시겠지요. 저 등껍질만으로도 거액의 가치가 있어요."

"가격은 상관없습니다. 그건 걱정하지 마십시오. 저는 저걸 사고 싶습니다."

소년은 여전히 거북이 옆의 모래밭에 무릎을 꿇은 채 머리를 다독이고 있었다.

지배인은 가슴 주머니에서 손수건을 꺼내 손가락을 문지르기 시작했다. 그는 그 거북을 놓아주고 싶지 않았다. 아마 저녁 식사 메뉴를 이미 계획했을 터였다. 다른 한편 그는 이번 계절에 호텔 전용 해변에서 끔찍한 사건이 다시 일어나는 것을 바라지 않았다. 바서만 씨와 코코넛 사건만으로도 1년 치가 차고 넘치지, 고맙게도 말이야, 그는 생각했다.

아버지가 말했다. "에드워즈 씨, 제가 저것을 사게 해 준다면 개인적으로 굉장한 호의로 여기겠습니다. 지배인님도 후회하지 않을 것이라고 제가 약속합니다. 꼭 그렇게 되게 하겠습니다."

지배인이 눈썹을 아주 약간 추켜올렸다. 그는 무슨 말인지 알아들었다. 뇌물 제안을 받은 것이다. 그렇다면 얘기가 달라진다. 몇 초 동안 그는 손수건으로 손을 문질렀다. 그러더니 어깨를 으쓱이고 말했다. "음, 그렇게 해서 아드님의 기분이 조금이라도 나아진다면……."

"감사합니다." 아버지가 말했다.

"오, 고마워요!" 어머니가 흐느꼈다. "정말, 정말 고맙습니다!"

"윌리." 지배인이 어부를 손짓으로 부르며 말했다.

어부가 앞으로 다가왔다. 그는 완전히 어리둥절해진 것처럼 보였다. "평생 이런 일은 한 번도 본 적이 없어요." 그가 말했다. "이 늙은 거북이는 여태까지 제가 잡은 것 중에서 가장 사나운 놈이라고요! 잡을 때 꼭 악마 같더라니까요! 우리 여섯 모두 달려들어서 간신히 끌어올렸는데! 저 도련님은 미쳤어요!"

"그래, 나도 알아." 지배인이 말했다. "그렇지만 지금은 자네가 저 거북이를 놓아줬으면 하네."

"놓아준다굽쇼!" 어부가 아연실색해서 소리쳤다. "에드워즈 씨, 저놈은 놓아주면 안 돼요! 기록을 깨뜨렸다고요! 저놈은 이 섬에서 잡힌 거북이 중에서 제일 큰 놈이에요! 가장 큰 놈이고말고요! 우리 돈은 어쩌고요?"

"자네 돈은 받게 될 걸세."

"돈을 받을 사람이 다섯 명이나 더 있다고요." 어부가 해변을 가리키며 말했다.

100미터쯤 아래, 물가 가장자리에 거의 벌거벗은 까무잡잡한 남자 다섯 명이 다른 배 옆에 서 있었다. "우리 여섯 명 모두가 같이 한 일입니다요. 여섯 명 모두 똑같이 받아야 해요." 어부가 계속 말을 이었다. "우리가 돈을 받을 때까지는 거북이를 놓아줄 수 없습니다요."

"자네들은 돈을 받게 될 걸세." 지배인이 말했다. "그걸로 충분치 않은가?"

"내가 보증을 서지." 소년의 아버지가 앞으로 나서며 말했다. "거북이를 당장 놓아준다면 여섯 명 전부 특별 보너스도 받게 될 거라네. 내 말은 즉각, 지금 당장 말이야."

어부가 아버지를 쳐다보았다. 그러고는 지배인을 쳐다보았다. "좋습니다요." 그가 말했다. "나리가 꼭 그걸 바라신다면요."

"한 가지 조건이 있네." 아버지가 말했다. "돈을 받기 전에, 저 거북이를 바로 뒤쫓아 잡으려 들지 않겠다고 약속해야 하네. 아무튼 오늘 저녁에는 안 돼. 알겠나?"

"그럼요." 어부가 말했다. "거래 성립입니다요." 그는 몸을 돌려 해변으로 달려 내려가며 다른 다섯 어부를 소리쳐 불렀다. 그는 우리에게 들리지 않는 어떤 말을 그들에게 소리쳤고, 일이 분 안에 여섯 명 모두가 함께 돌아왔다. 다섯 명은 길고 두꺼운 나무 장대를 들고 있었다.

아이는 여전히 거북의 머리 옆에 무릎을 꿇고 있었다. "데이비드." 아버지가 소년에게 부드럽게 말했다. "이제 괜찮아, 데이비드. 사람들이 거북이를 놓아줄 거야."

소년은 돌아보긴 했지만 거북의 목에서 팔을 떼지 않았고, 일어나지도 않았다. "언제요?" 그가 물었다.

"지금." 아버지가 대답했다. "지금 당장. 그러니까 너는 이쪽으로 물러나는 게 좋겠다."

"약속해요?"

"그래, 데이비드, 아빠가 약속하마."

소년은 팔을 뗐다. 벌떡 일어서서 몇 발자국 뒤로 물러섰다.

"모두 뒤로 물러서요!" 윌리라는 이름의 어부가 외쳤다. "모두들 당장 뒤로 물러서요!"

사람들은 해변 위쪽으로 몇 미터 움직였다. 줄다리기를 하던 사람들도 밧줄을 놓고 다른 사람들과 함께 뒤로 물러났다.

윌리는 무릎과 손을 사용해서 아주 조심스럽게 거북이의 한쪽으로 기어갔다. 그러더니 밧줄의 매듭을 풀기 시작했다. 그는 커다란 발을 잘 피해 가면서 작업을 했다.

매듭이 풀리자 윌리는 기어서 뒤로 물러났다. 그러자 나머지 다섯 어부들이 장대를 가지고 앞으로 나섰다. 장대 길이는 2미터 정도 되었고 어마어마하게 두꺼웠다. 그들은 거북 등껍질의 안쪽으로 장대를 끼워 넣어 그 거대한 생명체를 좌우로 흔들기 시작했다. 등껍질이 높은 반구형이라 흔들기에 아주 좋았다.

"위로 아래로!" 어부들은 부드럽게 흔들면서 외쳤다. "위로 아래로! 위로 아래로! 위로 아래로!" 늙은 거북은 완전히 화가 났지만 누가 그를 비난할 수 있으랴? 커다란 앞발이 미친 듯이 공중을 후려갈겼고, 머리는 등껍질 안으로 계속 들락날락했다.

"거북이를 뒤집어!" 어부들이 외쳤다. "위로 아래로! 거북이를 뒤집어! 한 번 더! 자, 넘어간다!"

거북은 한쪽으로 크게 기울어지더니 쿵 소리를 내며 모래 위로 떨어져 똑바로 섰다.

그러나 거북이는 즉시 가 버리지 않았다. 거대한 갈색 머리가 나왔고 신중하게 주변을 자세히 둘러보았다.

"가, 거북아, 가!" 어린 소년이 크게 외쳤다. "바다로 돌아가!"

거북의 반쯤 감긴 검은 두 눈이 소년을 뚫어지게 올려다보았다. 거북의 눈은 밝고 생기가 넘쳤으며, 오랜 세월 동안 쌓인 지혜로 가득했다. 소년은 거북이를 돌아보았고, 이번에는 부드럽고 친밀한 목소리로 말했다. "잘 가, 늙은 거북아. 이번에는 멀리 가렴." 검은 눈은 몇 초 더 소년에게 머물렀다. 아무도 움직이지 않았다. 이윽고 그 거대한 짐승은 대단히 위엄 있게 몸을 돌려 대양의 가장자리를 향해 뒤뚱뒤뚱 기어가기 시작했다. 거북은 서두르지 않았다. 거북은 모래사장 해변을 넘어 차분하게 움직였고, 커다란 등껍질은 거북의 움직임에 따라 좌우로 부드럽게 흔들렸다.

사람들은 침묵한 채 바라보았다.

거북이 물로 들어갔다.

거북은 계속 나아갔다.

곧 거북은 헤엄을 치기 시작했다. 그는 이제 자기 영역에 있었다. 고개를 높이 들고 우아하게, 그리고 아주 빠르게 헤엄쳤다. 바다는 고요했고, 거북이 만든 작은 파도가 그의 뒤에서 양쪽으로 번져 나갔다. 몇 분이 지나서야 그는 우리의 시야에서 사라졌고, 수평선까지 절반쯤 멀어져 있었다.

손님들은 느릿느릿 호텔로 돌아갔다. 그들은 몹시 주눅이 든 모습이었다. 이제 농담이나 장난, 웃음이 오가지 않았다. 뭔가가 일어났다. 뭔가 이상한 일이 해변 전체를 흔들어 놓았다.

나는 내 방의 작은 발코니로 돌아와 앉아서 담배를 피웠다. 이것으로 사건이 끝난 것이 아니라는 불안한 느낌이 들었다.

다음 날 아침 여덟 시, 바서만 씨와 코코넛에 대한 이야기를 해 주었던 자메이카 아가씨가 내 방에 오렌지 주스 한 잔을 가져왔다.

"오늘 아침에 호텔에 진짜 진짜 큰 난리가 벌어졌어요." 그녀는 잔을 탁자 위에 놓고 커튼을 걷으면서 말했다.

"사람들이 전부 미친 것처럼 여기저기 사방에 흩어졌어요."

"왜? 무슨 일이 생겼는데?"

"12호실의 그 꼬마 있잖아요. 걔가 없어졌거든요. 밤사이에 사라졌어요."

"그 거북이 소년을 말하는 거야?"

"바로 그 애 말이에요. 걔네 부모님은 호텔이 떠나가라 시끄럽게 하고, 지배인님은 미치려고 한다니까요."

"사라진 지 얼마나 되었는데?"

"두 시간쯤 전에 걔네 아버지가 침대가 빈 것을 발견했어요. 그렇지만 밤사이에 언제든 사라졌을 수 있겠지요. 제 생각이지만요."

"그렇겠지. 그럴 수 있어."

"호텔 안에 있는 사람들이 전부 나서서 사방을 찾고 있어요. 그리고 이제 막 경찰차도 도착했어요."

"어쩌면 그냥 일찍 일어나서 바위에라도 올라간 것 아닐까."

그녀는 겁에 질린 크고 검은 눈으로 잠시 내 얼굴을 바라보다가 시선을 돌렸다. "저는 그렇게 생각하지 않아요." 그녀는 대꾸하고 방을 나갔다.

나는 옷을 걸치고 서둘러 해변으로 내려갔다. 카키색 제복을 입은 현지인 경찰 두 명이 에드워즈 씨와 함께 해변에 서 있었다. 에드워즈 씨가 이야기를 하고 경찰들은 끈기 있게 듣고 있었다. 멀리 해변의 양쪽 끝에 호텔 직원들뿐만 아니라 손님들도 합세한 무리가 넓게 퍼져 바위를 향하고 있었다. 그날 아침은 아름다웠다. 하늘은 선명한 푸른색에 노란 유약을 얇게 입혀 놓은 것 같았다. 태양이 높이 떠서 잔잔한 바다 표면 곳곳이 다이아몬드처럼 반짝였다. 그리고 에드워즈 씨는 현지인 경찰 두 명에게 팔까지 저어 가면서 시끄럽게 이야기를 하고 있었다.

나는 돕고 싶었다. 무엇을 해야 할까? 어느 방향으로 가야 할까? 그저 다른 사람을 뒤따라가는 것은 의미가 없을 터였다. 그래서 나는 그냥 에드워즈 씨를 향해 계속 걸었다. 그러다 낚싯배 한 척을 보았다. 돛대 한 개에 펄럭거리는 갈색 돛이 달린 긴 나무 카누는 아직 어느 정도 먼 바다에 있었지만 해변을 향해 오고 있었다. 원주민 두 명이 한쪽 끝에 한 명씩 타고 열심히 노를 젓고 있었다. 아주 열심히 저었다. 엄청난 속도로 노가 올라갔다 내려갔다 하는 모습이 마치 경주에 참가한 것 같았다. 나는 멈춰 서서 그들을 지켜보았다. 왜 저렇게 서둘러서 해변으로 오려고 하는 거지? 뭔가 할 말이 있는 모습이 분명했다. 나는 보트에서 눈을 떼지 않았다. 왼쪽 어깨 너머에서 에드워즈 씨가 두 경찰관에게 말하는 것이 들렸다. "이건 완전히 터무니없는 일이에요. 우리 호텔

32

에서 손님이 이렇게 없어질 순 없어요. 아이를 빨리 찾는 게 좋을 겁니다. 내 말 알아들었습니까? 애가 어딘가 헤매다가 길을 잃었거나 아니면 납치되었을 수도 있겠지요. 어느 쪽이든 이건 경찰의 책임이란 말입니다……."

낚싯배는 바다 위를 스치듯 지나 물가 가장자리의 모래밭 위로 미끄러지듯 내려앉았다. 두 남자가 노를 떨어뜨리고 배에서 뛰어내렸다. 그들은 해변을 달려 올라오기 시작했다. 나는 둘 중 앞에 선 사람이 윌리인 것을 알아보았다. 지배인과 두 경찰관을 본 윌리는 그들을 향해 달려갔다.

"이봐요, 에드워즈 씨!" 윌리가 소리쳐 불렀다. "우리가 방금 말도 안 되는 걸 봤다고요!"

지배인은 뻣뻣하게 굳더니 고개를 뒤로 홱 젖혔다. 두 경찰관은 여전히 무덤덤했다. 그들은 흥분한 사람들에게 익숙했다. 그런 사람들을 매일같이 만났다.

윌리는 사람들 앞에 멈춰 섰고, 격하게 숨을 몰아쉬느라 가슴이 들썩거렸다. 다른 어부는 그의 바로 뒤에 섰다. 둘 다 아랫도리에 작은 천만 걸치고 있었고, 검은 피부가 땀으로 반들거렸다.

"먼 거리를 전속력으로 노를 저어 왔습니다요." 윌리가 양해를 구하며 말했다. "가능한 한 빨리 돌아가서 이 이야기를 전해야 한다고 생각했습니다요."

"무슨 이야기?" 지배인이 물었다. "자네들이 뭘 봤는데?"

"말도 안 되는 일이었어요! 정말 말도 안 되는 일이고말고요."

"맙소사, 이야기를 하라고, 윌리."

"믿지 못할 겁니다요." 윌리가 말했다. "아무도 믿지 않을 겁니다. 그렇지 않나, 톰?"

"맞아요." 다른 어부가 격렬하게 고개를 끄덕이며 말했다. "윌리 옆에서 내가 직접 보지 않았다면 나 자신도 안 믿었을 겁니다요!"

"그 믿지 못할 게 도대체 뭐란 말인가?" 에드워즈 씨가 말했다. "자네가 뭘 봤는지 어서 말을 하게."

"우리는 일찍 나섰지요." 윌리가 말했다. "오늘 새벽 네 시쯤이었어요. 한 3킬로미터 정도 나가서야 제대로 볼 수 있을 만큼 밝아졌어요. 그때 갑자기 해가 떠오르는데 우리 앞에, 50미터도 안 되는 거리에 보였어요. 우리 눈으로 직접 보고도 믿을 수 없는 것이……."

"그게 뭔데?" 에드워즈 씨가 폭발했다. "어서 말을 해!"

"그 괴물 같은 늙은 거북이 말입니다요. 어제 해변에 있던 바로 그놈이요. 그놈이 헤엄을 치는 걸 보았어요. 꼬마 도련님이 거북이 등에 우뚝 앉아서, 거북이를 말처럼 타고 바다 위를 다니는 걸 보았다고요!"

"믿으셔야 합니다요!" 다른 어부가 외쳤다. "나도 봤어요. 그러니 믿으셔야 해요!"

에드워즈 씨는 두 경찰관을 응시했다. 두 경찰관은 어부를 응시했다.

"우리를 놀리는 것은 아니겠지?" 한 경찰관이 말했다.

"맹세해요!" 윌리가 소리쳤다. "성경에 대고 사실이라고요. 그 꼬마 도련님이 늙은 거북이의 등에 우뚝 앉아 있었는데, 꼬마의 발이 물에 닿지도 않았다니까요! 바싹 말라 세상에서 제일 편안하고 안락한 것처럼 앉아 있었어요. 그래서 우리가 그 뒤를 따라갔죠. 당연히 따라갔고말고요. 처음에는 우리가 거북이를 잡을 때 늘 그렇게 하듯이 잽싸게 뒤에서 슬금슬금 다가가려고 했는데 꼬마 도련님이 우리를 봤어요. 아시겠지만 그때는 우리가 그렇게 멀리 떨어져 있지 않았거든요. 여기에서 저기 물가까지 거리보다 가까웠을 겁니다요. 꼬마 도련님은 우리를 보더니 몸을 앞으로 숙여 그 늙은 거북이한테 무슨 말을 하는 것 같았어요. 그러자 거북이의 머리가 쑥 올라오더니 거북이가 엄청난 속도로 헤엄치기 시작했어요. 맙소사, 거북이가 얼마나 빨랐는지! 톰과 나도 내키기만 하면 아주 빨리 노를 저을 수가 있어요. 그렇지만 그 괴물한테는 상대도 안 될 겁니다요! 전혀 상대가 안 돼요! 우리보다 최소한 두 배는 빨리 전진했어요. 두 배는 가뿐하죠. 톰, 자네 생각은 어떤가?"

"나라면 세 배 빨랐다고 말하겠어." 톰이 대답했다. "왜냐면요. 10분이나 15분 사이에 1.5킬로미터는 앞서 갔거든요."

"왜 자네들은 아이를 부르지 않나?" 지배인이 물었다. "왜 더 일찍, 더 가까이에 있었을 때 아이한테 말을 걸지 않나?"

"이런, 우리는 쉬지 않고 계속 불렀다고요!" 윌리가 소리를 질렀다.

"우리가 꼬마 도련님의 눈에 띄어서 몰래 다가가는 것을 포기하자마자 고함을 지르기 시작했어요. 우리는 그 도련님에게 온갖 말을 하면서 우리 배에 태우려고 했어요. '이봐요, 도련님!' 제가 고함쳤죠. '우리랑 같이 돌아가요! 집까지 태워다 줄게요! 거기서 그러고 있어 봤자 도련님한텐 좋을 게 없어요! 기회가 있을 때 뛰어내려서 헤엄을 치면 우리가 태워 줄게요! 자, 도련님, 뛰어내려요! 집에서 엄마가 기다리고 있을 거예요, 도련님. 그러니까 우리랑 같이 집에 가요!' 그리고 이렇게도 소리쳤죠. '도련님, 들어 봐요! 우리가 약속할게요! 도련님이 우리랑 같이 가면 그 늙은 거북이는 잡지 않겠다고 약속할게요!'"

"아이가 전혀 대답을 하지 않았나?" 지배인이 물었다.

"아예 돌아보지도 않더라니까요!" 윌리가 대답했다. "꼬마 도련님이 등껍질 위에 우뚝 앉아 앞뒤로 계속 몸을 흔들어 진동을 주었는데, 그게 꼭 늙은 거북이한테 빨리, 더 빨리 가자고 재촉하는 것 같았어요! 누군가가 정말 빨리 가서 그 도련님을 낚아채지 않으면 영영 잃어버리고 말 겁니다요, 에드워즈 씨!"

보통 때는 분홍색이던 지배인의 얼굴이 백짓장처럼 하얗게 질렸다. "그들이 어느 쪽을 향하고 있었나?" 그가 날카롭게 물었다.

"북쪽이요. 거의 정북쪽이요."

"알았어! 고속 모터보트를 타야겠네! 윌리, 그리고 톰, 우리랑 같이 가자고."

지배인과 두 경찰관과 두 어부는 수상 스키에 사용하는 모터보트가
서 있는 모래사장으로 뛰어갔다. 보트를 밀어낼 때는 심지어 지배인까
지 다림질이 잘된 흰색 바지를 적시며 물속을 헤치고 들어가 거들었다.
그런 다음 그들은 모두 보트에 올랐다.

나는 그들이 사라지는 모습을 지켜보았다.

두 시간 후, 그들이 돌아오는 것이 보였다. 그들은 아무것도 보지 못
하고 왔다.

그날 온종일 다른 호텔들의 모터보트와 요트 들이 해안을 따라 바다
를 수색했다. 오후에 소년의 아버지는 헬리콥터를 빌렸다. 그가 직접
헬리콥터에 탔고 그들은 세 시간 동안 하늘에서 수색했다. 하지만 거북
이나 소년의 흔적을 전혀 발견하지 못했다.

일주일 동안 수색이 계속되었지만 결실은 없었다.

그리고 이제 그 사건이 일어났던 때로부터 거의 1년이 지났다. 그동
안 의미 있는 소식은 한 가지밖에 없었다. 바하마의 나소에서 출항한 미
국인 무리가 일루서라라는 큰 섬으로 원양 낚시를 나가 있었다. 이 지
역에는 수천 개의 산호초와 작은 무인도들이 있었는데, 이런 작은 섬들
가운데 한 곳에서 요트의 선장이 쌍안경으로 작은 사람 모양의 형체를
보았다. 섬에 있는 모래사장에서 작은 사람이 해변을 걷고 있었다. 쌍
안경을 돌아가면서 본 모두가 어린아이 같다는 데에 의견이 일치했다.
당연히 배는 흥분에 휩싸였고, 낚싯줄을 급히 거두어들였다. 선장은 섬

을 향해 곧바로 요트를 몰았다. 반쯤 왔을 때, 쌍안경을 통해서이긴 하지만 해변의 그 형체가 소년이며 햇볕에 그을리긴 했어도 원주민이 아니라 백인이 거의 확실하다는 것을 분명히 알 수 있었다. 그때 요트 위에서 지켜보던 사람들이 소년의 가까이에서 거대한 거북이처럼 보이는 물체를 발견했다. 그다음 일은 눈 깜짝할 사이에 일어났다. 요트를 본 소년은 거북이의 등 위에 뛰어올랐고, 그 커다란 생명체는 바다로 들어가 엄청난 속도로 섬을 빙 둘러 헤엄쳐 시야에서 사라졌다. 요트가 두 시간이나 수색을 했지만 소년이나 거북이는 더 이상 보이지 않았다.

이 보고를 믿지 않을 이유는 없다. 요트에는 다섯 명이 타고 있었다. 네 명은 미국인이었고, 선장은 나소 출신의 바하마 인이었다. 그들 모두가 번갈아 가며 쌍안경으로 소년과 거북을 보았다.

바닷길로 자메이카에서 일루서라 섬에 이르려면 우선 북동쪽으로 400킬로미터를 간 다음, 쿠바와 아이티 사이에 있는 윈드워드 해협을 통과해야 한다. 그런 다음 북북서쪽으로 최소 480킬로미터를 가야 한다. 총 거리가 880킬로미터인데, 이는 어린아이가 거대 거북의 등껍질을 타고 가기에는 아주 긴 여정이다.

이 모든 것을 어떻게 생각해야 할지 누가 알겠는가?

어쩌면 어느 날 그 애가 돌아올 수도 있을 것이다. 과연 그럴지 의심스럽지만. 나로서는 아이가 지금 있는 곳에서 몹시 행복할 것이라는 느낌이 든다.

2

히치하이커

　나에게는 새 차가 한 대 있었다. 아주 신나는 장난감이었다. 커다란 BMW 3.3리터, 즉 3,300CC였는데 축간거리가 긴 데다 연료 분사 방식이었다. 최고 속도는 시속 207킬로미터로 가속이 엄청났다. 차체는 연한 푸른색이었다. 내부의 좌석은 그보다 진한 푸른색이었고 가죽, 그 중에서도 가장 질이 좋은 부드러운 진짜 가죽으로 되어 있었다. 창문은 전기로 열렸고 차 지붕도 마찬가지였다. 라디오를 켜면 라디오 안테나가 튀어나왔다가 끄면 들어갔다. 속도가 낮을 때면 강력한 엔진이 근질근질한 듯 툴툴거리며 으르렁거렸지만 시속 100킬로미터쯤 되면 으르렁거림을 멈추고 모터가 신이 나서 가르랑거렸다.

　나는 혼자서 런던으로 가고 있었다. 아름다운 6월의 어느 날이었다. 들판에서 사람들이 건초를 만들고 있었고 도로 양옆으로는 미나리아재비가 만발해 있었다. 나는 좌석에 편안하게 기대 앉아 진로를 그대로 유지하기 위해 운전대에 손가락 두 개만 가볍게 얹은 채 내내 시속 110킬로미터로 조용히 달렸다. 앞쪽에 차에 태워 달라고 엄지손가락으로 신호하고 있는 사람이 보였다. 나는 브레이크를 밟아 그 사람 옆에 차를 멈췄다. 나는 히치하이커를 만나면 늘 차를 세우곤 했다. 시골 도로

변에 서서 차들이 지나가는 모습을 봐야 하는 기분이 어떤지 나는 정확히 알았다. 나를 보지 못한 척하는 운전자들, 특히 빈 좌석이 세 개나 있는 대형차를 탄 운전자들이 나는 정말 싫었다. 비싼 대형차는 거의 멈추는 법이 없었다. 태워 주는 차는 늘 소형차나 낡고 녹슨 차나 이미 아이들이 잔뜩 타고 있는 차였다. 이런 차의 운전자는 "구겨 앉으면 한 명쯤 더 탈 수 있겠지"라고 말하곤 했다.

히치하이커는 열린 창문으로 머리를 쑥 들이밀더니 말했다. "선생님, 런던으로 가시나요?"

"그래요. 얼른 타세요."

그를 태운 뒤 나는 계속 차를 몰았다.

그는 쥐처럼 생긴 얼굴에 잿빛 이를 가진 키 작은 남자였다. 검은 눈은 마치 쥐의 눈처럼 빠르고 영리하게 움직였고, 귀 꼭대기가 약간 뾰족했다. 그는 머리에 천으로 된 모자를 쓰고 엄청나게 큰 주머니가 달린 회색 재킷을 입고 있었다. 회색 재킷과 빠르게 움직이는 눈과 뾰족한 귀 때문에 그는 거대한 인간 쥐처럼 보였다.

"런던 어느 쪽으로 가세요?" 내가 물었다.

"런던을 통과해서 반대쪽으로 나가려고요." 그가 말했다. "엡섬으로 가려고요. 경마 말이에요. 오늘이 더비 경마가 열리는 날이거든요."

"그렇죠. 저도 당신과 함께 갈 수 있으면 얼마나 좋을까요. 저도 경마에 돈 거는 걸 좋아하거든요."

"저는 절대로 말에 돈을 걸지 않아요. 그놈들이 뛰는 걸 보지도 않는다고요. 정말이지 어리석고 바보 같은 짓이에요."

"그럼 왜 가십니까?"

그는 그 질문이 마음에 들지 않은 듯했다. 쥐 같은 얼굴에서 표정이 완전히 사라지더니 아무 말도 없이 도로 정면만 노려보았다.

"그러면 마권 기계를 다루거나 뭐 그런 일을 하시나 보군요." 내가 말했다.

"그건 더 바보 같네요." 그가 대답했다. "그런 허접스러운 기계로 멍청이들한테 마권이나 파는 게 무슨 재미가 있겠어요. 어떤 바보라도 할 수 있는 일인데."

한동안 침묵이 흘렀다. 나는 그에게 더 이상 질문을 하지 않기로 했다. 내가 히치하이킹을 하던 시절에 운전자들이 나에게 계속 질문을 하면 얼마나 성가셨었는지 떠올랐다. 어디로 가느냐? 거긴 왜 가느냐? 직업은 무엇이냐? 결혼은 했느냐? 애인은 있느냐? 애인 이름은 무엇이냐? 나이가 몇 살이냐? 그런 식으로 계속되었다. 나는 그것이 몹시 싫었다.

"미안합니다." 나는 말했다. "그쪽이 어떤 일을 하건 제가 상관할 바가 아닌데 말입니다. 문제는 제가 작가라는 거죠. 작가들은 대개 몹시 성가시게 구는 참견쟁이들이잖아요."

"책을 쓴다고요?" 그가 물었다.

"그렇습니다."

"책을 쓰는 건 괜찮아요. 그것이야말로 진짜 전문직이죠. 저도 전문직에서 일하고 있어요. 제가 무시하는 사람들은 아무런 기술도 없이 형편없고 판에 박힌 옛날 일들을 하면서 자기 인생을 낭비하는 사람들이라고요. 제 말이 무슨 말인지 아시죠?"

"그럼요."

"인생의 비결은 어떤 일을 아주아주 잘하게 되는 것이죠. 정말정말 어려운 일이지만요."

"당신처럼요."

"바로 그래요. 저랑 선생님, 우리 둘처럼요."

"왜 제가 제 일을 잘한다고 생각하시는 거죠? 세상에 글을 잘 못 쓰는 작가들이 얼마나 많은데요."

"선생님이 잘하지 않았다면 이런 차를 몰지는 못하겠죠. 분명 엄청 비쌀 텐데요."

"싸진 않았습니다."

"최고 속도가 얼마나 나오는데요?"

"시속 207킬로미터요."

"그렇게는 못 달린다는 데 걸죠."

"그렇게 달린다는 데 걸죠."

"자동차 회사들은 전부 거짓말쟁이들이란 말이에요. 아무리 마음에드는 차를 사도 자동차 회사들이 광고에서 말한 대로는 절대 되지 않아요."

"이 차는 그렇지 않아요."

"그럼 해 봐요. 증명해 보세요. 어서요. 지금 당장 밟아서 속도가 얼마나 나는지 보자고요."

샬폰트세인트피터에는 로터리가 있는데 그 바로 위에 중앙 분리대가 있는 고속도로의 긴 직선 구간이 있다. 로터리에서 나와 고속도로로 들어서자 나는 가속페달을 밟았다. 커다란 차가 뒤에 쏘인 것처럼 즉각 앞으로 튀어나갔다. 10초나 되었을까, 우리는 145킬로미터로 달리고 있었다.

"끝내주네요!" 그가 소리쳤다. "멋져요! 계속 밟아요!"

나는 가속페달이 바닥에 닿을 정도로 꽉 밟았고 그 상태를 유지했다.

"160!" 그가 소리를 질렀다. "169!……177!……185! 계속 밟아요! 늦추지 말아요!"

나는 바깥쪽 차선으로 달리면서 자동차 여러 대를 휙휙 스쳐 지났다. 녹색 미니, 커다란 크림색 시트로엥, 흰색 랜드로버, 뒤에 컨테이너를 실은 거대한 트럭, 오렌지색 폭스바겐 미니버스…… 차들이 움직이지 않고 그대로 정지해 있는 것 같았다.

"193!" 동승자가 펄쩍펄쩍 뛰면서 소리쳤다. "계속 가요! 계속! 207까지 계속해요!"

바로 그 순간 경찰차 사이렌이 앵앵거리는 괴성이 들렸다. 그 소리가 얼마나 시끄러웠던지 꼭 내 차 안에서 울리는 것 같았다. 곧 오토바이를 탄 경찰관 한 명이 옆 차선에 불쑥 나타나더니 우리를 앞질러 가며 정지하라고 손을 들었다.

"오 맙소사! 다 망쳤어!" 내가 말했다.

경찰관은 우리를 지나칠 때 족히 210킬로미터 이상 달렸던 게 분명했다. 속도를 늦추는 데 꽤 시간이 걸렸다. 마침내 그는 도로의 갓길로 들어섰고 나는 그 뒤에 멈췄다. "경찰 오토바이가 이렇게 빨리 달릴 수 있을 줄은 몰랐죠." 나는 다소 의기소침해져서 말했다.

"저 오토바이는 아주 빨라요." 동승인이 말했다. "선생님 자동차랑 같은 회사에서 만들었죠. BMW R90S라는 놈이에요. 도로 위에서 가장 빠른 오토바이죠. 그래서 요즘에는 경찰이 저걸 타더라고요."

경찰관은 오토바이에서 내리더니 받침대에 오토바이를 기대 세웠다. 그러고는 장갑을 벗어 조심스럽게 좌석 위에 놓았다. 이제 그는 전혀 서두르지 않았다. 그는 마땅히 잡아야 할 곳에서 우리를 잡았다. 본인도 그것을 잘 알고 있었다.

"정말 야단났네요. 정말 큰일이에요." 내가 말했다.

"필요한 말 말고는 한마디도 하지 마세요. 알겠죠?" 동행인이 말했다. "그 자리에서 움직이지 말고 입을 다무세요."

희생자에게 접근하는 사형 집행인처럼 경찰관이 우리를 향해 유유히 다가왔다. 경찰관은 배가 불룩 나오고 살집이 좋은 덩치 큰 남자였다. 푸른색 바지가 거대한 허벅지에 꽉 꼈다. 보안경이 헬멧 위로 올라가 있어 너부죽한 뺨과 화가 나서 시뻘게진 얼굴이 그대로 보였다.

우리는 잘못을 저지른 학생들처럼 얌전히 앉아 그가 오기를 기다렸다.

"저 사람을 조심하세요. 진짜 비열해 보이네요." 승객이 속삭였다.

경찰관은 차를 빙 둘러 열린 창문으로 다가오더니 살이 투실투실한 손을 창문틀에 올렸다. "무슨 급한 일이라도 있나 봐요?" 그가 말했다.

"급한 일 없습니다, 경찰관님." 내가 대답했다.

"아마 임신한 여자가 뒷좌석에 타고 있어서 서둘러 병원으로 가는 길이라든지? 그런 겁니까?"

"아닙니다, 경찰관님."

"아니면 집에 불이라도 나서 위층에 있을 가족을 구하려고 집으로 맹렬히 돌진하고 있다든가?" 그의 목소리는 위험할 만큼 부드럽고 비웃는 듯했다.

"집에 불이 난 것은 아닙니다, 경찰관님."

"그렇다면 선생은 이제 난처한 상황에 빠지게 되겠군요. 이 지역의 제한 속도가 얼마인지 알고 있습니까?"

"112킬로미터요."

"그러면 선생이 방금 정확히 시속 몇 킬로미터로 운전했는지 알아요?"

나는 어깨를 으쓱하며 아무런 말도 하지 않았다.

그가 다시 입을 열었을 때 목소리 톤이 너무 시끄럽게 높아져 있어서 나는 깜짝 놀라 펄쩍 뛰었다. "시속 193킬로미터!" 그는 소리를 질렀다. "제한 속도를 80이나 초과했잖습니까!"

그는 고개를 돌리더니 큰 가래침 덩어리를 뱉었다. 가래침은 내 차의 흙받이에 떨어졌고, 아름다운 푸른 페인트를 따라 미끄러지기 시작했다. 그는 다시 고개를 돌려 내 승객을 무섭게 노려보았다. "그리고 당신은 누굽니까?" 그가 날카롭게 물었다.

"히치하이커예요. 제가 태워 주었죠." 내가 말했다.

"선생에게 물어본 거 아닙니다. 저 사람에게 물었습니다."

"제가 무슨 잘못이라도 했는지?" 승객이 물었다. 그의 목소리는 헤어크림만큼 부드럽고 기름기가 흘렀다.

"십중팔구 그럴 가능성이 높지." 경찰관이 대꾸했다. "어쨌든 당신도 증인이니 조금 후에 조사하겠소. 운전면허증." 그가 말을 딱 끊으며 손을 내밀었다.

나는 운전면허증을 그에게 주었다. 그는 제복 재킷의 왼쪽 가슴에 달린 주머니의 단추를 풀고 무시무시한 위반 딱지 묶음을 꺼냈다. 그리고 주의 깊게 내 면허증에서 이름과 주소를 베껴 쓰더니 면허증을 돌려주었다. 그는 느긋하게 차의 정면으로 가서 차 번호를 읽고 그것 역시 써

넣었다. 날짜와 시간과 내가 저지른 범법 행위까지 꼼꼼히 기입했다. 그러더니 딱지의 윗장을 찢었다. 찢어 낸 종이를 나에게 건네주기 전에 우선 자기가 가진 먹지 사본에도 모든 정보가 선명하게 나와 있는지 확인했다. 마침내 그는 딱지 묶음을 다시 제복 주머니에 넣고 단추를 잠갔다.

"이제 당신." 경찰관은 내 승객에게 말하더니 빙 둘러서 반대쪽으로 걸어갔다. 그는 다른 쪽 가슴 주머니에서 작은 검은색 공책을 꺼냈다. "이름?" 그가 툭 내뱉었다.

"마이클 피시입니다." 승객이 대답했다.

"주소?"

"루턴 윈저 레인 14번지요."

"그게 진짜 이름이고 진짜 주소인지 증명할 만한 것을 보여 주시오."

내 승객은 주머니에 손을 넣어 뒤적거리더니 운전면허증을 꺼냈다. 경찰관은 이름과 주소를 확인하고 그에게 다시 돌려주었다. "직업은 뭡니까?" 그가 날카롭게 물었다.

"오드('hod(호드)'를 잘못 발음한 것이다. ─옮긴이) 캐리어입니다."

"뭐라고요?"

"오드 캐리어라고요."

"철자를 말하시오."

"H─O─D C─A……."

"됐습니다. 호드 캐리어가 뭘 하는 일입니까?"

"호드 캐리어는 말이지요, 경찰관님. 시멘트를 지고 사다리를 올라가 벽돌공에게 가져다주는 사람이지요. 호드는 시멘트를 넣어서 운반하는 통이에요. 손잡이가 길고 통 위에 나무 조각이 두 개 있어서 각도가……."

"됐어요, 됐어. 직장이 어딥니까?"

"지금은 없어요. 실직했거든요."

경찰관은 이런 내용을 전부 검은색 공책에 받아썼다. 그리고 나서 공책을 다시 주머니에 넣고 단추를 잠갔다.

"당신은 경찰서에 돌아가서 더 확인을 해 봐야겠구먼." 경찰관이 내 동승객에게 말했다.

"저요? 제가 뭘 잘못했는데요?" 쥐 같은 얼굴을 한 남자가 물었다.

"당신 얼굴이 마음에 들지 않아. 그게 다요." 경찰관이 말했다. "우리 파일 어딘가에 당신 얼굴이 있을지도 모르지." 그는 차를 빙 둘러 다시 내가 있는 쪽 창문으로 왔다.

"선생이 진짜 큰 곤경에 처한 건 알고 있겠지요." 그가 나에게 말했다.

"예, 경찰관님."

"이렇게 멋진 차인데 오랫동안 다시 운전하지 못할 겁니다. 우리가 선생과 볼일을 끝낼 때까지는 말이오. 몇 년 동안은 어떤 차도 몰지 못할 겁니다. 잘된 일이죠. 또한 선생이 잠시라도 구금이 되길."

"감옥 말입니까?" 나는 깜짝 놀라서 물었다.

"당연하죠." 그가 입맛을 쩝쩝 다시며 말했다. "교도소 안에서, 철창 뒤에서 법을 어긴 다른 모든 범죄자들과 지내는 겁니다. 그리고 또 무거운 벌금도 있겠지. 그렇게 되면 나보다 기쁠 사람은 없을 겁니다. 법정에서 봅시다, 당신들 둘 다. 곧 소환장이 날아갈 겁니다."

그는 몸을 홱 돌리더니 자기 오토바이로 걸어갔다. 그는 발로 받침대를 젖혀 오토바이를 다시 바로 세우고 다리를 안장에 걸쳤다. 그러고는 시동을 걸더니 으르렁거리는 엔진 소리와 함께 도로로 달려 나가 시야에서 사라졌다.

"휴!" 나는 숨이 막혔다. "이제 끝장이에요."

"우리가 잡혔군요." 승객이 말했다. "우리가 제대로 걸려들었어요."

"내가 잡혔다는 말이겠죠."

"맞아요. 이제 어떻게 하실 건가요, 선생님?"

"즉시 런던으로 가서 변호사와 의논을 해야겠어요." 나는 차 시동을 걸고 운전을 계속했다.

"그 경찰관이 감옥에 간다고 했다고 곧이곧대로 믿지 말아요." 승객이 말했다. "과속 좀 했다고 사람을 교도소에 집어넣진 않아요."

"확실해요?"

"당연히 확실하죠. 운전면허를 뺏어 가고 엄청 큰 벌금을 때릴 순 있지만 그게 다라고요."

나는 엄청나게 안도했다.

"그런데 왜 경찰관에게 거짓말을 했어요?" 내가 물었다.

"누구요? 저요? 왜 제가 거짓말을 했다고 생각하세요?"

"경찰관에게 실직한 호드 캐리어라고 했잖아요. 저한테는 고도로 숙련된 전문직 일을 한다고 했고요."

"그럼요. 그렇지만 순경한테 솔직하게 다 말하는 건 이득이 되지 않으니까요."

"그래서 정말 당신 하는 일이 뭡니까?"

"아, 그러면 다 알려 주는 건데요." 그가 능글맞게 말했다.

"부끄러운 일이라도 하는 겁니까?"

"부끄럽냐고요?" 그가 소리쳤다. "제가, 제 직업이 부끄럽냐고요? 세상에서 저만큼 자기 직업에 자부심을 가진 사람은 없을 거예요!"

"그렇다면 왜 말을 하지 못하는 겁니까?"

"선생님 같은 작가들은 정말이지 참견쟁이군요. 그렇지 않아요? 답이 뭔지 정확히 알아낼 때까지 선생님은 계속 근질근질하겠죠, 그렇죠?"

"어떻게 되든지 나는 신경 안 써요." 나는 거짓말을 했다.

그는 나를 곁눈질하면서 교활한 새끼 쥐 같은 표정을 지었다. "신경이 쓰이는 것 같은데요. 제 직업이 아주 괴상할 거라고 생각하면서도 그게 뭔지 궁금해 죽을 지경이라고 선생님 얼굴에 써 있네요."

나는 그가 내 생각을 읽는 것이 마음에 들지 않았다. 나는 입을 다물고 전방의 도로만 주시했다.

"선생님 생각도 맞아요." 그가 말을 이었다. "확실히 아주 괴상한 일을 하고 있지요. 괴상한 직업 중에서도 제 직업이 가장 괴상할 겁니다."

나는 그가 말을 잇기를 기다렸다.

"선생님도 알겠지만 그래서 다른 사람이랑 이야기를 할 때는 특히 신경을 쓴답니다. 예를 들어 선생님이 사복을 입은 경찰관일지 제가 어떻게 알겠어요?"

"제가 경찰관처럼 보여요?"

"아뇨. 그렇게는 안 보여요. 그리고 실제로 선생님은 경찰이 아니죠. 어떤 바보라도 그건 알 거예요."

그는 주머니에서 담배 깡통과 담배 종이가 든 갑을 꺼내 담배를 말기 시작했다. 나는 곁눈질로 그를 지켜보고 있었는데 다소 까다로운 이 작업을 하는 속도가 믿을 수 없을 정도로 빨랐다. 약 5초 만에 담배가 말려 준비되었다. 그는 담배 종이 가장자리를 침을 발라 붙인 다음 담배를 입에 물었다. 그러더니 갑자기 라이터가 그의 손에 나타났다. 라이터의 불꽃이 반짝였고 담배에 불이 붙었다. 그리고 라이터가 사라졌다. 정말 놀라운 능력이었다.

"당신처럼 담배를 빨리 마는 사람은 처음 봐요."

"아, 선생님은 알아챘군요." 그가 연기를 깊이 들이마시며 말했다.

"물론 알아챘죠. 정말 기가 막힌 솜씨네요."

그는 편안히 등을 기대며 미소를 지었다. 그가 담배를 얼마나 빨리 마는지 내가 알아봤다는 사실에 그는 몹시 기뻐했다. "어떻게 그렇게 할 수 있는지 알고 싶어요?" 그가 물었다.

"계속해요."

"그건 제가 놀라운 손가락을 가졌기 때문이죠. 제 손가락 좀 보세요." 그는 양손을 내 앞에 번쩍 들면서 말했다. "세상에서 가장 훌륭한 피아니스트보다 더 빠르고 더 재주 많은 손가락이라고요!"

"그럼 피아니스트인가요?"

"그렇게 바보처럼 굴지 마세요. 제가 피아니스트같이 보여요?"

나는 그의 손가락을 응시했다. 그의 손가락들은 몹시 날렵하고 길고 우아해서 굉장히 아름다웠다. 그의 몸의 다른 부분들과는 전혀 별개인 것 같았다. 오히려 뇌외과 의사나 시계 장인의 손가락에 더 가까워 보였다.

"제 직업은 피아노를 치는 것보다 백배는 더 어려운 일이라고요. 피아노를 치는 건 어떤 멍청이라도 배울 수 있어요. 요즘엔 어느 집을 가든 아주 작은 꼬맹이들도 피아노 치는 법을 배우잖아요. 그렇지 않아요?"

"거의 그렇죠."

"당연히 내 말이 옳죠. 그렇지만 제가 하는 일은 1,000만 명 중에서 한 명도 제대로 배우지 못한답니다. 1,000만 명 중에 한 명도! 어때요?"

"놀랍군요."

"빌어먹을, 정말 그래요."

"당신 직업이 뭔지 알 것 같아요. 속임수 마술을 하는군요. 당신은 마술사예요."

"제가요?" 그는 콧방귀를 뀌었다. "마술사요? 너절한 꼬맹이들 파티나 돌아다니면서 모자에서 토끼를 꺼내는 제 모습이 상상이 가세요?"

"그러면 도박사인 모양이군요. 사람들에게 카드 게임을 하게 하면서 직접 그 멋진 손으로 카드를 돌리는 사람 말이에요."

"내가! 카드 판의 젠장맞을 사기꾼이라니!" 그가 외쳤다. "듣던 중 끔찍한 소리로군요."

"좋아요. 나는 포기하겠소."

나는 다시 단속에 걸리지 않기 위해 이제 차를 천천히, 시속 65킬로미터도 되지 않는 속도로 몰고 있었다. 우리는 런던-옥스퍼드 주도로에 들어서서 데넘을 향해 경사로를 내려갔다.

갑자기 동승자가 검은색 가죽 허리띠를 내밀었다. "이거 본 적 있어요?" 그가 물었다. 독특한 디자인의 놋쇠 버클이 달린 허리띠였다.

"이봐요!" 내가 말했다. "내 건데요. 그렇죠? 내 거예요! 어디서 난 거죠?"

그는 씩 웃으며 허리띠를 좌우로 살살 흔들었다. "어디서 난 것 같아요? 당연히 선생님 바지에서 가져왔죠."

나는 허리춤에 손을 뻗어 허리띠를 찾았다. 허리띠가 없었다.

"우리가 차를 타고 오는 동안 가져갔다고요?" 나는 어안이 벙벙해졌다.

그는 그 쥐 같은 작고 새까만 눈으로 계속 나를 주시하면서 고개를 끄덕였다.

"그건 불가능해요." 내가 말했다. "버클을 풀고 고리들을 하나씩 통과해 허리띠 전체를 슬쩍 꺼내야 하는데. 당신이 그렇게 했다면 제가 봤을 겁니다. 아니, 보지 못했다 해도 느꼈을 겁니다."

"그렇지만 보지도 못하고 느끼지도 못했죠. 그렇죠?" 그가 승리감에 도취되어 말했다. 그가 허리띠를 무릎 위로 떨어뜨리자 돌연 갈색 신발 끈이 그의 손가락에서 달랑거렸다. "그럼 이건 어때요?" 그가 신발 끈을 흔들며 외쳤다.

"그게 뭐요?" 내가 말했다.

"신발 끈 잃어버리신 분?" 그가 활짝 웃으며 물었다.

나는 고개를 숙여 내 구두를 보았다. 한쪽 구두의 끈이 없었다. "세상에! 어떻게 한 겁니까? 당신이 몸을 숙이는 걸 보지 못했는데요."

"선생님은 아무것도 못 볼 겁니다." 그가 자랑스럽게 말했다. "제가 1인치 움직이는 것도 절대 못 볼걸요. 왜 그런지 알아요?"

"알아요. 당신이 놀라운 손가락을 가졌기 때문이죠."

"정확해요!" 그가 소리쳤다. "선생님은 이해가 빠른 편이군요. 그렇죠?" 그는 등받이에 몸을 기대고 직접 만든 담배를 계속 빨며 바람막이 창으로 가느다란 연기를 내뿜었다. 그는 이 두 가지 기술로 내가 몹시 감명을 받았다는 사실을 알았고, 그것에 대단히 흡족해했다. "늦으면 안 되는데요." 그가 말했다. "지금 몇 시죠?"

"당신 앞에 시계가 있어요."

"난 자동차 시계는 믿지 않아요. 선생님 시계로 지금 몇 시죠?"

나는 손목에 찬 시계를 보기 위해 소매를 추켜올렸다. 시계가 없었다. 나는 남자를 쳐다보았다. 그는 활짝 웃으며 내게 미소를 지었다.

"이것도 당신이 가져갔군요." 내가 말했다.

그가 손을 내밀자 손바닥 위에 내 시계가 놓여 있었다. "좋은 시계네요. 훌륭한 품질에 18K 금이군요. 팔기도 쉽겠어요. 질이 좋은 물건은 처분하는 데 전혀 어려움이 없지요."

"괜찮다면 돌려주면 좋겠군요." 나는 다소 퉁명스럽게 말했다.

그는 자신의 앞에 있는 가죽 정리함에 시계를 조심스럽게 놓았다. "선생님한테서는 아무것도 슬쩍하지 않아요. 우리는 친구니까요. 선생님은 나를 태워 줬잖아요."

"듣던 중 반가운 소리네요."

"난 그냥 선생님이 질문하기에 대답하고 있는 것뿐이라고요." 그가 말을 이었다. "선생님이 내가 뭘로 먹고사는지 궁금해하기에 보여 준

거죠."

"또 뭘 가져갔어요?"

그는 다시 미소를 지으며 재킷 주머니에서 내 물건을 하나씩 하나씩 꺼내기 시작했다. 운전면허증, 열쇠 네 개가 달린 열쇠고리, 파운드 지폐 몇 장, 동전 몇 개, 출판사에서 받은 편지 한 통, 수첩, 오래된 뭉툭한 연필, 라이터, 그리고 마지막은 내 아내의 물건으로 진주가 빙 둘러진 아름답고 오래된 사파이어 반지. 진주 한 알이 빠져서 반지를 런던에 있는 보석상으로 가져가는 길이었다.

"와, 여기 좋은 물건이 또 있군요." 그가 반지를 손가락으로 이리저리 돌려 보며 말했다. "내가 잘못 안 게 아니라면 18세기 조지 3세 때 물건이네요."

"맞아요." 나는 감명받았다. "정확히 맞혔어요."

그는 다른 물건들과 함께 반지를 가죽 정리함에 넣었다.

"그러니까 당신은 소매치기로군요."

"그 단어가 마음에 들지 않는군요. 그건 거칠고 천박한 단어라고요. 소매치기는 사소하고 쉽고 비전문적인 일만 하는 거칠고 천박한 사람들이에요. 눈먼 노파들에게서 돈을 훔치죠."

"그럼 당신은 뭐라고 부릅니까?"

"나요? 나는 손가락 장인이랍니다. 전문적인 손가락 장인이에요."

그는 마치 자신이 왕립 외과대학의 학장이나 캔터베리 대주교라고 소개하는 것처럼 엄숙하고 자랑스럽게 그 단어를 말했다.

"그런 단어는 처음 들어 보는데요. 당신이 만든 거예요?"

"당연히 내가 만든 게 아니죠. 손가락 장인이란 그 분야에서 최정상까지 오른 사람들에게 주어지는 이름이에요. 가령 금세공 장인이나 은세공 장인이라는 말은 들어 봤겠죠. 그 사람들은 금과 은에 대한 전문가죠. 나는 내 손가락으로 하는 일에 전문가니까 손가락 장인이란 말입니다."

"굉장히 흥미로운 직업이겠군요."

"멋진 직업이죠. 아주 근사해요."

"그래서 경마에 가는 거군요?"

"경마 참가자들은 아주 손쉬운 먹이죠. 경마가 끝난 다음에 줄을 서서 돈을 찾아가는 운 좋은 사람들을 주시하면서 그냥 서 있기만 하면 돼요. 그러다 두꺼운 돈뭉치를 가져가는 사람을 보게 되면 그냥 뒤를 따라가 원하는 만큼 챙기면 된답니다. 그렇지만 나를 나쁘게 생각하진 마세요, 선생님. 돈을 잃은 사람이나 가난한 사람들에게서는 절대 아무것도 챙기지 않는답니다. 나는 감당할 수 있는 사람들, 돈을 딴 사람들과 부자들 뒤만 따라가요."

"그건 정말 사려 깊군요. 잡힌 적은 몇 번이나 됩니까?"

"잡힌다고요?" 그가 메스껍다는 듯 큰 소리로 외쳤다. "내가 잡히다니! 소매치기들이나 잡히겠죠. 손가락 장인은 결코 잡히지 않아요. 보

세요, 나는 원한다면 선생님 입속에서 금니도 꺼낼 수 있다고요. 선생
님은 전혀 눈치채지 못하게요!"

"저는 금니가 없어요."

"나도 알아요." 그가 대꾸했다. "금니가 있었다면 오래전에 내가 꺼
냈을 거라고요!"

나는 그의 말을 믿었다. 그 길고 날렵한 손가락이 할 수 없는 일은 없
어 보였다.

우리는 한동안 말없이 차를 타고 달렸다.

"그 경찰관이 당신을 샅샅이 털어 낼 것 같은데요." 내가 말했다. "걱
정되지 않아요?"

"아무도 나를 털 수 없어요."

"당연히 털 거예요. 경찰관이 검은 공책에 당신 이름과 주소를 아주
정성스럽게 써넣던데요."

그는 다시 나에게 교활한 쥐 같은 웃음을 희미하게 지어 보였다. "아,
그 사람이 그랬죠. 그렇지만 그걸 다 기억하고 있지는 않을 거라는 데
돈을 걸겠어요. 경찰 중에서 기억력이 괜찮은 사람은 아직 한 명도 못
봤거든요. 아마 자기 이름도 기억 못 하는 경찰들도 있을걸요."

"기억력이 무슨 상관인데요? 공책에 써넣었잖아요. 그렇지 않아
요?"

"맞아요, 선생님. 하지만 문제는 말이죠, 경찰관이 그걸 잃어버렸다

는 거죠. 내 이름을 써 둔 공책이랑 선생님 이름이 써진 딱지책이랑 둘 다요."

그는 승리감에 차서, 길고 섬세한 오른손 손가락으로 경찰관의 주머니에서 꺼낸 종이 묶음 두 개를 들어 보였다. "여태까지 했던 일 중에 가장 쉬웠네요." 그는 자랑스럽게 선언했다.

나는 너무 흥분한 나머지 차를 우유 트럭에 거의 들이박을 뻔했다.

"이제 그 경찰관은 우리 둘에 대해서 아무것도 모르죠."

"당신은 천재예요!" 내가 소리쳤다.

"이름도, 주소도, 차 번호도, 아무것도 없어요."

"당신은 정말 멋져요!"

"내 생각엔 선생님이 최대한 빨리 이 주도로를 벗어나는 게 좋겠어요. 그런 다음에 화톳불을 조그맣게 피우고 이걸 태워 버립시다."

"당신은 환상적인 사람이에요!" 나는 감탄했다.

"고맙습니다, 선생님. 인정을 받는 것은 늘 기분 좋은 일이죠."

다음 이야기에 대한 노트

　지금으로부터 30년도 더 전인 1946년에 나는 미혼이었고 어머니와 살고 있었다. 1년에 단편을 두 편씩 써서 벌이가 괜찮았다. 한 편을 쓸 때마다 넉 달씩 걸렸는데 다행스럽게도 국내와 외국에 내 글을 흔쾌히 사는 사람들이 있었다.

　그 해 4월의 어느 날 아침 나는 놀라울 정도로 훌륭한 로마 시대 은기가 발견되었다는 기사를 신문에서 읽었다. 4년 전에 서퍽 주의 밀덴홀 근처에서 쟁기질을 하던 농부가 이 유물들을 발견했는데, 어떤 이유에서인지 지금까지 발견되었다는 사실 자체가 감춰져 있었다. 신문 기사에 따르면 영국 제도에서 지금까지 발견된 것 가운데 가장 대단한 보물로 이제 대영박물관에서 인수했다. 쟁기질을 하던 농부의 이름은 고든 부처라고 나와 있었다.

　진짜 큰 보물을 실제로 발견한 이야기들을 읽으면 강렬한 흥분에 몸이 떨린다. 그 떨림이 다리를 타고 내려가 발바닥까지 전해진다. 그 이야기를 읽었을 때, 나는 아침 식사를 끝내지도 않고 의자에서 벌떡 일어나 어머니에게 다녀오겠다고 소리를 지른 뒤에 자동차로 돌진했다. 내 차는 9년 된 울슬리였는데 나는 그 차를 '하드 블랙 슬 링커(Slink는 살금살금 움직인다는 뜻 – 옮긴이)'라고 불렀다. 내 차는 잘 나 갔지만 아주 빠르지는 않았다.

밀덴홀은 우리 집에서 200킬로미터 정도 떨어져 있었는데, 꼬불 꼬불한 도로와 시골길을 따라 나라를 횡단하는 까다로운 여정이었 다. 나는 점심때쯤 그곳에 도착했고, 지역 경찰서에 문의해서 고든 부처가 가족과 함께 사는 작은 집을 찾을 수 있었다. 내가 문을 두드 렸을 때 그는 점심 식사를 하고 있었다.

나는 보물을 어떻게 발견했는지 이야기를 해 줄 수 있겠느냐고 부 탁했다.

"됐어요." 그가 말했다. "기자들이라면 지긋지긋하게 만났다고요. 이제 평생 기자는 다시 만나고 싶지 않아요."

"저는 기자가 아닙니다." 나는 그에게 말했다. "저는 단편 소설 작 가인데 작품을 잡지에 판답니다. 상당히 괜찮은 돈을 받죠." 나는 그 가 보물을 정확히 어떻게 발견했는지 이야기를 해 준다면 그에 관해

진실된 이야기를 써 볼 작정이라고 계속해서 말했다. 그리고 작품이 팔리면 원고료를 그와 반씩 나누겠다고 했다.

결국 그는 나와 이야기를 하기로 했다. 주방에 몇 시간 동안 앉아서 그는 나에게 흥미진진한 이야기를 들려주었다. 그가 이야기를 마친 후 나는 사건에 관련된 다른 남자, 포드라는 이름을 가진 더 나이 많은 남자를 만나러 갔다. 포드는 아무 말도 하지 않고 내 면전에서 문을 닫아 버렸다. 그러나 그 무렵에는 이미 줄거리가 완성된 터라 나는 집으로 떠났다.

다음 날 아침, 나는 고든 부처가 발견한 보물을 구경하러 런던에 있는 대영박물관으로 갔다. 기가 막히게 멋졌다. 그저 그 보물을 보는 것만으로도 다시 온몸에 전율이 흘렀다.

나는 최대한 진실되게 이야기를 써서 미국으로 보냈다. 〈새터데이 이브닝 포스트〉라는 잡지에서 그 이야기를 샀고, 나는 원고료로 상당한 액수를 받았다. 돈을 받고 나서 나는 정확히 반절에 해당하는 금액을 밀덴홀의 고든 부처에게 보냈다.

일주일이 지난 후, 나는 부처 씨에게서 편지를 받았다. 아이의 학교 연습장에서 찢어 낸 것이 분명한 종이에는 이런 내용이 있었다.

"……선생님이 보낸 수표를 봤을 때 깃털 한 개로 툭 건드려도 쓰러질 것 같았습니다. 정말 멋졌습니다. 선생님께 감사를……."

다음에 실린 이야기는 30년 전에 쓴 내용과 거의 일치한다. 달라진 부분은 거의 없다. 너무 현란하고 복잡한 구절을 좀 더 간결하게 만들고 지나친 형용사와 불필요한 문장들을 몇 개 뺐을 뿐이다.

3

밀덴홀의 보물

아침 일곱 시쯤 고든 부처는 잠자리에서 일어나 불을 켰다. 그는 맨발로 창문가로 가서 커튼을 걷고 바깥을 내다보았다.

1월이라 여전히 깜깜했지만 밤새 눈이 오지 않은 것은 알 수 있었다.

"저 바람 좀 봐." 그가 아내에게 큰 소리로 말했다. "바람 소리 좀 들어봐."

아내는 막 잠자리에서 일어나 창문 근처에 선 그의 등 뒤에 섰다. 둘은 아무 말도 하지 않고 차디찬 바람이 소택지 위로 휙휙 휘몰아치는 소리에 귀를 기울였다.

"북동풍인데." 그가 말했다.

"확실히 해 지기 전에 눈이 오겠어요." 아내가 말했다. "그것도 아주 많이요."

아내는 그의 앞에서 옷을 갈아입고 옆방으로 가서 여섯 살 난 딸의 침대 위로 몸을 숙여 키스했다. 다른 방에서 자던 큰 아이들 두 명에게 큰 소리로 아침 인사를 하고 아침밥을 준비하러 아래층으로 내려갔다.

여덟 시 십오 분 전에 고든 부처는 코트를 입고 모자를 쓰고 가죽 장갑을 끼고 뒷문으로 나가, 겨울날 이른 아침의 혹독한 날씨 속으로 걸어 들어갔다. 절반쯤 떠오른 해가 비치는 뜰을 지나 자전거를 세워 둔 헛간으로 가는 동안, 바람이 뺨을 칼로 저미는 것 같았다. 그는 자전거를 꺼내 와 타고 강풍을 정면으로 맞으며 좁은 도로 한가운데를 따라 내려갔다.

고든 부처는 서른여덟 살이었다. 그는 일반적인 농장 노동자가 아니었다. 자기가 내키지 않으면 아무에게도 지시를 받지 않았다. 자기 트랙터를 가지고 있어서 계약을 하고 그걸로 다른 사람들 밭을 갈고 작물을 수확했다. 그는 자기 아내와 아들과 두 딸만 생각했다. 작은 벽돌집과 암소 두 마리와 트랙터와 밭 가는 기술이 그가 가진 전부였다.

고든 부처는 머리가 매우 신기하게 생겼는데, 뒤통수가 커다란 달걀의 꼭대기처럼 튀어나와 있었다. 귀는 툭 튀어나왔으며 왼쪽 앞니 한 개가 없었다. 그러나 그를 직접 만나면 그런 부분은 별로 중요해 보이지 않았다. 그는 흔들리지 않는 푸른 눈으로 사람을 보았는데, 그 눈에 악의나 교활함이나 탐욕 같은 것은 손톱만큼도 없었다. 그리고 땅을 경작하느라 매일같이 날씨와 싸우는 사람들에게서 흔히 보이는 입매 가장자리의 주름도 없었다.

그의 유일한 별난 점은, 자기도 기꺼이 동의하겠지만, 혼자 있을 때 혼잣말을 큰 소리로 한다는 것이었다. 그의 말에 따르면 자기 일 때문에 일주일에 엿새, 하루에 열 시간씩 완전히 혼자 지내다 보니 생긴 습관이었다. 그는 이렇게 말했다. "이따금 제 목소리를 듣는 게 위안이 되거든요."

그는 인정사정없는 바람에 맞서 자전거의 페달을 세게 밟아 도로를 내려갔다.

"좋아." 그는 말했다. "좋다고, 왜 전혀 불지 않는 거야? 이게 제일 센 거라고? 어이구야, 맙소사, 오늘 아침에는 바람이 부는지도 모르겠는걸!" 바람은 사방에서 윙윙 울부짖으며 그의 코트에 달려들어 두꺼운 모직물 사이 구멍으로 비집고 들어왔고, 재킷과 셔츠와 조끼 아래까지 파고들어 얼음같이 차가운 손끝으로 그의 맨살을 건드렸다.

"흥, 오늘은 그냥 미지근하구먼. 나를 떨게 만들려면 그보다는 훨씬 열심히 해야 할 텐데."

이제 어둠이 옅어져 연회색 아침 햇살로 변해 가고, 고든 부처는 구름이 잔뜩 낀 하늘 지붕이 머리 위로 아주 낮게 드리워져 있는 것을 볼 수 있었다. 바람 때문에 구름이 빠르게 흐르고 있었다. 구름은 청회색이었지만 지평선 끝에서 끝까지 여기저기 검은 뭉치들로 얼룩져 있었다. 바람에 구름이 움직이는 것이 마치 머리 위로 거대한 회색 금속판이 미끄러지듯 지나는 모습 같았다. 사방에 서퍽의 시골 풍경, 황량하고 외딴 소택지가 몇 킬로미터이고 계속 펼쳐져 있었다.

그는 계속 페달을 밟았다. 밀덴홀이라는 작은 읍내의 변두리를 통과해 포드라는 사람의 집이 있는 웨스트 로우 마을로 향했다.

포드에게서 시슬리 그린에 있는 1만 8,000제곱미터쯤 되는 땅을 일구는 일을 받았기 때문에, 그는 전날 트랙터를 포드의 집에 두고 왔다.

쟁기질을 할 땅이 포드의 땅은 아니었다. 이 점을 꼭 기억해 두어야 한다. 포드는 그저 밭을 갈아 달라고 의뢰한 사람이었다.

실제로 그 땅은 롤프라는 농부의 소유였다.

롤프가 포드에게 땅을 갈아 달라고 일을 맡겼다. 포드 역시 고든 부처처럼 다른 사람들을 대신해서 밭을 갈았기 때문이다. 포드와 고든 부처 사이에 차이가 있다면 포드의 규모가 더 크다는 것이었다. 포드는 소규모 농업 기술자로 상당히 부유해서 멋진 집과 농기구와 기계들이 꽉 찬 헛간들이 여러 채 들어선 넓은 뜰을 가지고 있었다. 고든 부처에게는 트랙터 한 대뿐이었다.

이번에는 롤프가 포드에게 의뢰하긴 했지만 포드가 너무 바빠서 그 일을 대신 하라고 고든 부처를 고용한 것이었다.

부처가 자전거를 타고 들어갔을 때 포드의 뜰 주변에는 아무도 없었다. 그는 자전거를 세워 두고 트랙터에 등유와 휘발유를 채우고 엔진에 시동을 걸고 쟁기를 뒤에 매고 높은 좌석에 앉아 시슬리 그린으로 트랙터를 몰고 갔다.

밭까지는 800미터도 되지 않아 부처는 여덟 시 삼십 분쯤 트랙터를 몰고 들판으로 통하는 문을 지나 안으로 들어갔다. 시슬리 그린은 다 해서 40만 5,000제곱미터쯤 되는 들판으로 낮은 울타리에 둘러싸여 있었다. 실제로는 하나의 넓은 들판이었지만 여러 사람들이 쪼개서 소유하고 있었다. 각자 소유한 부분을 쉽게 알아볼 수 있었는데, 밭주인들이 저마다 다른 방식으로 경작을 하고 있었기 때문이다. 롤프의 1만 8,000제곱미터짜리 땅은 남쪽 경계 울타리 근처에 있었다. 부처는 롤프의 땅이 어디 있는지 알고 있었기 때문에 들판의 가장자리를 빙 둘러서 안쪽으로 들어갔다.

지난가을에 보리를 수확하고 나서 썩어 가는 짧은 줄기로 뒤덮인 땅에는 이제 그루터기도 거의 남아 있지 않았고, 최근에 남은 줄기들을 베어 냈기 때문에 쟁기질을 할 상태가 되어 있었다.

"깊게 갈아." 포드가 전날 부처에게 말했었다. "사탕무를 심을 거야. 롤프가 거기에 사탕무를 심는다는구먼."

보리를 심을 때면 10센티미터 정도만 갈아엎으면 되지만 사탕무를 심으려면 깊게, 25센티미터 내지 30센티미터 정도 갈아야 했다. 말이 끄는 쟁기로는 그렇게 깊게 갈아엎을 수 없었다. 농업용 트랙터가 나온 이후에야 제대로 할 수 있게 되었다. 이보다 몇 년 앞서 사탕무를 경작하려고 롤프의 땅을 깊게 갈아엎은 적이 있었지만 그때 작업을 했던 것은 부처가 아니었다. 그때 밭을 갈던 일꾼이 필요한 만큼 충분히 깊이 갈지 않았던 게 분명했다. 그가 작업을 제대로 했더라면 오늘 일어날 일이 그때 일어났을 테고, 이야기는 전혀 달라졌을 테니까.

고든 부처는 땅을 갈기 시작했다. 밭을 오르락내리락할 때마다 쟁기의 높이를 계속 낮춰서 마침내 땅속 30센티미터까지 박힐 정도가 되자 쟁기가 지나갈 때마다 검은 흙에 매끄럽고 고른 물결이 생겼다.

이제 바람이 더 강해졌다. 거친 바다에서 시작된 바람은 노퍽의 평탄한 벌판들을 휩쓸고 색소프와 리팸과 호닝햄과 스와팸과 랄링을 지나 서퍽의 경계를 넘어서, 고든 부처가 트랙터의 높은 운전석에 꼿꼿하게 앉아 누런 보리 그루터기가 남은 롤프의 밭을 갈고 있는 시슬리 그린과 밀덴홀까지 몰아쳤다. 고든 부처는 그리 멀지 않은 곳으로부터 선명한 눈의 냄새를 맡을 수 있었다. 이제 검은 얼룩이 사라지고 연회색으로 희끗희끗해진 낮은 하늘이 단단한 금속판처럼 머리 위로 미끄러지듯 흘러가는 것이 보였다.

그는 트랙터의 털털거리는 소리 위로 목소리를 높여 말했다. "흐음, 너도 오늘은 괴로운가 보구나. 거세게 불었다가 시끄럽게 울었다가 꽁꽁 얼릴 것처럼 야단법석을 떠네. 꼭 여자처럼." 그는 덧붙였다. "여자들이 저녁때 이따금 하는 짓이랑 똑같군." 그는 밭고랑 줄을 보며 미소를 지었다.

정오에 그는 트랙터를 멈추고 운전석에서 내려와 주머니에 손을 넣어 점심 식사거리를 찾았다. 도시락을 찾은 그는 커다란 트랙터 바퀴가 바람을 막아 주는 바닥에 앉았다. 그는 커다란 빵 조각과 아주 작은 치즈 부스러기를 먹었다. 마실 것은 없었다. 2주 전에 트랙터가 갑자기 덜컹거리는 바람에 하나밖에 없던 보온병이 박살났기 때문이다. 이때가 1942년 1월이었는데 전쟁 중이라 보온병을 새로 구할 수가 없었다. 그는 땅바닥에 앉아 한 15분 정도 점심을 먹었다. 그리고 일어나 고리를 확인했다.

다른 쟁기장이들과는 달리 부처는 늘 쟁기를 나무 고리로 트랙터에 걸었다. 그러면 쟁기에 나무뿌리나 커다란 돌이 걸린다고 해도 고리가 곧바로 부러지기 때문에 쟁기 날은 심하게 손상되지 않았다. 시커먼 소택지에는 오래된 참나무들의 거대한 몸통이 지표면 바로 아래 사방에 널려 있었기 때문에, 나무 고리는 일주일에도 몇 번씩 쟁기날을 구해 주었다. 시슬리 그린은 소택지가 아니라 잘 경작된 땅이자 밭이긴 했지만 그래도 부처는 그의 쟁기의 운명을 요행에 맡길 수 없었다.

그는 나무 고리를 점검해 멀쩡한 것을 확인한 다음, 다시 트랙터에 걸고 쟁기질을 계속해 나갔다.

트랙터가 벌판에서 천천히 앞뒤로 왔다 갔다 하는 동안, 그 뒤로 검은 흙이 매끄럽게 물결쳤다. 바람은 더 차가워졌지만 눈은 내리지 않았다.

세 시 무렵 그 일이 일어났다.

트랙터가 미약하게 덜컹거리더니 나무 고리가 부러졌고 쟁기가 트랙터 뒤에 남겨졌다. 부처는 트랙터를 멈추고 운전석에서 내려와 쟁기가 무엇에 걸렸는지 보러 갔다. 경작지에서 이런 일은 흔치 않았다. 이곳에서는 흙 밑에 참나무가 없어야 정상이었다.

그는 쟁기 옆에 무릎을 꿇고 쟁기날의 끝부분 주변의 흙을 퍼내기 시작했다. 날의 끝은 30센티미터 아래에 박혀 있었다. 흙을 아주 많이 퍼내야 했다. 그는 장갑을 낀 손가락으로 땅을 파고 양손으로 모아 퍼냈다. 15센티미터……20센티미터……25센티미터……30센티미터. 그는 쟁기날의 면을 따라 손가락을 미끄러뜨려서 맨 앞까지 더듬어 갔다. 흙은 단단하지 않고 잘 바스러져 그가 파는 구멍으로 다시 떨어져 내렸다. 그래서 그는 30센티미터 깊이에 있는 쟁기날 끝을 볼 수 없고 그저 느낄 수만 있었다. 이제 끝이 뭔가 단단한 것에 박힌 것을 확실히 알 수 있었다. 그는 흙을 더 떠내서 구멍을 넓혔다. 맞닥뜨린 장애물이 어떤 것인지 분명히 알기 위해서였다. 장애물이 자그마한 것이라면 아마 손으로 파내고 작업을 계속할 수 있을 것이다. 만약 나무 몸통이라면 포드에게 가서 삽을 가져와야 했다.

그는 크게 소리 내어 말했다. "널 꺼내고야 말 테다, 이 숨은 악마, 빌어먹을 물건아." 장갑을 낀 손가락이 검은 흙을 한주먹 쓸어 내자 뭔가 납작한 물건의 굽은 가장자리, 커다랗고 두꺼운 접시의 테두리 같은 것이 흙 바깥으로 불쑥 튀어나왔다. 그는 손가락으로 테두리를 문지르고 다시 문질러 보았다. 그러자 갑자기 테두리에서 녹색 빛이 반짝였고 고든 부처는 고개를 가까이, 더 가까이 숙여 그가 방금 손으로 팠던 작은 구덩이를 가만히 내려다보았다. 마지막으로 한 번 더 테두리를 손가락으로 박박 문지르자 순간 의심할 여지 없는 고대 금속의 청록색 표면을 확실하게 볼 수 있었다. 그는 심장이 멎는 듯했다.

여기서 설명해야 할 점이 있다. 서퍽의 이 지역, 특히 밀덴홀 지역에서는 오랫동안 농부들이 흙에서 고대 유물을 발견해 왔다. 아주 오래 전의 화살촉도 매우 많이 발견되었지만, 그보다 더 흥미로운 것은 로마 시대의 도자기와 도구들 역시 발견되었다는 점이다. 로마인들은 브리튼 섬을 정복했던 당시에 이 지역을 선호했다고 알려져 있고, 그러다 보니 지역 농부들은 작업을 하다가 뭔가 흥미로운 것을 발견할 수도 있다는 걸 잘 알고 있었다. 밀덴홀의 주민들 사이에는 자기들이 사는 땅 아래에 보물이 있다는 생각이 늘 자리 잡고 있었던 것이다.

그 커다란 접시 테두리를 본 순간 고든 부처의 반응은 특이했다. 그는 즉시 뒤로 물러섰다. 그리고 벌떡 일어나 자신이 막 발견한 것에 등을 돌렸다. 그는 트랙터의 엔진을 끌 동안만 멈췄다가 도로 쪽으로 빠르게 걸어갔다.

정확히 어떤 이유로 땅을 파던 것을 멈추고 그곳을 떠났는지 그도 몰랐다. 처음 몇 초 동안에 대해 유일하게 기억나는 것은 그 청록색 조각에서 뚜렷이 풍기던 위험한 기운이었다. 손가락으로 그것을 건드린 순간 전기 비슷한 것이 그의 몸을 관통했고, 많은 사람들의 평화와 행복을 망가뜨릴 수 있는 물건이라는 강력한 예감이 들었다.

처음에 그가 바랐던 것은 그 물건으로부터 멀어지는 것, 그리고 그것을 내버려 둔 채 영원히 잊어버리는 것뿐이었다. 그러나 몇 백 미터가량 간 후 그는 발걸음을 늦췄다. 시슬리 그린을 나오는 문 앞에서 멈춰 섰다.

"고든 부처 씨, 도대체 뭐가 문제야?" 그는 울부짖는 바람에게 소리 내어 말했다. "무섭거나 뭐 그런 거야? 아냐, 나는 무섭지 않아. 그렇지만 솔직히 말하지. 이걸 나 혼자 만지고 싶진 않아."

그때 포드가 생각났다.

포드가 생각난 것은 우선 그날 그가 포드에게 고용되었기 때문이다. 둘째로 포드가 오래된 물건들, 오래된 돌과 화살촉을 모으는 일종의 수집가라서 사람들이 이따금 그 지역에서 파낸 것을 포드에게 가져가면 포드가 응접실 벽난로의 장식 선반 위에 두곤 한다는 사실을 알고 있었기 때문이다. 사람들은 포드가 그런 물건들을 판다고 생각했지만 어떻게 파는지 아무도 몰랐고, 아무도 알려고 들지 않았다.

고든 부처는 포드의 집을 향해 몸을 돌렸다. 그는 빠르게 문을 나가 좁은 길로 나섰고, 길을 따라 내려가 급격하게 꺾인 왼쪽 모퉁이를 지나 집으로 갔다. 포드가 커다란 헛간에서 망가진 써레 위에 몸을 숙이고 고치고 있는 모습이 보였다. 부처는 문가에 서서 말했다. "포드 씨!"

포드는 몸을 바로 하지도 않은 채 돌아보았다.

"그래, 고든." 그가 말했다. "무슨 일인가?"

포드는 중년 또는 그보다 조금 더 나이가 들었는데 대머리에 코가 길고 교활한 여우 같은 표정이었다. 입은 얇고 심술궂어 보였다. 그가 당신을 보면, 그리고 당신이 꼭 다문 그의 입과 얇고 심술궂은 입술선을 보면 결코 웃지 않는 입이라는 것을 바로 알 수 있다. 그는 턱이 뒤로 들어간 데에다 코가 길고 뾰족해서, 숲에 사는 심술궂고 약삭빠른 늙은 여우 같은 분위기를 풍겼다.

"무슨 일인가?" 그가 써레에서 시선을 들며 물었다.

고든 부처는 추위로 파랗게 질린 채 약간 숨이 찬 상태로 양손을 천천히 문지르며 문가에 서 있었다.

"트랙터에서 쟁기가 풀렸어요." 그가 조용히 말했다. "아래에 금속이 있어요. 제가 봤어요."

포드가 고개를 홱 돌렸다. "무슨 금속?" 그가 날카롭게 물었다.

"납작해요. 커다란 접시 같은 물건처럼 굉장히 납작해요."

"자네가 파내지 않았나?" 포드는 이제 자세를 바로 했다. 그의 눈이 독수리처럼 번쩍거렸다.

부처가 말했다. "아니요. 그냥 두고 바로 여기로 왔어요."

포드는 재빨리 모퉁이로 가서 외투를 못에서 내렸다. 모자와 장갑을 찾은 뒤에 삽을 챙겨 문으로 향했다. 부처가 말하는 태도에 이상한 구석이 있다는 것을 알아차렸던 것이다.

"금속이 확실한가?"

"단단한 껍질로 덮여 있었지만 금속이라는 건 확실해요."

"얼마나 깊이 있었는데?"

"30센티미터 아래에요. 적어도 그 물건의 꼭대기는 30센티미터 아래에 있었어요. 나머지는 더 깊이 파묻혀 있고요."

"접시라는 것은 어떻게 알았지?"

"저는 몰라요. 테두리 약간밖에 보지 못했어요. 그렇지만 저한테는 접시처럼 보이더라고요. 아주 커다란 접시요."

포드의 여우 같은 얼굴이 흥분으로 거의 하얘졌다. "자, 돌아가서 보자고." 그가 말했다.

두 남자는 헛간에서 나와 점점 더 심해져 가는 사나운 바람 속으로 나섰다. 포드는 몸을 떨었다.

"망할 날씨 같으니. 빌어먹을 지독하게 춥군." 그는 뾰족한 여우 같은 얼굴을 외투 깃 안으로 깊이 숙이고 부처가 발견한 것이 무엇일지 생각해 보기 시작했다.

포드는 알지만 부처는 모르는 것이 한 가지 있었다. 1932년에 케임브리지 대학에서 앵글로색슨 유물을 연구하는 교수인 레스브리지라는 남자가 그 지역에서 발굴을 해 왔으며 실제로 시슬리 그린에서 로마 시대 저택의 토대를 발굴해 내기도 했다는 것이었다. 포드는 그것을 잊지 않고 있었기 때문에 발걸음을 빨리했다. 부처는 아무 말도 없이 그의 옆에서 걸었고 그들은 곧 도착했다. 문을 지나 트랙터에서 10미터쯤 떨어진 곳에 놓여 있는 쟁기 쪽으로 다가갔다.

포드는 쟁기 옆에 무릎을 꿇고 고든 부처가 손으로 파헤쳤던 작은 구덩이를 뚫어지게 응시했다. 그는 장갑을 낀 손으로 청록색 금속의 테두리를 만졌다. 흙을 더 털어 냈다. 뾰족한 코가 구멍에 닿을 정도로 몸을 깊이 숙였다. 거친 녹색 표면을 따라 손가락을 미끄러뜨렸다. 그러더니 자리에서 일어나 말했다. "쟁기를 치우고 좀 더 파 보세." 머릿속에서는 요란하게 폭죽이 터지고 온몸이 전율했지만 포드는 아주 부드럽고 아무렇지도 않은 목소리를 유지했다.

그들은 쟁기를 양쪽으로 잡고 2미터가량 뒤로 잡아당겼다.

"삽을 주게." 포드가 말했다. 그는 드러난 금속 조각 둘레로 지름이 90센티미터쯤 되는 원 모양으로 흙을 조심스럽게 파내기 시작했다. 깊이가 60센티미터쯤 되자 그는 삽을 던져 버리고 손으로 파냈다. 그가 무릎을 꿇고 흙을 퍼내자 작은 금속 조각이 점점 더 커지더니 마침내 거대한 접시 모양의 커다란 원반이 드러났다. 지름이 60센티미터나 되었다. 접시의 높이 솟은 테두리 가운데가 움푹 들어간 것을 보니 쟁기날의 뾰족한 끝이 거기에 걸렸던 모양이었다.

포드는 조심스럽게 그것을 구멍 바깥으로 꺼냈다. 그는 일어나서 접시의 흙을 닦아 내며 계속해서 뒤집어 보았다. 표면 전체가 단단한 청록색 물질로 두껍게 덮여 있어 그다지 볼 것은 없었다. 그러나 그는 그것이 엄청난 무게와 두께를 지닌 거대한 그릇 또는 접시라는 것을 알 수 있었다. 무게가 8킬로그램이나 나갔다!

포드는 누런 보리 그루터기가 남은 밭에 서서 거대한 그릇을 응시했다. 그의 손이 떨리기 시작했다. 속에서 참을 수 없는 엄청난 흥분이 들끓었고, 그것을 감추는 것은 쉬운 일이 아니었다. 그러나 그는 최선을 다했다.

"접시 같은 거구만." 그가 말했다.

부처는 구멍 옆의 땅바닥에 엎드려 있었다. "꽤 오래된 것 같네요."

"그럴 수도 있겠지." 포드가 말했다. "그렇지만 온통 녹슬어서 부식되었어."

"제가 보기에는 녹이 아닌 것 같은데요." 부처가 말했다. "그 푸르뎅뎅한 건 녹이 아니에요. 뭔가 다른 건데요…….."

"푸른 녹일세." 포드가 강하게 말했고 그것으로 이야기가 끝났다.

여전히 엎드려 있던 부처는 이제 너비 90센티미터나 되는 구멍을 장갑 낀 손으로 아무렇게나 쑤시고 있었다. "이 아래에 다른 것도 하나 더 있네요."

포드는 즉각 거대한 접시를 바닥에 내려놓았다. 그는 부처 옆에 엎드렸고, 몇 분 지나지 않아 그들은 청록색 물질로 덮인 커다란 그릇 한 개를 파냈다. 이번 것은 처음 것보다 약간 작고 더 깊었다. 접시라기보다는 대접 같았다.

포드는 일어나서 새로 발견한 것을 손에 들었다. 역시 무거웠다. 이제 그는 그들이 끝내주게 굉장한 것을 발견했다는 사실을 확실히 알 수 있었다. 그들은 로마 시대의 보물을 발견했고, 그것이 순은이라는 데에는 거의 의심할 여지가 없었다. 두 가지 사실 때문이었는데, 첫 번째는 그 무게였고, 두 번째는 산화로 인해 생기는 특정한 녹색 막이었다.

세계에서 로마의 은기가 얼마나 자주 발견되는가?

아마 앞으로는 거의 발견되지 않을 것이다. 그러면 이만큼 커다란 은기가 앞서 발굴되었던 적이 있던가?

포드는 확실히 알지 못했지만 과연 그런 적이 있었을지 몹시 의심스러웠다.

수백만 파운드의 가치가 있을 것이 분명했다.

문자 그대로 수백만 파운드 가치.

점점 가빠지는 그의 호흡이 얼어붙을 듯 추운 대기에 작고 하얀 구름들을 만들어 냈다.

"이 아래에 더 있어요, 포드 씨." 부처가 말하고 있었다. "여기저기 널려 있는 조각들이 느껴지네요. 또 삽이 필요하실 거예요."

그들이 꺼낸 세 번째 물건은 또 커다란 접시로, 첫 번째 물건과 조금 비슷했다. 포드는 그것도 다른 두 개와 함께 보리 그루터기 사이에 두었다.

첫 눈송이가 뺨에 떨어진 것을 느낀 부처가 위를 올려다보자 하늘 저편 북동쪽에 거대한 하얀 장막이 드리워진 것이 보였다. 바람의 날개를 타고 날아오는 두터운 눈의 장벽이었다.

"눈이 와요!" 부처가 말했다. 포드가 눈이 그들 쪽으로 다가오는 것을 보고 말했다. "눈보라잖아. 빌어먹을 지독한 눈보라!"

두 남자는 소택지를 가로질러 그들에게 달려오는 눈보라를 보았다.

그것은 이내 그들에게까지 왔고 눈이며 귀며 입이며 목 아래까지 눈송이가 쌓이기 시작했다. 몇 초 후 부처가 땅바닥을 내려다보자 이미 거의 하얘져 있었다.

"그러면 그렇지, 빌어먹을 지독한 눈보라." 포드가 말했다. 그는 몸을 떨면서 여우 같은 얼굴을 외투 깃 사이로 더 깊이 집어넣었다. "자, 더 있는지 보자고."

부처는 다시 엎드려서 흙 여기저기를 찔러 보았고, 톱밥으로 채워진 통에서 경품을 꺼내는 남자처럼 무심히 느릿느릿 다른 접시를 꺼내 포드에게 건넸다. 포드는 그것을 받아 다른 세 점과 함께 두었다. 이제 포드는 부처 옆에 엎드려서 그와 함께 흙을 파 내려가기 시작했다.

두 남자는 한 시간 내내 90센티미터 너비의 구덩이 안에서 흙을 파고 긁어냈다. 그 한 시간 동안 그들이 발견해서 땅 위에 내려놓은 유물은 자그마치 34점이었다! 접시, 사발, 술잔, 숟가락, 국자, 그리고 다른 여러 가지 물건이었는데 전부 단단한 막으로 싸여 있었지만 원래 어떤 물건이었는지는 알아볼 수 있었다. 그러는 사이에 눈보라는 그들 주변에 소용돌이를 일으키며 휘몰아쳐 모자와 어깨 위에 작게 눈 더미가 쌓였고, 얼굴에서 녹은 눈이 얼음처럼 차가운 강물이 되어 목을 따라 흘렀다. 포드의 뾰족한 코에서 반쯤 언 액체가 크고 동그란 모양으로 쉼 없이 방울방울 떨어졌다.

그들은 묵묵히 작업했다. 말을 하기에는 너무 추웠다. 귀중한 물건들이 연이어 모습을 드러내자 포드는 땅 위에 줄지어 놓았고 이따금씩 작업을 멈추고 눈에 완전히 파묻힐 위험이 있는 접시나 숟가락에서 눈을 닦아 냈다.

마침내 포드가 말했다. "이제 다 나온 것 같은데."

"그러네요."

포드는 벌떡 일어나 발을 굴렀다. "트랙터에 자루가 있지?" 부처가 자루를 가지러 간 사이에 그는 몸을 돌려 발치에 놓인 눈 쌓인 유물 34점을 뚫어지게 응시했다. 다시 개수를 헤아려 보았다. 이 유물들이 은이라면, 아마 분명히 그렇겠지만, 그리고 로마 시대의 물건들이라면, 의심할 여지 없이 확실했지만, 세계를 뒤흔들 발견이었다.

부처가 트랙터에서 그를 불렀다. "지저분한 낡은 자루 한 개밖에 없는데요."

"그거면 돼."

부처는 자루를 그에게 가져왔고, 포드가 조심스럽게 물건들을 넣는 동안 자루를 잡아 벌리고 있었다. 한 개만 빼고 모두 들어갔다. 60센티미터나 되는 거대한 접시는 자루 목에 걸려 들어가지 않았다.

두 남자는 이제 정말 추웠다. 눈보라가 휘몰아치는 가운데 뻥 뚫린 밭에서 한 시간이 넘게 무릎을 꿇고 엎드려 흙을 긁어 냈기 때문이다. 이미 15센티미터쯤 눈이 쌓여 있었다. 부처는 반쯤 얼어붙었다. 그의 뺨은 몹시 창백했고 시퍼렇게 얼룩덜룩해졌으며, 곱은 발은 나무토막처럼 감각이 없어 다리를 옮겨도 땅바닥이 느껴지지 않을 정도였다. 그는 포드보다 훨씬 추웠다. 외투와 옷이 그리 두껍지 않은 데에다 이른 아침부터 트랙터의 운전석에 앉아 매서운 바람을 맞았기 때문이다. 추위로 시퍼래진 얼굴은 딱딱해져 움직이지 않았다. 그가 바라는 것이라고는 그저 집에 가서 벽난로의 온기를 쬐며 가족들과 함께 있는 것뿐이었다.

한편 포드는 추위에 대해 생각하고 있지 않았다. 그는 오로지 이 기막히게 훌륭한 보물을 어떻게 자기 손에 넣을 수 있을 것인가에만 온전히 집중했다. 스스로 잘 알고 있듯이 그는 그리 유리한 입장이 아니었다.

영국에는 어떤 종류든 금이나 은으로 된 보물을 발견하는 것과 관련해 매우 별난 법이 있다. 이 법이 제정된 것은 수백 년 전인데 아직까지 엄격하게 적용되고 있다. 법에 따르면 어떤 사람이 땅에서 금이나 은인 금속을 파낼 경우, 설사 그 땅이 자신의 정원이라고 하더라도 파낸 물건은 자동적으로 소유자 불명의 발굴물로 왕실의 소유가 된다. 지금은 왕실이 진짜 왕이나 여왕을 의미하지 않는다. 국가 혹은 정부를 뜻한다. 또 이 법에 따르면 이런 발견물을 감추는 것은 범죄이다. 물건을 감추거나 자기가 가지는 것은 허용되지 않는다. 발견한 즉시, 가급적이면 경찰에 신고해야 한다. 그리고 즉시 신고를 한다면 발견자로서 물건의 시장 가격에 해당하는 전액을 정부로부터 받을 자격이 주어진다. 다른 금속을 파내면 신고를 하지 않아도 된다. 백랍, 청동, 구리 또는 백금 등 아무리 가치 있는 것을 발견해도 발견자가 모두 다 가질 수 있다. 그렇지만 금과 은은 아니다.

이 별난 법에는 또 특이한 부분이 있다. 보물을 맨 처음 발견한 사람이 정부에서 보상을 받는다는 것이다. 땅 주인은 아무것도 받지 못한다. 발견자가 보물을 발견했을 때 그 땅을 무단으로 침입한 것이 아닌 이상. 보물을 발견한 사람이 그 땅에서 일을 하라고 고용된 경우라면 발견자가 보상을 전부 받아 간다.

이번 경우에 발견자는 고든 부처였다. 더욱이 그는 무단침입을 하지 않았다. 그는 고용된 일을 하고 있었다. 그러므로 이 보물은 부처의 것이지, 다른 누구의 것도 아니었다. 그는 보물을 가져가서 은기라는 것을 즉각 확인해 줄 수 있는 전문가한테 보여 준 뒤, 경찰에 넘기기만 하면 되었다. 때가 되면 그는 정부로부터 보물의 가치 전부, 아마 100만 파운드를 보상받을 것이다.

이 모든 것에 포드는 낄 수 없었다. 포드 자신이 잘 알고 있었다. 법에 따르면 그는 보물에 대해 전혀 아무런 권리도 없었다. 그러니, 당시에 그도 그런 생각을 했겠지만, 그가 보물을 자기 손에 넣을 수 있는 유일한 방법은 부처가 법을 잘 모르고 발견된 물건의 가치가 얼마나 될지 전혀 감이 없는 무지한 사람이라는 사실에 기대는 것뿐이었다. 부처는 며칠 안에 이 모든 일을 전부 잊어버릴 가능성이 높았다. 이런 일을 거듭 생각하기에 그는 너무나 둔하고, 수더분하고, 사람을 잘 믿고, 욕심이 없었다.

이제 눈으로 뒤덮인 황량한 벌판에서 포드는 몸을 구부려 한 손으로 커다란 접시를 잡았다. 하지만 완전히 들어 올리지는 않았다. 아래쪽 테두리가 여전히 눈 위에 있었다. 다른 손으로 그는 자루 꼭대기를 움켜잡았다. 자루 역시 들어 올리지 않았다. 그저 잡고 있을 뿐이었다. 그는 소용돌이치는 눈송이 사이에서 양손에 보물을 든 채, 말하자면 손에 쥐긴 했지만 실질적으로 가져가지는 않은 채 구부정하게 섰다. 소유권을 논하기에 앞서 소유권을 주장하려는 것이었다. 접시에서 가장 큰 초콜릿 에클레어에 이미 손을 가져다 대고 "엄마, 이거 먹어도 돼요?"라고 말하는 아이와 같은 방식이다. 그것은 이미 그의 것이었다.

"자, 고든." 포드가 장갑을 낀 손으로 자루와 커다란 접시를 잡은 채 더욱 몸을 숙이며 말했다. "이런 낡은 물건들을 자네가 갖고 싶진 않을 것 같은데."

그것은 질문이 아니었다. 질문의 형식을 띤 단언이었다.

눈보라는 여전히 기세를 떨치고 있었다. 눈이 얼마나 거세게 내리는지 두 남자는 서로가 거의 보이지 않을 지경이었다.

"자네는 집으로 돌아가서 몸을 데워야지." 포드가 말을 이었다. "얼어 죽을 것처럼 보이는구먼."

"정말 얼어 죽을 것 같네요." 부처가 말했다.

"그러면 어서 트랙터를 타고 집으로 가게." 배려심 많고 마음씨 고운 포드가 말했다. "쟁기는 여기 두고 자전거는 우리 집에 두고 가게. 중요한 건 폐렴에 걸리기 전에 어서 돌아가서 몸을 데우는 거야."

"그렇게 해야 할 것 같네요, 포드 씨." 부처가 말했다. "혼자 그 자루를 가져갈 수 있으세요? 엄청 무거울 텐데요."

"꼭 오늘 가져갈 필요는 없을 테니까." 포드가 아무렇지도 않은 듯 말했다. "나도 그냥 여기 두고 갔다가 다음에 가지러 올까 싶네. 녹슨 물건들인데 뭐."

"그럼 안녕히 계세요, 포드 씨."

"잘 가게, 고든."

고든 부처는 트랙터를 타고 눈보라 속으로 떠났다.

포드는 자루를 들어 올려 어깨에 메더니 아무런 어려움 없이 다른 손으로 거대한 접시를 들어 겨드랑이에 꼈다.

"내가 가져간다." 그는 눈 속을 헤치고 터벅터벅 걸으며 혼잣말을 했다. "아마 발굴된 것 가운데서는 영국 역사상 가장 위대한 보물을 지금 내가 가져가고 있다고."

고든 부처가 그날 오후 늦게 작은 벽돌집의 뒷문으로 발을 구르며 급히 들어왔을 때, 그의 아내는 난롯가에서 다림질을 하고 있었다. 그녀가 고개를 들자 새파랗게 질린 그의 얼굴과 눈이 겹겹이 쌓인 옷이 보였다.

"오, 세상에, 고든, 당신 얼어 죽을 것 같아요!" 그녀가 외쳤다.

"정말이야." 그가 말했다. "여보, 이 옷을 벗을 수 있게 좀 도와줘. 손가락이 전혀 말을 듣질 않아."

그녀는 그의 장갑과 외투와 재킷과 젖은 셔츠를 벗겼다. 장화와 양말도 벗겼다. 그녀는 수건을 가져다 그의 가슴과 어깨 여기저기를 세게 문질러 혈액 순환이 되도록 했다. 발도 문질렀다.

"거기 난롯가에 앉아요. 뜨거운 차를 한잔 가져다줄게요."

나중에 마른 옷을 입고 따뜻해진 몸으로 편안하게 등을 기대고 앉아 찻잔을 손에 든 고든은 그날 오후에 있었던 일을 아내에게 이야기했다.

"그는 여우 같은 사람이에요. 그 포드 씨 말이에요." 그녀가 고개를 들지 않고 계속 다림질을 하면서 말했다. "전 그 사람이 마음에 들었던 적이 없어요."

"그는 꽤 흥분해 있었어. 그건 확실해." 고든 부처가 말했다. "산토끼처럼 안절부절못했지."

"그럴지도 몰라요. 그렇지만 당신은 포드 씨가 하란다고 얼어붙을 것 같은 눈보라 속에서 기어 다닐 정도로 분별이 없으면 어떻게 해요."

"난 괜찮아." 고든 부처가 말했다. "이젠 완전히 따뜻해졌다고."

그리고 믿거나 말거나 그때를 마지막으로 부처의 집에서는 몇 년 동안이나 보물 이야기가 나오지 않았다.

독자들은 이때가 전쟁 중인 1942년이었다는 것을 상기할 필요가 있다. 영국은 히틀러와 무솔리니를 상대로 한 필사적인 전쟁에 완전히 빠져 있었다. 독일은 영국을 폭격하고, 영국은 독일을 폭격했으며, 고든 부처는 근처 밀덴홀의 커다란 비행장에서 함부르크, 베를린, 킬, 빌헬름스하펜이나 프랑크푸르트를 향해 폭격기가 출격할 때 모터가 으르렁거리는 소리를 거의 매일 밤마다 들어야 했다. 가끔 아주 이른 시간에 일어나면 폭격기가 돌아오는 소리가 들렸다. 때로 독일 폭격기가 비행장에 폭탄을 떨어뜨리려 날아오면 멀지 않은 곳에서 폭탄이 떨어지는 폭음에 부처의 집이 흔들렸다.

부처는 징집에서 제외됐다. 그는 농부, 그것도 경험이 많은 쟁기장이였기 때문에 그가 1939년 육군에 자원했을 때 당국에서는 그를 받아들이지 않겠다고 했다. 영국에 식량이 계속 공급되어야 하므로 그와 같은 사람들은 땅을 일구며 제 할 일을 다할 필요가 있다고 당국은 그에게 말했다.

같은 일에 종사했던 포드 역시 병역 면제자였다. 그는 독신이라 혼자 살았기 때문에 자신의 집 담장 안에서 비밀스러운 삶을 살며 비밀스러운 일들을 할 수 있었다.

그랬기 때문에 그들이 끔찍하게 쏟아지는 눈 속에서 보물을 파냈던 그 오후에 포드는 보물을 집으로 가져가 안쪽 방의 탁자 위에 전부 늘어놓을 수 있었다.

34점! 유물로 테이블 전체가 뒤덮였다. 그리고 모양을 볼 때 유물의 상태는 기가 막히게 좋았다. 은에는 녹이 슬지 않는다. 산화로 인해 생기는 녹색 막은 정확히 말하자면 그 아래에 있는 금속을 보호하는 역할을 했다. 그리고 조심스럽게 다루면 전부 제거가 가능했다.

포드는 실보라는 흔한 가정용 은 광택제를 쓰기로 하고 밀덴홀에 있는 철물점에서 대량으로 사들였다. 우선 8킬로그램 넘게 나가는 60센티미터짜리 커다란 접시를 꺼냈다. 그는 저녁에 작업을 했다. 접시를 실보에 푹 담갔다가 문지르고 또 문질렀다. 이 접시 한 개에만 16주 이상 밤마다 끈기 있게 매달렸다.

마침내 잊지 못할 어느 날 저녁, 그가 문지르던 곳에 빛나는 은 부분이 조금 드러났다. 양각으로 아름답게 새겨진 남자 머리 일부가 보였다.

그는 작업을 계속 했다. 점차 빛나는 금속의 작은 부분이 옆으로, 옆으로 늘어나고 청록색 막이 슬금슬금 가장자리로 물러나더니 마침내 거대한 접시의 윗면이 그의 앞에 영광스런 모습을 고스란히 드러냈다. 접시 전체에 동물들과 사람들과 전설 속에 나오는 많은 신기한 것들이 놀랍도록 경이롭게 새겨져 있었다.

포드는 거대한 접시의 아름다움에 깊은 충격을 받았다. 접시는 생명과 역동적인 움직임으로 가득했다. 헝클어진 머리칼을 가진 험악한 얼굴, 인간의 머리가 달린 춤추는 염소가 있었고, 남자들과 여자들과 여러 종류의 동물들이 테두리를 따라 흥청망청 어울렸다. 이들 전부가 한 이야기에 나오는 것이 분명했다.

그다음으로 그는 접시의 뒷면을 닦는 작업에 착수했다. 몇 주나 걸렸다. 작업이 끝나고 접시 전체의 양면이 별처럼 빛나게 되자 그는 커다란 참나무 탁자에 딸린 아래쪽 서랍에 안전하게 넣고 서랍을 잠갔다.

하나씩 하나씩 그는 나머지 33점도 닦아 나갔다. 그는 이제 모든 유물을 찬란한 은빛으로 반짝이게 만들어야 한다는 격렬한 강박에 사로잡혔다. 그는 34점 전부를 눈부시게 반짝거리게 만들어 커다란 탁자 위에 줄지어 늘어놓은 모습을 보고 싶었다. 그는 세상 그 어느 것보다 그 광경을 보고 싶었기 때문에 자신의 소망을 이루기 위해 기를 쓰고 작업을 계속했다.

그는 다음으로 처음 것보다 작은 접시 두 개를 닦았고, 그다음으로는 홈이 파인 큰 사발을 닦고, 기다란 손잡이가 달린 국자 다섯 개를 닦고, 술잔들을 닦고, 포도주 잔들을 닦고, 숟가락들을 닦았다. 단 한 개도 빠뜨리지 않고 같은 정성을 기울여 똑같이 찬란하게 빛나도록 만들었고, 작업을 모두 마쳤을 때는 2년이 지나 1944년이 되어 있었다.

그렇지만 다른 사람에게는 보여주지 않았다. 포드는 어떤 남자에게도, 여자에게도 이 문제에 대해 이야기하지 않았으며, 보물이 발견된 시슬리 그린의 밭주인인 롤프는 포드 또는 포드가 고용한 누군가가 땅을 아주 깊게, 그리고 몹시 잘 갈았다는 것 말고는 아무것도 몰랐다.

포드가 보물을 소유자 불명 발굴물로 경찰에 신고하는 대신 감춘 이유는 짐작할 수 있을 것이다. 그가 신고를 했다면 보물은 빼앗기고 고든 부처가 발견자로 보상을 받았을 것이다. 한 재산 톡톡히 챙겼을 터였다. 그러니 포드가 할 수 있는 일이라고는 보물을 꽉 움켜쥐고, 어쩌면 나중에 중개인이나 수집가에게 조용히 팔 수 있을지도 모른다는 희망으로 감춰 두는 것뿐이었다.

물론 좀 더 관대하게 봐 준다면, 포드가 오로지 그 아름다운 물건들이 너무나 좋아서 곁에 두고 싶은 마음만으로 보물을 가졌다고 생각해 볼 수도 있겠다. 정답은 아무도 알 수 없을 것이다.

한 해가 또 지나갔다.

히틀러와의 전쟁에서 이겼다.

1946년이 되어 부활절이 막 지났을 무렵, 누군가 포드의 집 문을 두드렸다. 포드는 문을 열었다.

"어이구, 안녕하시오, 포드 씨. 몇 년 사이에 어떻게 지내셨소?"

"안녕하십니까, 포셋 박사님." 포드가 말했다. "잘 지내셨지요?"

"덕분에 잘 지냈소." 포셋 박사가 말했다. "참 기나긴 시간이었어, 그렇지 않소?"

"예, 그 빌어먹을 전쟁 때문에 모두들 꽤 바빴지요."

"들어가도 되겠소?"

"물론이지요. 어서 들어오세요."

휴 앨더슨 포셋 박사는 열정적이고 박식한 고고학자로 전쟁 전에는 오래된 돌이나 화살촉을 찾아 1년에 한 번씩은 포드를 찾아오곤 했다.

포드는 보통 열두 달 동안 그런 물건들을 한데 모아 두었고 늘 포셋에게 기꺼이 팔았다. 대단한 가치를 지닌 물건은 거의 없었지만 가끔 상당히 괜찮은 물건이 나타나기도 했다.

"흠, 그래, 여기 오는 게 거의 7년 만이군." 포셋이 현관에서 외투를 벗으며 말했다.

"예, 오신 지 오래되셨지요." 포드가 말했다.

포드는 그를 거실로 안내해 그 지역에서 얻은 화살촉을 모아 둔 상자를 보여 주었다. 어떤 것들은 좋았고, 어떤 것들은 그다지 좋지 않았다. 포셋은 그 가운데에서 골라내 종류를 나눴고 거래가 성사되었다.

"더는 없소?"

"네, 없습니다."

포드는 포셋 박사가 다시는 오지 않기를 간절히 바랐다. 그리고 지금 당장 가 버리기를 그보다 더 간절히 바랐다.

바로 그때 포드는 무언가를 발견하고 식은땀을 흘렸다. 벽난로 위 장식 선반에 로마 시대 유물 가운데 가장 아름다운 숟가락 두 개가 놓여 있었다. 이 숟가락 두 개에는 기독교로 개종한 로마인 부모가 세례식 선물로 주었을 법한 로마식 여자아이 이름이 새겨져 있어서 그의 마음을 사로잡았다. 하나는 파센티아였고 다른 하나는 파피테도였다. 얼마나 사랑스러운 이름들인가.

두려움에 식은땀을 흘리며 포드는 포셋과 장식 선반 사이를 막아서

려고 애썼다. 기회만 된다면 저 숟가락들을 슬쩍 주머니에 집어넣을 수도 있겠다고 그는 생각했다.

그러나 기회는 없었다.

어쩌면 포드가 광택을 너무 잘 내어 놓는 바람에 은에서 반사된 작은 반짝임이 박사의 눈을 사로잡았을지도 모른다. 누가 알겠는가? 중요한 건 포셋이 숟가락을 보고야 말았다는 것이었다. 숟가락을 보자마자 그는 호랑이처럼 달려들었다.

"어이구, 맙소사!" 그가 소리쳤다. "이게 뭐요?"

"백랍입니다." 포드가 식은땀을 더 심하게 흘리며 말했다. "그냥 오래된 백랍 숟가락 두 개네요."

"백랍이라고?" 포셋이 숟가락 하나를 손가락으로 잡고 이리저리 뒤집어 보며 외쳤다. "백랍! 이게 백랍이라고?"

"그럼요." 포드가 말했다. "백랍이고말고요."

"이게 뭔지 알아요?" 포셋이 말했다. 그의 목소리가 흥분으로 점점 높아졌다. "이게 진짜로 뭔지 내가 알려 줄까요?"

"알려 주지 않으셔도 됩니다." 포드가 공격적으로 말했다. "그게 뭔지는 저도 압니다. 오래된 백랍이죠. 상당히 질이 좋은 물건이기도 하고요."

포셋은 숟가락의 둥근 부분에 새겨진 로마 글자로 된 이름을 읽고 있었다. "파피테도!" 그가 소리쳤다.

"그게 무슨 뜻인가요?" 포드가 그에게 물었다.

포셋은 다른 숟가락을 집어 들었다. "파센티아." 그가 외쳤다. "멋져! 이건 로마 아이들의 이름이오! 그리고 이 숟가락들은 순은이야! 로마 시대의 순은이라고!"

"그럴 리가 없어요." 포드가 말했다.

"굉장해!" 포셋은 환희에 사로잡혀 외쳤다. "완벽해! 믿을 수 없어! 도대체 어디서 이 물건들을 발견한 거요? 당신이 어디서 발견했는지가 가장 중요해요. 거기에 다른 건 또 없었소?" 포셋은 온 방 안을 껑충껑충 뛰어다녔다.

"으음……." 포드는 바싹 마른 입술을 핥았다.

"즉각 신고해야 해요!" 포셋은 외쳤다. "그건 소유자 불명 발굴물이라고! 대영박물관에서 이 물건들을 원할 거요. 확실하지! 이 물건들을 얼마나 가지고 있었소?"

"잠깐밖에 가지고 있지 않았어요." 포드가 그에게 말했다.

"그러면 누가 발견했소?" 포셋이 그를 똑바로 응시하며 물었다. "당신이 직접 발견했소, 아니면 다른 사람한테서 얻은 거요? 이건 아주 중요해요! 발견자가 우리에게 전부 이야기해 줄 수 있을 테니까!"

포드는 사방 벽에 포위된 것 같았다. 어떻게 해야 할지 알 수 없었다.

"자, 친구! 어디서 났는지 당신은 분명히 알겠지! 숟가락들을 제출할 때 아무리 사소한 거라도 다 말해야 해요. 즉각 저걸 가지고 경찰에 가겠다고 약속하겠죠?"

"으음……." 포드가 말했다.

"당신이 가지 않는다면, 미안하지만 내가 신고하는 수밖에 없어요." 포셋이 그에게 말했다. "그것이 내 의무요."

이제 게임은 끝났다. 포드도 알고 있었다. 1,000가지는 되는 질문이 쏟아질 터였다. 어떻게 찾았는가? 언제 찾았는가? 그때 뭘 하고 있었는가? 정확한 지점은 어디였는가? 누구의 땅을 갈고 있었는가? 그리고 곧 불가피하게 고든 부처의 이름이 나오게 될 것이었다. 피할 수 없는 일이었다. 부처가 심문을 받게 되면 그는 유물이 얼마나 되었는지 기억해 낼 것이고 전부 실토할 것이다.

그러니 게임은 끝났다. 이 시점에서 할 수 있는 일은 커다란 탁자 서랍의 자물쇠를 열고 유물 전체를 포셋 박사에게 보여 주는 것밖에 없었다.

유물을 제출하지 않고 가지고 있었던 건 백랍인 줄 알았기 때문이라고 변명하면 될 터였다. 그 변명을 고수하는 한 자기에게 아무런 해도 끼칠 수 없을 것이라고 그는 자신에게 타일렀다.

아마 서랍에 든 것을 보면 포셋은 심장마비를 일으킬지도 몰랐다.

"실은 다른 것도 꽤 많이 있습니다." 포드가 말했다.

"어디에?" 포셋이 제자리에서 빙빙 돌며 소리쳤다. "어디에, 친구, 어디에? 날 데려가 줘요!"

"저는 정말 백랍인 줄 알았어요." 포셋이 천천히, 아주 머뭇거리며 참나무 탁자 쪽으로 움직였다. "그렇지 않았다면 당연히 즉시 신고를 했겠죠."

그는 몸을 숙여 탁자의 아래쪽 서랍에서 자물쇠를 풀었다. 그리고 서랍을 열었다.

휴 포셋 박사는 거의 심장마비를 일으킬 뻔했다. 그는 털썩 주저앉았다. 숨이 턱 막혔다. 질식할 지경이었다. 그는 낡은 주전자처럼 식식거리기 시작했다. 그는 커다란 은접시에 손을 뻗었다. 떨리는 손으로 접시를 든 그의 얼굴이 눈처럼 새하얗게 질렸다. 그는 아무 말도 하지 않았다. 할 수가 없었다. 그는 보물들을 보고 언어적, 육체적, 정신적으로 완전히 말문이 막혔다.

이 이야기에서 재미있는 부분은 여기까지다. 나머지는 그냥 평범한 이야기일 뿐이다. 포드는 밀덴홀 경찰서에 가서 신고를 했다. 경찰이 즉각 와서 34점 전부를 수거해 갔고, 유물은 조사를 위해 경호를 받으면서 대영박물관으로 보내졌다.

그리고 대영박물관으로부터 긴급 메시지가 도착했다. 유물은 영국 제도에서 그때까지 발견된 것들 중에서 단연코 가장 훌륭한 로마 시대의 은기라는 것이었다. 엄청난 가치를 지닌 유물이었다. (실제로 공공 정부기관인) 박물관에서는 이 유물을 취득하고자 했다. 사실은, 취득해야 한다고 강력히 주장했다.

법의 바퀴가 돌아가기 시작했다. 공식 조사와 심리가 가장 가까이에 있는 큰 도시인 베리세인트에드먼즈에서 열렸다. 은기는 경찰의 특별 보호 아래 그곳으로 옮겨졌다. 포드는 검사관과 열네 명으로 구성된 배심원단 앞에 소환되었고, 선량하고 과묵한 부처 역시 증인으로 출석하라는 명령을 받았다.

1946년 7월 1일 월요일에 심리가 열렸고, 검사관은 포드에게 면밀하게 따져 물었다.

"백랍인 줄 알았다고요?"

"예."

"닦아 낸 다음에도요?"

"예."

"발견물을 전문가에게 알리려는 조치는 했습니까?"

"아니오."

"그 물건으로 무엇을 하려 했습니까?"

"아무것도요. 그냥 가지고 있으려고 했습니다."

증언을 마치고 난 후 포드는 기절할 것 같다며 밖으로 나가 바람을 쐬어도 되는지 허락을 구했다. 아무도 놀라지 않았다.

그런 다음 부처가 불려 나갔고, 그는 간단한 몇 마디로 그 사건에서 자신이 한 역할을 진술했다.

포셋 박사와 다른 저명한 고고학자들도 여러 명 증언을 했는데, 그들은 한결같이 그 유물이 몹시 진귀한 것이라고 진술했다. 유물이 기원 후 4세기의 것이며 부유한 로마인 가정의 식탁용 은기로, 아마 365년에서 368년쯤 픽트족과 스코트족이 북쪽에서 쳐들어와 많은 로마인 거주지를 파괴했을 때 주인의 토지 관리인이 땅에 묻었을 것이라고 말했다. 은기를 땅에 묻었던 사람은 아마 픽트족이나 스코트족의 손에 죽었고 보물은 그때부터 계속 땅속 30센티미터 아래 감춰져 있었던 것이다. 전문가의 말에 따르면 유물의 세공 솜씨가 대단했다. 어쩌면 일부는 영국에서 세공되었을 수도 있지만, 그보다는 이탈리아나 이집트에서 만들어졌을 가능성이 높았다. 당연히 그 커다란 접시가 가장 훌륭한 물건이었다. 가운데에 조각된 머리는 바다의 신인 넵튠으로 머리칼 사이에 돌고래들이, 수염에는 해초가 있었다. 그의 주변에는 온통 바다의 요정들과 괴물들이 뛰어놀았다. 접시의 넓은 테두리에 있는 것은 바쿠스(그리스 신화에 나오는 숲의 신−옮긴이)와 그의 신도들이었다. 포도주와 흥청대는 연회 장면이 있었다. 헤라클레스도 몹시 취해 사티로스(염소의 뿔과 다리에 사람의 얼굴과 몸을 가진 숲의 신−옮긴이) 둘에게 부축을 받고 있었는데, 그의 사자 가죽은 어깨에서 떨어져 내린 상태였다. 판(음악을 좋아하며 염소 뿔과 다리를 가진 목양의 신−옮긴이)도 있었는데, 피리를 손에 들고 염소 다리로 춤을 추고 있었다. 그리고 광란에 빠진 여자들, 바쿠스의 열성적인 여신도들, 술에 취한 여자들이 도처에 있었다.

또 숟가락들 가운데 여러 개에 예수 그리스도의 모노그램(그리스도를 뜻하는 그리스어의 처음 두 글자 'XP'로 표기 – 옮긴이)이 새겨져 있으며, 파센티아와 파피테도라는 이름이 새겨진 두 개는 세례식 선물이 분명하다는 진술이 있었다.

전문가들이 증언을 마무리했고 법정은 휴정했다. 곧 배심원단이 돌아왔는데 그들의 평결은 놀라운 것이었다. 그들은 아무에게도 아무 죄도 묻지 않았다. 비록 보물의 발견자가 보물을 발견 즉시 신고하지 않았기 때문에 정부에서 전액을 보상받을 자격은 박탈하겠지만, 그렇긴 해도 어느 정도의 보상은 있을 것이며 포드와 부처가 공동 발견자라고 선언했다.

부처가 아니었다. 포드와 부처였다.

보물이 대영박물관의 손에 들어가 모두가 볼 수 있게 커다란 유리 상자 안에 자랑스럽게 전시되어 있다는 점 말고는 이제 그다지 할 이야기가 없다. 그리고 벌써 많은 사람들이 멀리서 찾아와 고든 부처가 그 춥고 바람이 거세게 불던 겨울날 오후에 쟁기 아래서 발견한 멋진 물건들을 구경했다. 언젠가 그 보물들에 관한 많은 추측과 난해한 결론들로 가득한 책이 한두 권 나올 것이고, 고고학을 연구하는 사람들은 밀덴홀의 보물에 대해 영원히 이야기할 것이다.

감사의 표시로 박물관에서는 공동 발견자들에게 각각 1,000파운드씩 보상했다. 진정한 발견자인 부처는 그렇게 큰 돈을 받고 놀라고 기뻐했다. 애초에 보물을 그가 집으로 가져갈 수 있었다면 그 존재를 밝

혔으리라는 점이 거의 확실하고, 그에 따라 보물의 가치 전액, 50만 파운드에서 100만 파운드 사이의 금액을 받을 수 있었을 것이라는 점을 그는 알지 못했다.

포드가 어떤 생각을 했는지는 아무도 모른다. 백랍인 줄 알았다는 말을 법정이 믿었을 때는 안도하고, 어쩌면 조금 놀랐을 게 분명하다. 그렇지만 무엇보다도 자신의 훌륭한 보물을 잃어버렸다는 사실에 큰 충격을 받았을 것이다. 그 숟가락 두 개를 벽난로 위 장식 선반에 두어 포셋 박사의 눈에 띄게 한 것을 죽을 때까지 자책하지 않았을까.

4

백조

어니는 생일 선물로 22구경 라이플을 받았다. 토요일 오전 아홉 시 삼십 분부터 소파에 구부정하니 앉아 텔레비전을 보고 있던 그의 아버지가 말했다. "야 이 녀석아, 네놈이 뭘 쏠 수 있는지 보자. 밥값을 제대로 하라고. 저녁 식사로 먹게 토끼나 잡아 오든지."

"호수 저편의 큰 벌판에 토끼들이 있어요." 어니가 말했다. "제가 봤다니까요."

"그러면 나가서 한 마리 잡아 와 봐." 아버지가 성냥개비로 앞니 사이의 벌어진 틈에 낀 아침밥을 빼내며 말했다. "나가서 토끼 한 마리 잡아 와."

"두 마리 잡아 올게요."

"그리고 올 때 브라운 에일 맥주 한 병 사 오너라."

"그럼 돈을 줘요."

아버지는 텔레비전 화면에서 눈을 떼지 않은 채 주머니를 뒤져 1파운드짜리 지폐를 꺼냈다. "지난번처럼 잔돈을 훔칠 생각은 꿈에도 하지 마. 생일이든 아니든 귀싸대기를 맞을 줄 알아."

"걱정 붙들어 매요."

"그 총으로 연습해서 감을 잡는 데는 새가 최고다. 참새를 몇 마리나 떨어뜨리는지 봐. 알겠냐?"

"알았어요. 참새라면 저 위까지 길을 따라 둘러쳐진 울타리에 천지니까요. 참새는 쉬워요."

"참새가 쉬우면 굴뚝새를 잡든지. 굴뚝새는 참새 몸집의 절반 정도 되는 놈인데 한시도 가만히 앉아 있질 않는단 말이야. 네 솜씨가 좋다고 떠벌리려면 굴뚝새를 잡아 와 봐."

"어머, 앨버트." 그의 아내가 개수대에서 고개를 들며 말했다. "그건 좋지 않아요. 둥지를 트는 계절에 작은 새를 쏘다니요. 토끼라면 저도 상관 안 해요. 그렇지만 둥지 트는 계절에 작은 새는 전혀 다른 문제라고요."

"입 닥쳐. 당신 의견은 아무도 묻지 않았다고. 그리고 네놈은 내 말을 똑똑히 들어라." 그는 어니에게 말했다. "길거리에서는 그 물건을 휘두르고 다니면 안 돼. 너는 아직 허가증이 없으니까. 교외로 나갈 때까진 바짓가랑이에 집어넣어 두라고. 알겠냐?"

"걱정 마요." 어니가 말했다. 그는 총과 탄환 상자를 들고 자기가 뭘 죽일 수 있는지 보러 나갔다. 어니는 이번 생일에 열다섯 살이 된 덩치 크고 망나니 같은 소년이었다. 트럭 운전사인 아버지를 닮아 작고 째진 두 눈이 코의 맨 위쪽에 아주 가까이 붙어 있었다. 입은 헤벌어져 있고, 입술은 축축하게 젖어 있을 때가 많았다. 물리적인 폭력이 일상다

반사인 가정에서 자라다 보니 그 자신도 몹시 폭력적인 아이였다. 토요일 오후면 대개 친구들과 기차나 버스를 타고 축구를 보러 갔고, 피 터지는 싸움판에 끼지 못하고 집에 돌아오는 날이면 하루를 망쳤다고 생각했다. 그는 학교가 끝난 후 작은 소년들을 붙잡아 팔을 등 뒤로 비트는 일에서 큰 즐거움을 느꼈다. 그러고 난 다음, 그는 아이들에게 부모를 모욕하는 지저분한 말들을 하라고 명령하곤 했다.

"아야! 하지 마, 어니! 제발!"

"욕하지 않으면 네 팔을 꺾어서 떼 버릴 테다!"

그들은 언제나 어니가 시키는 대로 욕을 했다. 그러면 그는 팔을 한 번 더 비틀었고, 희생자들은 울면서 집에 가곤 했다.

어니와 가장 친한 친구의 이름은 레이먼드였다. 레이먼드는 네 집 건너에 살았는데, 그 역시 나이에 비해 덩치가 컸다. 하지만 어니가 육중하고 투박하게 생긴 것에 비해 레이먼드는 키가 크고 마른 근육질 체형이었다.

레이먼드의 집 밖에서 어니는 입에 손가락 두 개를 집어넣고 새된 소리로 휘파람을 길게 불었다. 레이먼드가 나왔다. "생일 선물로 뭘 받았는지 봐." 어니가 총을 보여 주며 말했다.

"이야!" 레이먼드가 말했다. "그걸로 재미나게 놀 수 있겠는걸."

"그럼 가자. 호수 저편에 있는 넓은 벌판에 가서 토끼를 잡는 거야."

두 소년은 길을 나섰다. 그날은 5월의 토요일 아침이었고, 소년들이 사는 작은 마을을 둘러싼 전원 풍경은 아름다웠다. 밤나무 꽃이 활짝 피었고 산사나무는 울타리를 따라 하얗게 꽃을 피웠다. 토끼가 사는 넓은 벌판으로 가기 위해 어니와 레이먼드는 우선 울타리가 쳐진 좁은 길을 따라 800미터쯤 내려가야 했다. 그런 다음 철도선을 건너 들오리와 쇠물닭과 검둥오리와 목도리지빠귀가 사는 커다란 호수를 빙 둘러서 가야 했다. 호수 너머 언덕 뒤편에 토끼가 사는 들판이 있었다. 그 지역은 전부 더글러스 하이턴 씨가 소유한 사유지였고, 호수 자체는 물새 보호구역이었다. 울타리 길을 따라가면서 그들은 번갈아 총을 들고 울타리에 있는 작은 새들을 쏘았다. 어니는 피리새 한 마리와 바위종다리 한 마리를 잡았다. 레이먼드는 두 번째 피리새 한 마리, 목이 흰 참새 한 마리, 노랑텃멧새 한 마리를 잡았다. 한 마리 잡을 때마다 그들은 새다리를 끈에 엮었다. 레이먼드는 어디를 가든 재킷 주머니에 끈 뭉치와 칼을 가지고 다녔다. 이제 끈에는 새 다섯 마리가 매달려 있었다.

"너 그거 아냐?" 레이먼드가 말했다. "이거 먹을 수도 있다."

"헛소리하지 마." 어니가 말했다. 쥐며느리 한 마리도 못 먹이겠다."

"먹을 수 있다니까. 프랑스 사람들은 이걸 먹는대. 이탈리아 사람들도. 샌더스 씨가 수업 시간에 그러더라. 프랑스 사람이랑 이탈리아 사람은 그물을 치고 100만 마리씩 잡아서 먹는댔어."

"그렇다면 가능할 수도 있겠지. 우리도 몇 마리나 잡는지 보자. 집에 가져가서 토끼 스튜에 전부 집어넣는 거야."

길을 따라가면서 그들은 눈에 띄는 작은 새는 전부 쏘았다. 철도선에 도착했을 때에는 작은 새 열네 마리가 끈에 묶여 달랑거렸다.

"이봐!" 어니가 팔을 쭉 뻗어 가리키며 소곤거렸다. "저기 좀 봐!"

철도선을 따라 나무와 덤불이 무성하게 자라 있었는데 한 덤불숲 옆에 작은 소년이 서 있었다. 그는 쌍안경으로 오래된 나무의 가지를 올려다보고 있었다.

"누군지 알겠어?" 레이먼드 역시 소곤소곤 말했다. "그 멍청한 꼬맹이 왓슨이네."

"맞아!" 어니가 소곤거렸다. "인간쓰레기, 왓슨이야!"

피터 왓슨은 언제나 적이었다. 왓슨은 자기들과 거의 정반대인 소년이었기에 어니와 레이먼드는 그를 미워했다. 왓슨은 몸이 작고 허약했다. 얼굴에는 주근깨가 있었고 렌즈가 두꺼운 안경을 끼고 다녔다. 그는 아주 뛰어난 학생이라 열세 살밖에 되지 않았는데도 벌써 학교에서 상급반이었다. 그는 음악을 사랑하고 피아노를 잘 쳤지만 게임은 잘하지 못했다. 조용하고 예의 바른 소년이었다. 그의 옷은 군데군데 다른 천을 덧대 기운 것일망정 늘 깨끗했다. 그리고 그의 아버지는 트럭을 몰거나 공장에서 일하지 않았다. 왓슨의 아버지는 은행에서 일했다.

"저 꼬맹이 애새끼한테 겁을 주자." 어니가 속삭였다.

덩치 큰 두 소년은 쌍안경을 눈에 대고 있느라 아직 그들을 보지 못한 작은 소년에게 살금살금 다가갔다.

"손들어!" 어니가 총으로 겨누며 소리쳤다.

피터 왓슨은 펄쩍 뛰었다. 그는 쌍안경을 내리고 안경 너머로 두 침입자를 응시했다.

"어서!" 어니가 고함을 질렀다. "어서 손들어!"

"내가 너라면 총을 겨누지 않을 텐데." 피터 왓슨이 말했다.

"여기서 명령하는 건 우리야!" 어니가 말했다.

"그러니 손들어." 레이먼드도 말했다. "뱃가죽에 한 방 맞고 싶은 게 아니면 손들란 말이야!"

피터 왓슨은 양손으로 쌍안경을 쥐고 가만히 서 있었다. 그는 레이먼드를 바라보았다. 그러고 나서 어니를 바라보았다. 그는 두렵지 않았지만 이 둘과 바보짓을 할 만큼 지각이 없지는 않았다. 지난 몇 년 동안 그들의 관심 때문에 충분히 괴롭힘을 당해 왔던 것이다.

"원하는 게 뭐야?" 그가 물었다.

"손들라고 했잖아!" 어니가 그에게 고함을 질렀다. "영어도 못 알아듣냐?"

피터 왓슨은 움직이지 않았다.

"다섯까지 셀 테다." 어니가 말했다. "그때까지 손을 들지 않으면 네 뱃가죽에 총알이 박힐 줄 알아. 하나…… 둘…… 셋……"

피터 왓슨은 느릿느릿 팔을 머리 위로 올렸다. 달리 방법이 없었다. 레이먼드가 앞으로 나가 그의 손에서 쌍안경을 낚아챘다. "이건 뭐야?" 그가 딱딱거렸다. "누구를 엿보고 있었던 거지?"

"아무도 엿보지 않았어."

"거짓말하지 마, 왓슨. 이런 건 다른 사람을 엿볼 때나 쓰는 거라고! 네놈이 우리를 엿보고 있었다는 데 내기라도 걸지! 내 말 맞지? 솔직히 말해!"

"분명히 말하지만 너희를 엿본 게 아냐."

"저 자식 귀싸대기 한 방 때려." 어니가 말했다. "우리한테 거짓말을 못 하게 혼내 주라고."

"당장 날려 줄게." 레이먼드가 말했다. "몸 좀 풀고."

피터 왓슨은 도망칠 가능성이 있는지 곰곰 생각했다. 몸을 돌려 뛰는 수밖에 없었는데 그건 의미가 없었다. 몇 초도 안 되어 따라잡힐 터였다. 도와달라고 비명을 질러 봤자 목소리가 들리는 범위에는 아무도 없었다. 그러니 그저 침착함을 유지하면서 말로 이 상황을 빠져나가는 수밖에 없었다.

"손 계속 들고 있어!" 어니가 텔레비전 프로그램에서 본 깡패들처럼 총신을 천천히 좌우로 흔들면서 빽 고함을 질렀다. "계속해, 꼬맹아, 손 뻗어!"

피터는 하라는 대로 했다.

"그래서 이 물건으로 누구를 엿보고 있었다고?" 레이먼드가 물었다.

"나는 청딱따구리를 보고 있었어." 피터가 말했다.

"처, 뭐라고?"

"청딱따구리 수컷. 청딱따구리 수컷이 벌레를 찾으려고 죽은 큰 나무 몸통을 두드리고 있었어."

"어디 있는데?" 어니가 총을 들며 말했다. "내가 잡을 거야."

"아니, 그렇겐 안 될걸." 피터가 레이먼드의 어깨에 걸쳐진 줄에 매달린 작은 새들을 보면서 말했다. "네가 고함을 지른 순간 날아가 버렸어. 딱따구리들은 굉장히 겁이 많거든."

"왜 그런 걸 보는데?" 레이먼드가 수상쩍은 듯 물었다. "왜? 할 일이 그렇게 없냐?"

"새들을 관찰하면 재미있어." 피터가 말했다. "총으로 쏘는 것보다 훨씬 재미있다고."

"어이구, 이 건방진 꼬맹이 자식!" 어니가 소리를 질렀다. "그래서 우리가 총으로 새를 쏘는 게 마음에 들지 않는다 이거냐? 그 말이 하고 싶은 거야?"

"난 정말로 무의미한 일이라고 생각해."

"우리가 하는 일이면 뭐든지 마음에 안 들겠지, 그렇지 않냐?" 레이먼드가 말했다.

피터는 대답을 하지 않았다.

"나도 한마디 할까?" 레이먼드가 말을 이었다. "우리도 네가 하는 일이라면 뭐든지 마음에 안 들어."

피터는 팔이 아파 오기 시작했다. 그는 위험을 감수하기로 했다. 천천히 팔을 옆으로 내렸다.

"들어!" 어니가 고함을 질렀다. "번쩍 들어!"

"내가 그러지 않겠다고 한다면?"

"기가 막혀서! 너 신경줄 한번 튼튼하구나." 어니가 말했다. "마지막으로 경고하는 거야. 손을 들지 않으면 방아쇠를 당길 거야!"

"그건 범죄인데." 피터가 말했다. "경찰에 끌려갈 사건이라고."

"그리고 넌 병원에 끌려갈 테고!" 어니가 말했다.

"그럼 어서 쏴." 피터가 말했다. "그러면 너는 소년원으로 보내지겠지. 그건 감옥이야."

어니가 망설이는 것이 보였다.

"네 녀석이 정말 한 방 맞고 싶은 모양이구나, 그렇지?" 레이먼드가 말했다.

"난 그냥 날 혼자 있게 해 달라는 거야." 피터가 말했다. "내가 너희들한테 해코지한 것도 없잖아."

"너는 거드름이나 피우는 애새끼야." 어니가 말했다. "바로 그런 놈이지, 거드름이나 피우는 애새끼."

레이먼드가 몸을 숙이더니 어니의 귀에 무슨 말을 속삭였다. 어니는 열심히 들었다. 그러더니 허벅지를 짝 치면서 말했다. "마음에 들어! 정말 멋진 생각이야!"

어니는 바닥에 총을 내려놓고 작은 소년 쪽으로 다가갔다. 그는 왓슨을 붙잡더니 바닥에 내팽개쳤다. 레이먼드는 주머니에서 끈 뭉치를 꺼내 길게 잘랐다. 둘은 힘을 합해 강제로 소년이 팔을 앞으로 내밀게 만들고 양 팔목을 하나로 단단하게 묶었다.

"이제 다리야." 레이먼드가 말했다. 피터는 몸부림을 치다가 배에 주먹을 한 대 맞았다. 그는 숨을 쉬기가 어려워 가만히 누워 있었다. 그러자 그들은 끈을 더 가져다가 피터의 발목도 하나로 묶었다. 그는 이제 닭처럼 꽁꽁 묶여서 완전히 무기력해졌다.

어니는 총을 집어든 후 다른 쪽 손으로 피터의 팔을 붙잡았다. 레이먼드가 다른 팔을 잡았고 그들은 철도선 쪽을 향해 소년을 풀밭 위로 질질 끌고 가기 시작했다.

피터는 조용히 있었다. 그들이 하려고 하는 짓이 뭔지는 몰라도 말을 건네 봤자 아무런 도움이 되지 않을 것이 분명했다.

그들은 피해자를 경사로로 질질 끌고 내려가 철도 선로 앞까지 갔다. 그러더니 한 명은 팔을 잡고 다른 한 명은 다리를 잡고 번쩍 들어 그를 두 선로 사이에 세로로 내려놓았다.

"너희는 미쳤어!" 피터가 말했다. "이런 짓을 할 수는 없어!"

"우리가 할 수 없다고 그랬냐? 이게 바로 건방지게 굴지 말라고 우리가 네 녀석한테 내려 주는 작은 가르침이다."

"끈 더 줘." 어니가 말했다.

레이먼드는 끈 뭉치를 꺼냈고 덩치가 큰 두 소년은 이제 피해자가 선로 사이에서 빠져나가지 못하도록 묶었다. 한쪽씩 올가미를 만들어 팔을 넣은 다음, 끈을 양쪽 선로 아래에 각각 끼워 넣었다. 몸통과 발목도 똑같이 했다. 그들이 작업을 마치고 나자 피터 왓슨은 무기력하게 묶여 양쪽 선로 사이에서 옴짝달싹할 수 없는 상태가 되었다. 몸에서 약간이라도 움직일 수 있는 부분은 머리와 발뿐이었다.

어니와 레이먼드는 한 발 물러서서 자기들의 작품을 점검했다. "잘했는걸." 어니가 말했다.

"이 노선에는 기차가 30분마다 한 대씩 다니지." 레이먼드가 말했다. "오래 기다리지 않아도 될 거야."

"이건 살인이야!" 선로 사이에 누운 작은 소년이 비명을 질렀다.

"아니지, 아니야." 레이먼드가 그에게 말했다. "이건 전혀 그런 게 아니라고."

"놓아줘! 제발 놓아달라고! 기차가 오면 난 죽을 거야!"

"만약 네 녀석이 죽는다면 말이지, 자식아." 어니가 말했다. "그건 골치 아픈 네 잘못이야. 왜 그런지 알려 줄까? 지금처럼 머리를 뻣뻣하게 들고 있으면, 그러면 어떻게 될지 너도 알겠지, 친구! 납작하게 몸을 낮추고 있으면 어쩌면 피할 수도 있겠지. 아니면 못 피할 수도 있고. 기차 아래에 여유 공간이 얼마나 있는지는 나도 정확히 모르니까. 레이먼드, 기차 아래에 공간이 얼마나 있는지 너는 아냐?"

"아주 조금." 레이먼드가 말했다. "땅바닥에 아주 가깝게 만들거든."

"충분할 수도 있고, 아닐 수도 있겠네." 어니가 말했다.

"이런 식으로 말할 수 있지." 레이먼드가 말했다. "나나 너 같은 보통 사람은 아마 간신히 피할 수 있겠지, 어니. 그렇지만 왓슨 선생은 어떨지 모르겠어. 왜 그런지 알겠냐?"

"왜 그러는데?" 어니가 레이먼드를 부추겼다.

"여기 왓슨 선생은 머리가 너무 크시다는 말씀이야. 그래서라고. 이 따위로 커다란 대가리를 가지고 있으니 내 생각에는 기차 바닥이 어떻게든 저 대가리를 긁고 가지 않을까 싶어. 뭐랄까, 저 대가리가 떨어져 나갈 거라는 말이 아니야. 사실 그러지 않을 거라고 생각해. 그렇지만 면상에 긁힌 흉터 정도는 남겠지. 내 말이 맞을걸."

"네 말이 맞을 것 같다." 어니가 말했다.

"지식으로 꽉 차 커다랗게 팅팅 부은 머리를 가지고 있어도 철로에 누워 기차가 오길 기다리는 신세가 되면 아무 소용이 없지. 그렇지 않냐, 어니?"

"맞고말고." 어니가 말했다.

덩치 큰 두 아이들은 경사로를 올라가 덤불숲 뒤의 풀밭에 앉았다. 어니가 담배를 꺼냈고 그들은 담배에 불을 붙였다.

선로 사이에 속수무책으로 누워 있던 피터 왓슨은 이제 그들이 자신을 놓아주지 않을 것이라는 사실을 깨달았다. 그들은 위험한 미치광이

들이었다. 순간을 위해 살고 결과는 결코 생각하지 않았다. 침착하게 생각을 해야 해, 피터는 생각했다. 그는 가만히 누워서 가능성이 얼마나 될지 가늠해 보았다. 꽤 가능성이 있었다. 머리에서 가장 높은 부분은 그의 코였다. 코끝이 선로보다 약 10센티미터 튀어나와 있었다. 너무 높은 것일까? 최신형 디젤 기관차와 바닥 사이에 얼마나 여유 공간이 있을지 그는 확실히 알 수 없었다. 아마 그리 많지는 않을 것이었다. 뒤통수는 두 침목 사이 자갈이 성기게 있는 곳에 놓여 있었다. 자갈 사이로 파고들 수 있게 애써야 했다. 그래서 그는 머리를 좌우로 꼼지락거리면서 자갈을 밀어내려 했고 작은 자국을 조금씩 더 파내어 자갈 사이에 구멍을 만들 수 있었다. 결국 머리를 5센티미터 정도 낮춘 것 같았다. 머리는 그것으로 충분할 것이었다. 그러면 발은 어쩌지? 발 역시 위로 솟아 있었다. 그는 한데 묶인 두 발을 한쪽으로 쓰러뜨려 거의 납작해지게 만들었다.

그는 기차가 오기를 기다렸다.

기관사가 그를 볼 수 있을 것인가? 그럴 가능성은 매우 낮았다. 이 노선은 런던, 동카스터, 요크, 뉴캐슬, 그리고 스코틀랜드까지 이어지는 주요 노선이라 기관사가 후방에 있는 운전석에 앉아 신호에만 집중하게 되어 있는 거대하고 긴 기관차를 사용했다. 이 구간에서는 기차가 시속 약 130킬로미터로 달렸다. 피터는 그것을 알고 있었다. 그는 몇 번이나 둑에 앉아 기차를 관찰했었다. 어렸을 때 그는 기차의 번호를 수

첩에 기록하곤 했다. 이따금 기관차의 이름이 금색 글씨로 차량 옆구리에 쓰여 있기도 했다.

어느 쪽이든 정말 무서울 거야, 그는 생각했다. 시끄러운 소음은 귀를 먹먹하게 만들 것이고 시간당 130킬로미터가 휙휙 자아내는 바람 역시 그다지 재미있지 않을 터였다. 그는 기차가 달려오면 그 아래에 진공 상태가 생겨 그를 위로 빨아들일지 순간 궁금해졌다. 어쩌면 그럴 수도 있었다. 그러니 어떤 일이 벌어지든 그는 정신을 똑바로 차리고 온몸을 땅에 힘껏 밀착시키고 있어야 했다. 늘어지지 마. 동요하지 말고 정신 똑바로 차리고 땅에 밀착하는 거야.

"어이, 교활한 놈아, 기분이 어때?" 위쪽 덤불숲에서 한 소년이 소리쳤다. "처형을 기다리는 기분이 어떠냐고?"

그는 대답을 하지 않기로 했다. 푸른 하늘에서 뭉게구름이 천천히 왼쪽에서 오른쪽으로 움직이는 것을 보았다. 곧 벌어질 일을 생각하지 않기 위해 그는 오래전 더운 여름날 아버지가 비치 곶에 있는 절벽 위 풀밭에 등을 대고 누워 있을 때 알려 줬던 게임을 시작했다. 뭉게구름의 접힌 부분과 그림자와 물결구름에서 신기한 얼굴을 찾는 것이었다. 아주 열심히 찾으면 언제든 얼굴 비슷한 것을 하늘에서 찾을 수 있다고 아버지는 말했었다. 피터는 구름 위로 천천히 시선을 움직였다. 어떤 곳에서 그는 턱수염을 길렀고 눈이 한 개인 남자를 찾았다. 다른 곳에서는 턱이 길고 얼굴이 웃고 있는 마녀를 찾았다. 동쪽에서 서쪽으로 비행하던 비행기 한 대가 구름을 만났다. 빨강색 동체에 높은 날개를 가진 소형 단엽기였다. 구형 파이퍼 클럽이구나, 그는 생각했다. 그는 비행기가 사라질 때까지 바라보았다.

그리고 그때, 갑자기 그의 양옆에 있는 선로에서 기묘한 진동 소리가 작게 들려왔다. 아주 약해 거의 들리지 않을 정도로 작게 윙윙거리는 소리는 먼 곳에서 선로를 따라 전해져 오는 현악기의 속삭임 같았다.

기차다, 그는 생각했다.

선로를 따라 전해지는 진동이 점점 커지고, 계속해서 더 커졌다. 그는 머리를 들어 저 멀리까지 1.5킬로미터 혹은 그 이상 완전히 직선으로 쭉 뻗은 선로를 보았다. 바로 그때 기차가 눈에 들어왔다. 처음에는 작은 점 하나, 멀리 있는 검은 점 하나였지만 그가 머리를 들고 있던 그 몇 초 사이에 점점 커지고 또 커져 형체를 갖추기 시작했고, 곧 점이 아니라 디젤 특급의 뭉툭하고 커다란 사각형 앞부분이 되었다. 피터는 머리를 내리고 자갈 사이에 파 놓은 작은 구멍에 밀착했다. 발은 한쪽으로 쓰러뜨렸다. 그는 눈을 굳게 감고 몸을 땅바닥에 가라앉히려 애썼다.

기차는 한바탕 폭발이 일어나는 것처럼 그의 위를 덮쳤다. 머릿속에서 총이 발사된 것 같았다. 폭발과 허리케인 같은 굉음을 동반한 맹렬한 바람이 그를 덮쳐 콧구멍과 폐를 강타했다. 소음은 고막을 찢는 듯했다. 바람은 질식할 지경이었다. 비명을 지르며 사람을 죽이는 괴물의 뱃속에 산 채로 먹히는 것 같았다.

그리고 끝났다. 기차가 지나갔다. 피터는 눈을 뜨고 하얗고 커다란 구름이 여전히 떠다니는 머리 위의 푸른 하늘을 보았다. 이제 다 끝났고, 그는 해냈다. 그는 살아남았다.

"빗나갔잖아." 어떤 목소리가 말했다.

"아깝게 되었네." 다른 목소리가 말했다.

옆을 보자 덩치 큰 두 망나니가 그를 굽어보며 서 있는 모습이 보였다.

"풀어 줘." 어니가 말했다.

레이먼드는 양쪽 선로에 그를 묶었던 끈을 잘랐다.

"걸을 수 있게 발도 풀어 줘. 손은 그냥 묶인 채로 두고." 어니가 말했다.

레이먼드는 발목을 묶은 끈을 잘랐다.

"일어나." 어니가 말했다.

피터는 일어섰다.

"너는 아직 포로야, 친구." 어니가 말했다.

"토끼는 어쩌고?" 레이먼드가 물었다. "토끼 몇 마리를 잡으려는 거 아니었어?"

"토끼를 잡을 시간은 많아." 어니가 대꾸했다. "가는 길에 이 새끼를 호수에 빠뜨리면 어떨까 생각했어."

"좋아." 레이먼드기 말했다. "흥분을 좀 식히게 하자."

"재미 볼 만큼 봤잖아." 피터 왓슨이 말했다. "왜 나를 보내 주지 않겠다는 거야?"

"왜냐면 넌 포로니까." 어니가 말했다. "그리고 넌 그냥 보통 포로가 아니야. 간첩이잖아. 간첩이 잡히면 어떻게 되는지 알아, 아냐고? 벽을 등지고 서게 한 다음 총으로 쏜다고."

피터는 그 후 아무 말도 하지 않았다. 이 둘을 자극해 봤자 아무런 의미가 없었다. 말을 하지 않을수록, 그리고 반항을 하지 않을수록 다칠 위험이 줄어들 것이었다. 현재 기분이 어떻든 그들이 자기 몸에 몹시 심한 해를 입힐 수 있다는 것을 피터는 믿어 의심치 않았다. 그는 언젠가 어니가 학교 수업이 끝난 후 꼬마 윌리 심슨의 팔을 부러뜨려 윌리의 부모가 경찰서에 갔던 사건을 알고 있었다. 또 레이먼드가 축구 경기를 보러 갔다가 '약자를 짓밟았다'고 뽐내는 것을 들은 적이 있었다. 피터는 이 말을 바닥에 쓰러진 사람의 얼굴이나 몸을 걷어찼다는 뜻으로 이해했다. 이 둘은 훌리건이었고, 피터가 거의 매일 아버지의 신문에서 읽는 바로는 그런 사람들이 이 둘만은 아니었다. 나라 전체에 훌리건이 득실거리는 것 같았다. 그들은 기차 내부를 파괴했고, 칼과 자전거 체인과 쇠막대기를 가지고 거리에서 난투극을 벌였고, 보행자, 특히 혼자 걷는 어린 소년들을 공격했고, 길거리의 카페들을 박살냈다. 어니와 레이먼드는 아마 아직은 완전한 훌리건이 아닐지 몰라도,

118

홀리건으로 자라나고 있는 건 확실했다.

그러니 계속 소극적으로 굴어야 해, 피터는 생각했다. 그러니 그들에게 욕을 하면 안 돼. 어떤 식으로든 자극을 하면 안 돼. 무엇보다도 몸으로 맞붙어서는 안 돼. 그러다 보면 결국 이 못된 놀이에 질려서 토끼를 쏘러 가 버릴 거야. 부디 그러길.

덩치 큰 두 소년은 피터의 양팔을 하나씩 잡고 옆의 벌판을 가로질러 호수를 향해 행진했다. 포로의 손목은 여전히 앞으로 묶여 있었다. 어니는 빈손에 총을 들었다. 레이먼드는 피터에게서 빼앗은 쌍안경을 들었다. 그들은 호수에 도착했다.

5월의 금빛 오전, 호수는 아름다웠다. 호수는 꽤 좁고 기다란 모양이었는데 비탈을 따라 사방에 키 큰 버드나무들이 자라고 있었다. 가운데는 물이 맑고 깨끗했지만 뭍에 가까운 곳에는 갈대와 골풀이 무성하게 우거져 있었다.

어니와 레이먼드는 포로를 끌고 가더니 호수 가장자리에서 멈췄다.

"자 그럼, 이렇게 하자. 너는 걔 팔을 잡고 나는 다리를 잡고 하나 둘 셋 구령에 맞춰서 이 애새끼를 진흙투성이 갈대밭에 최대한 멀리 던져 버리는 거야. 어때?"

"좋아." 레이먼드가 말했다. "손은 풀어 주지 않는 거 맞지?"

"당연하지." 어니가 말했다. "건방진 자식아, 네 생각은 어때?"

"너희가 그렇게 하겠다면 내가 어떻게 말리겠어." 피터가 가능한 한

냉정하고 침착한 목소리를 유지하려고 노력하면서 대꾸했다.

"막으려고 하기만 해 봐." 어니가 이를 드러내어 웃으며 말했다. "그 러면 어떻게 될지."

"마지막으로 질문 하나만 할게." 피터가 말했다. "너는 덩치가 너랑 비슷한 애한테도 덤빈 적 있니?"

말을 내뱉자마자 피터는 실수했다는 것을 알았다. 어니의 뺨이 새빨 개지더니 그 작고 까만 눈동자에 위험한 불꽃이 튀는 것이 보였다.

다행히도 바로 그 순간 레이먼드가 상황을 수습했다. "야! 저기 갈대 밭에서 헤엄치는 새 좀 봐!" 그가 손가락으로 가리키며 외쳤다. "저걸 잡자!"

숟가락 모양으로 곡선을 이룬 노란 부리와 선명한 진녹색 머리에 목 둘레에 둥그렇게 하얀 털이 난 청둥오리 수컷이었다. "저건 진짜로 먹 을 수 있겠다." 레이먼드가 말을 이었다. "들오리야."

"내가 잡을 거야!" 어니가 소리를 질렀다. 그는 포로의 팔을 놓더니 총을 어깨까지 들어 올렸다.

"여긴 조류 보호구역이야." 피터가 말했다.

"보, 뭐라고?" 어니가 총을 낮추며 물었다.

"여기서는 아무도 새를 쏘지 않아. 엄격하게 금지되어 있어."

"금지되었다고 누가 그러든?"

"땅 주인 더글러스 하이틴 씨가."

"농담이겠지." 어니는 다시 총을 올렸다. 그는 총을 쏘았다. 오리가 물속으로 곤두박질쳤다.

"가서 가져와." 어니가 피터에게 말했다. "얘 손을 풀어 줘, 레이먼드. 우리 사냥개로 삼아서 우리가 새를 쏘고 나면 가져오게 하자고."

레이먼드는 칼을 꺼내 작은 소년의 손목을 묶고 있던 끈을 끊었다.

"어서!" 어니가 쏘아붙였다. "가서 가져와!"

그렇게 아름다운 오리를 죽인 것 때문에 피터는 마음이 몹시 좋지 않았다. "싫어." 피터가 말했다.

어니는 비어 있는 손으로 그의 얼굴을 세게 내리쳤다. 쓰러지진 않았지만 피터의 한쪽 콧구멍에서 핏줄기가 흘렀다.

"이 병신 같은 애새끼가!" 어니가 말했다. "한 번만 더 반항하면 내가 약속하지. 이런 거야. 한 번만 더 반항하면 네 하얗게 반짝이는 앞니를 몽땅 뽑아 놓을 테다. 윗니도 아랫니도. 알아들었어?"

피터는 아무 말도 하지 않았다.

"대답해!" 어니가 으르렁거렸다. "알아들었어?"

"그래." 피터가 조용히 대답했다. "알아들었어."

"그럼 가져와!" 어니가 고함쳤다.

피터는 호숫가로 내려가 흙탕물에 들어갔고 갈대숲을 헤치고 오리를 집어 들었다. 그가 오리를 가져오자 레이먼드가 받아 오리의 다리에 끈을 묶었다.

"이제 사냥감을 물어 오는 개도 생겼으니 오리를 몇 마리 더 잡을 수 있는지 보자." 어니가 말했다. 그는 총을 손에 들고 호숫가 비탈을 따라 어슬렁거리면서 갈대밭을 뒤졌다. 갑자기 그가 멈췄다. 그는 쭈그리고 앉더니 입술에 손가락을 대고 말했다. "쉿!"

레이먼드가 어니에게 다가갔다. 피터는 몇 미터 떨어진 곳에 서 있었다. 그의 바지는 무릎까지 진흙으로 덮여 있었다.

"저길 봐!" 어니가 골풀이 **빽빽**하게 우거진 곳을 손가락으로 가리키며 속삭였다. "너도 저게 보이냐?"

"맙소사!" 레이먼드가 외쳤다. "정말 예쁘다!"

조금 떨어진 곳에서 우거진 골풀을 바라보던 피터는 그들이 보고 있는 것이 무엇인지 즉각 알아차렸다. 백조, 둥지 위에 고요히 앉아 있는 참으로 아름다운 하얀 백조였다. 둥지는 수면 위로 60센티미터가량 올라온 거대한 갈대와 골풀 더미였으며, 그 위에 백조가 커다랗고 하얀 호수의 숙녀처럼 앉아 있었다. 백조가 호숫가의 소년들을 향해 머리를 돌렸다. 백조는 소년들을 경계하는 듯 주시했다.

"저건 어때?" 어니가 말했다. "오리보다 낫잖아, 그렇지 않아?"

"저것도 잡을 수 있겠어?" 레이먼드가 물었다.

"물론 잡을 수 있지. 머리통에 구멍을 뚫어 주지!"

피터는 속에 격렬한 분노가 쌓이기 시작하는 것을 느꼈다. 그는 덩치가 큰 두 소년에게 걸어갔다. "내가 너희들이라면 저 백조를 쏘지 않겠어." 그는 목소리를 침착하게 유지하려고 애쓰면서 말했다. "백조는 잉글랜드에서 가장 보호를 받는 새야."

"그게 이거랑 무슨 상관인데?" 어니가 비웃으며 말했다.

"그리고 또 있어." 피터가 조심성을 던져 버리고 말했다. "아무도 둥지에 앉은 새는 쏘지 않아. 아무도 절대로! 둥지 안에 새끼가 있을지도 모른다고! 너희들은 그럴 수 없어!"

"우리가 할 수 없다고 누가 그래?" 레이먼드가 조롱했다. "코피 범벅 피터 왓슨 선생이야, 그런 말을 하는 사람이?"

"온 나라가 다 그렇게 말해." 피터가 대꾸했다. "법이 그렇게 말하고, 경찰이 그렇게 말하고, 모두가 그렇게 말한다고!"

"난 아니야!" 어니가 총을 들며 말했다.

"하지 마!" 피터가 비명을 질렀다. "제발 하지 마!"

탕! 총이 발사되었다. 총알은 백조의 우아한 머리 한가운데에 맞았고, 길고 하얀 목이 둥지 옆으로 푹 꺾였다.

"가져와!" 어니가 소리쳤다.

"끝내주는데!" 레이먼드가 고함을 질렀다.

어니는 새하얗게 질린 얼굴로 뻣뻣하게 굳은 채 서 있는 자그마한 몸집의 피터에게 몸을 돌렸다. "어서 가져와." 그는 명령했다.

다시 한번, 피터는 움직이지 않았다.

어니가 작은 소년에게 다가가 몸을 숙이더니 자기 얼굴을 바싹 가져다 댔다. "마지막으로 말한다." 그가 부드럽고 위험한 목소리로 말했다. "가서 가져와!"

비탈을 내려가 물에 들어가는 내내 피터의 얼굴 위로 눈물이 흘렀다. 그는 물속을 힘겹게 걸어 죽은 백조에게 다가가 양손으로 조심스럽게 들었다. 백조 아래에 온몸이 샛노란 솜털로 덮인 작은 새끼가 두 마리 있었다. 새끼들은 둥지 한가운데 옹송그리고 한데 모여 있었다.

"알은 없냐?" 호숫가 비탈에서 어니가 고함을 질렀다.

"없어." 피터가 대꾸했다. "아무것도." 새끼들을 둥지에 남겨 두면 백조 수컷이 돌아와서 혼자서라도 어린 것들을 먹여 살릴 기회가 있을지도 모르겠다고 피터는 생각했다. 새끼들을 어니와 레이먼드의 깊은 자비심에 맡길 생각은 추호도 없었다.

피터는 죽은 백조를 호수 가장자리로 가져갔다. 그는 백조를 바닥에 내려놓았다. 그런 다음 몸을 펴고 둘을 마주했다. 아직 눈물로 젖어 있는 그의 눈은 분노로 활활 타올랐다. "정말 지독한 짓을 했어!" 그는 소리쳤다. "멍청하고 무의미한 파괴 행위야! 너희 둘은 무식한 천치들이야! 백조 대신에 너희가 죽었어야 했어. 너희는 살아 있을 자격이 없어!"

그는 엄청난 분노로 몸을 최대한 꼿꼿하게 세우고 서서 키가 큰 두 소년을 마주했다. 그들이 그에게 어떤 짓을 하든지 이제 상관없었다.

어니는 이번에는 때리지 않았다. 갑작스런 폭발에 처음에는 약간 주

춤한 것 같았지만 곧 회복했다. 그의 헤벌어져 있던 입술이 이제 교활하게 히죽히죽 웃는 모양이 되더니 가운데로 몰린 작은 두 눈이 가장 악의적으로 번뜩거렸다. "그러니까 너는 백조를 좋아한다는 말이지? 내 말 맞아?" 그가 부드럽게 물었다.

"나는 백조가 좋고 너희가 미워!" 피터가 외쳤다.

"그럼 내 생각이 맞겠네?" 어니가 계속 히죽거리면서 말을 이었다. "여기 있는 이 멍청한 백조가 죽지 않고 살았으면 하는 게 네 소망이라는 내 생각이 분명히 맞는 거지?"

"그런 바보 같은 질문이 어디 있어!" 피터가 고함쳤다.

"귀싸대기를 한 대 맞아야 할 모양이네." 레이먼드가 말했다.

"기다려." 어니가 말했다. "아직 할 게 남았어." 그는 피터에게 몸을 돌렸다. "그러니까 너는 이 백조가 살아나서 다시 하늘을 훨훨 날 수 있게 된다면 행복하겠다는 거지. 맞아?"

"그것도 바보 같은 질문이잖아!" 피터가 소리를 질렀다. "도대체 네가 뭔데?"

"내가 뭔지 알려 주지." 어니가 말했다. "나는 마법사야. 바로 그런 사람이지. 그러니까 네가 행복하고 만족하도록 이 죽은 백조가 다시 살아나 하늘을 훨훨 날아다닐 수 있게 마법을 쓰려는 거라고."

"헛소리!" 피터가 말했다. "나는 갈 거야." 그는 몸을 돌려 걷기 시작했다.

"잡아!" 어니가 말했다.

레이먼드가 그를 잡았다.

"날 내버려 둬!" 피터가 악을 썼다.

레이먼드는 그의 뺨을 세게 때렸다. "자, 자, 다치고 싶지 않으면 대들지 말라고." 그가 말했다.

"네 칼을 줘." 어니가 말을 하며 손을 내밀었다. 레이먼드는 그에게 칼을 주었다.

어니는 죽은 백조 옆에 무릎을 꿇더니 백조의 커다란 날개 한쪽을 쫙 펼쳤다. "잘 봐." 그가 말했다.

"좋은 생각이라도 났냐?" 레이먼드가 물었다.

"기다렸다 직접 봐." 어니가 대답했다. 이제 그는 칼을 사용해서 커다랗고 하얀 날개를 백조의 몸에서 잘라 내기 시작했다. 새의 날개와 몸이 맞닿은 곳의 뼈에는 관절이 있는데, 어니는 여기에 칼을 미끄러뜨려 넣어서 힘줄을 잘랐다. 칼이 아주 날카로워 몹시 잘 들어서 곧 날개 전체가 분리되었다.

어니는 백조를 뒤집어 다른 쪽 날개도 잘랐다.

"끈." 그가 레이먼드에게 손을 내밀며 말했다.

피터의 팔을 잡고 있던 레이먼드는 넋을 놓고 그 광경을 지켜보았다. "새를 그렇게 도살하는 건 어디서 배웠냐?" 그가 물었다.

"닭으로 배웠지." 어니가 대답했다. "스티븐스 농장에서 닭들을 훔쳐

다가 조각내서 에일즈베리에 있는 가게에 팔았거든. 끈 줘."

레이먼드는 끈 뭉치를 그에게 주었다. 어니는 약 1미터 정도 길이로 여섯 개를 잘랐다.

백조 날개의 위쪽 가장자리를 따라 튼튼한 뼈가 여러 개 있었다. 어니는 날개 한쪽을 들더니 끈마다 한쪽 끝을 그 뼈들에 묶기 시작했다. 이 작업이 끝나자 그는 여섯 개의 끈이 달랑달랑 매달린 날개를 들고 피터에게 말했다. "팔 내밀어!"

"넌 완전히 미쳤어!" 덩치가 작은 소년이 소리를 질렀다. "넌 정신병 자야!"

"걔 팔을 내밀게 해." 어니가 레이먼드에게 말했다.

레이먼드는 피터의 얼굴 앞에 꽉 쥔 주먹을 들이대고 그의 코를 툭 쳤다. "이게 뭔지 알겠냐? 자, 하라는 대로 똑바로 하지 않으면 네놈 상판에 한 대 먹일 거다, 알겠냐? 이제 팔 내밀어, 말 잘 듣는 꼬맹아."

피터는 저항할 마음이 무너지는 걸 느꼈다. 이런 녀석들을 상대로는 더 이상 저항할 수가 없었다. 몇 초 동안 그는 어니를 응시했다. 어니의 작고 몰린 까만 두 눈은 정말 화가 나면 어떤 짓이라도 저지를 것 같은 인상을 주었다. 어니는 욱하면 사람도 쉽게 죽일 수 있는 녀석이라는 것을 피터는 바로 그 순간 느꼈다. 위험한 지진아인 어니는 지금 게임을 하고 있었고 그의 재미를 망치는 것은 몹시 현명하지 못한 짓이 될 터였다. 피터는 팔을 내밀었다.

그러사 어니는 여섯 개의 끈을 하나씩 피터의 팔에 묶었고, 그가 작업을 마치자 백조의 하얀 날개가 피터의 팔 전체에 단단히 부착되었다.

"어때?" 어니가 한 걸음 뒤로 물러서 자신의 작품을 살피며 물었다.

"이제 다른 쪽도." 어니가 하려는 일에 대해 감을 잡은 레이먼드가 말했다. "얘도 날개가 하나뿐이면 하늘을 훨훨 날아다닐 수 없을 거야. 그렇지 않냐?"

"두 번째 날개도 곧 갑니다." 어니가 말했다. 그는 다시 무릎을 꿇고 여섯 개의 긴 끈을 다른 쪽 날개의 뼈 꼭대기에 묶었다. 그러고는 다시 일어났다. "나머지 날개도 달아 주자고." 그가 말했다. 메스꺼우면서도 가소로운 기분을 느끼며 피터는 다른 쪽 팔을 내밀었다. 어니는 그의 팔에 날개를 단단히 묶었다.

"이제!" 어니가 박수를 치며 풀밭 위에서 촐랑거리며 춤을 추면서 외쳤다. "이제 다시 진짜 살아 있는 백조가 생겼다! 내가 마법사라고 말했지? 내가 마법을 부려 죽은 백조가 다시 하늘을 훨훨 날아다니게 할 거라고 말했지? 내가 그렇게 말했잖아."

피터는 이 아름다운 5월의 오전, 축 처지고 피가 약간 번진 커다란 날개가 옆구리에서 기괴하게 덜렁거리는 모습으로 호숫가 옆 햇살 아래서 있었다. "다 했어?" 그가 말했다.

"백조는 말을 하지 않아." 어니가 말했다. "그 따위 부리는 닥치고 있으라고! 그리고 힘을 아껴 두라고, 친구. 하늘을 날려면 젖 먹던 힘까지 쥐어짜야 할 테니까." 어니는 바닥에서 총을 집고 다른 손으로 피터의 뒷목을 잡아채더니 말했다. "행군해!"

그들은 호숫가를 따라 높다랗고 우아한 버드나무 한 그루가 있는 곳까지 행군했다. 그들은 거기서 멈췄다. 나무는 수양버들이었고, 엄청나게 높은 곳에서 뻗은 기다란 가지들이 호수 표면에 거의 닿아 있었다.

"이제 이 마법의 백조가 마법의 비행을 보여 줄 거야." 어니가 선언했다. "그러니까 백조 선생, 당신은 이 나무 꼭대기까지 기어 올라가는 거야. 그리고 꼭대기에 도착하면 똑똑한 백조, 백조, 백조 새끼처럼 날개를 펴고 날아오르는 거지!"

"환상적이야!" 레이먼드가 소리쳤다. "꽝장해! 정말 마음에 드는 생각인데!"

"나도 그래!" 어니가 말했다. "이 똑똑한 백조, 백조, 백조 새끼가 얼마나 똑똑한지 확실히 알게 될 테니까. 학교에서는 몹시 똑똑하지. 우리 모두 다 알잖아. 반에서 1등이고 다른 것도 다 잘하니까. 하지만 나무 위에서는 얼마나 똑똑할지 이제 보자고! 알겠냐, 백조 선생?" 그는 피터를 나무 쪽으로 밀쳤다.

이 미치광이 짓이 어디까지 갈까 피터는 궁금했다. 그는 자신도 약간 미친 것 같은 기분이었다. 이제 아무것도 현실 같지 않았고 어떤 일도 실제로 일어난 것 같지 않았다. 그러나 나무 위로 높이 올라가 마침내 이 훌리건들의 손이귀에서 벗어난다는 생각은 몹시 매력적이었다. 그 위에 올라가면 그곳에 머무를 수 있었다. 그들이 그를 잡기 위해 귀찮음을 감수하고 나무를 올라올 것 같지는 않았다. 혹시 따라 올라온다고 해도 두 사람의 무게를 지탱하지 못할 가느다란 가지로 피해 가면 될 터였다.

그 나무는 낮은 가지가 많아서 올라가기가 꽤 쉬웠다. 그는 나무를 타기 시작했다. 올라가는 동안 거대한 하얀 날개가 계속 팔에서 덜렁거렸지만 그건 중요하지 않았다. 이제 피터에게 중요한 것은 1센티미터 올라갈 때마다 아래에 있는 고문관들에게서 1센티미터 멀어진다는 사실이었다. 나무 타기에 대단한 재능이 있었던 적도 없고 특별히 잘 타지도 않았지만 세상 그 어떤 것도 피터가 이 나무 꼭대기까지 올라가는 것을 말릴 수 없었다. 일단 꼭대기까지 올라가면 잎사귀들 때문에 잘 보이지도 않을 거라고 그는 생각했다.

"더 높이!" 어니의 목소리가 고함쳤다. "계속 올라가!"

피터는 계속 올라갔고 마침내 더 이상 높이 올라갈 수 없는 지점에 도달했다. 이제 그의 발은 사람 팔목만 한 두께의 가지를 밟고 있었다. 멀리 호수 위까지 뻗어 우아하게 아래로 드리워진 가지였다. 그의 위에 있는 가지들은 아주 가늘고 낭창낭창했지만 그가 손으로 잡고 있는 이 가지는 목적에 걸맞게 꽤 튼튼했다. 그는 거기에서 오르기를 멈추고 숨을 돌렸다. 처음으로 아래를 내려다보았다. 아주 높이, 적어도 15미터는 올라와 있었다. 그렇지만 두 소년은 보이지 않았다. 그들은 이제 나무둥치 옆에 있지 않았다. 마침내 가 버린 걸까?

"좋아, 백조 선생!" 어니의 끔찍한 목소리가 들렸다. "이제 잘 들어!"

둘은 어느 정도 걸어가 꼭대기에 있는 작은 소년이 선명하게 잘 보이는 곳에 자리를 잡고 있었다. 지금 그들을 내려다보면서 피터는 버드나무의 잎사귀들이 얼마나 성기고 가느다란지 깨달았다. 잎사귀들은 그를 거의 감춰 주지 못했다.

"잘 들어, 백조 선생!" 목소리가 고함을 쳤다. "네놈이 밟고 있는 가지를 따라 걸어나가! 그 멋진 흙탕물 바로 위까지 걸어가란 말이야! 그런 다음에 뛰어내려!"

피터는 움직이지 않았다. 피터는 이제 15미터 위에 있었고 그들은 그를 다시 잡을 수 없었다. 아래에서 긴 침묵이 이어졌다. 아마 30초는 이어졌던 것 같다. 그는 벌판 멀리에 있는 두 형체에서 눈을 떼지 않았다. 그들은 꼼짝도 하지 않고 서서 그를 올려다보고 있었다.

"좋아! 그렇다면 백조 선생!" 어니의 목소리가 다시 들렸다. "내가 열까지 셀 거야, 알겠어? 그때까지 날개를 펴고 날지 않으면 이 총으로 너를 쏘아 떨어뜨릴 거야! 그러면 오늘 내가 끝장낸 백조가 한 마리가 아니라 두 마리가 되겠지! 자 시작한다, 백조 선생! 하나!…… 둘!…… 셋!…… 넷!…… 다섯!…… 여섯!……"

피터는 움직이지 않았다. 이제 그를 움직일 수 있는 것은 아무것도 없었다.

"일곱!······ 여덟!······ 아홉!······ 열!"

피터는 총이 어니의 어깨로 올라가는 것을 보았다. 그를 똑바로 겨냥하고 있었다. 라이플의 탕 하는 총소리와, 총알이 머리 옆을 핑 하고 지나가는 소리가 들렸다. 섬뜩했다. 그렇지만 그는 움직이지 않았다. 어니가 새로운 총알을 총에 재는 모습이 보였다.

"마지막 기회다!" 어니가 고함을 질렀다. "다음 총알은 너를 맞힐 거야!"

피터는 그대로 가만히 있었다. 그는 기다렸다. 저 아래 초원에서 다른 소년을 옆에 끼고 미나리아재비 사이에 선 소년을 바라보았다. 다시 한번 총이 어깨로 올라갔다.

이번에는 탕 소리를 들은 순간 총알이 허벅지를 맞혔다. 고통은 없었으나 총알의 물리력이 그에게 엄청난 충격을 입혔다. 누군가가 커다란 망치로 다리를 후려친 것 같았다. 충격 때문에 두 발이 밟고 있던 가지에서 떨어졌다. 그는 허우적거리며 양손으로 매달릴 곳을 찾았다. 그가 매달린 작은 가지가 구부러지더니 갈라졌다.

어떤 사람들은 지나치게 당하고 더 이상 견딜 수 없는 곳까지 내몰리면 그냥 무너져 포기하고 만다. 그러나 그 수가 많진 않지만 어떤 까닭에서인지 무릎을 꿇릴 수 없는 사람들도 있다. 우리는 전쟁 때에, 그리고 평상시에도 그런 사람들을 만나게 된다. 그들은 불굴의 정신을 가지고 있어서 고통이나 고문이나 죽음의 위협이나 그 어떤 것도 그들을 포기하게 만들지 못한다.

어린 피터 왓슨도 그런 사람이었다. 그 나무의 꼭대기에서 떨어지지 않으려고 허우적거리며 분투하는 와중에 갑자기 그는 자신이 이길 거라는 생각이 들었다. 위를 올려다보자 호수의 물 위로 반짝이는 빛이 보였다. 너무나 찬란하고 아름다워서 그는 도저히 눈을 뗄 수 없었다. 그 빛이 그에게 손짓을 하며 끌어당겼고, 그는 빛을 향해 뛰어들며 날개를 펼쳤다.

그날 아침 세 사람이 마을 위로 동그라미를 그리며 날던 커다랗고 하얀 백조를 보았다고 증언했다. 에밀리 미드라는 학교 선생님과 약국의 지붕에서 타일을 교체하던 윌리엄 에일스라는 남자와 근처 들판에서 모형 비행기를 날리던 존 언더우드라는 소년이었다.

그리고 그날 아침 부엌 싱크대에서 설거지를 하고 있던 왓슨 부인이 무심코 시선을 들어 창문 너머를 본 바로 그 순간, 하얗고 거대한 뭔가가 뒤뜰 잔디밭 위로 털썩 떨어졌다. 그녀는 급히 밖으로 달려 나갔다. 그녀는 외동아들의 구겨진 형체 옆에 무릎을 꿇었다. "오, 사랑하는 내 아들!" 눈앞에 벌어진 광경을 좀처럼 믿을 수 없어 그녀는 히스테리를 일으킬 것처럼 울부짖었다. "사랑하는 내 아들! 도대체 무슨 일이 생긴 거니?"

"다리가 아파요." 피터가 눈을 뜨며 말했다. 그러고 나서 기절해 버렸다.

"피가 나잖아!" 그녀는 비명을 지르며 그를 안아 들어 집 안으로 데려
갔다. 급히 전화로 의사와 구급차를 불렀다. 그리고 도움을 기다리는
동안 가위를 가져다 아들의 양팔에 백조의 커다란 날개를 묶어 놓은 끈
을 자르기 시작했다.

5

백만장자의 눈

헨리 슈거는 마흔한 살 된 독신남이었다. 그리고 부유했다. 그가 부유한 것은 이제는 죽었지만 부유했던 아버지를 둔 덕택이었다. 결혼을 하지 않은 것은 너무 이기적이라 자기 돈을 아내와 나눠 쓸 수 없었기 때문이다.

그는 키가 185센티미터나 되었지만 자신이 생각하는 것만큼 잘생긴 외모는 아니었다.

그는 옷에 신경을 아주 많이 썼다. 비싼 양복장이에게 가서 양복을 맞췄고, 셔츠를 만드는 장인에게 셔츠를 맞췄고, 구두를 만드는 장인에게 구두를 맞췄다.

면도 후에는 얼굴에 값비싼 로션을 발랐으며, 손에는 거북이 기름이 들어간 크림을 발라 부드럽게 유지했다.

전담 이발사에게 열흘마다 한 번씩 머리 손질을 받는데 그때마다 손톱 손질도 함께 받았다.

원래 이가 조금 지저분하게 누르스름했기 때문에 앞쪽 윗니에 거금을 들여 캡도 씌웠다. 왼쪽 뺨에 있던 작은 점도 성형외과 의사에게 맡겨 제거했다.

그는 시골의 별장 한 채 값은 족히 나갈 페라리 스포츠카를 몰았다.

여름에는 런던에서 지냈지만 10월에 첫서리가 내리자마자 서인도 제도나 프랑스 남부로 떠나 친구들과 함께 머물렀다. 그의 친구들도 전부 유산을 물려받은 덕에 부유했다.

헨리는 평생 하루도 일을 해 본 적이 없었는데, 그가 직접 지은 좌우명은 이랬다. 성가신 일을 하느니 가벼운 욕을 먹는 편이 낫다. 그의 친구들은 이 좌우명을 아주 재미있어했다.

헨리 슈거 같은 사람들은 온 세상을 해초처럼 떠다닌다. 그들은 특히 런던, 뉴욕, 파리, 나소, 몬테고 베이, 칸, 생 트로페에서 볼 수 있다. 그들은 특별히 나쁜 사람들은 아니다. 그렇지만 좋은 사람들도 아니다. 그들은 실제적으로 전혀 중요하지 않다. 그들은 그저 장식의 일부일 뿐이다.

그들 모두, 그러니까 이런 타입의 부자들이 공통적으로 갖고 있는 기이한 점이 있다. 그들은 지금보다 더 부유해지고 싶은 강한 욕망에 시달린다. 100만은 결코 충분하지 않다. 200만도 마찬가지이다. 그들은 늘 돈을 더 많이 가지려는 채워지지 않는 갈망을 갖고 있다. 그것은 어느 날 아침에 일어나 은행에 돈이 한 푼도 없는 것을 발견하게 될지도 모른다는 두려움에 끊임없이 시달리기 때문이다.

이런 사람들이 재산을 늘리기 위해 사용하는 방법은 모두들 똑같다. 그들은 채권과 주식을 사고 가격이 오르락내리락하는 것을 지켜본다.

카시노에서 룰렛과 블래잭에 막대한 돈을 걸기도 하고 경마를 하기도 한다. 그들은 거의 모든 것에 돈을 걸고 내기를 한다. 헨리 슈거는 한 번은 리버풀 경의 테니스용 잔디 코트에서 열린 거북이 경주의 결과에 1,000파운드를 건 적도 있었다. 그리고 에즈먼드 한베리라는 남자와 벌였던 더 바보 같은 내기에 그 두 배를 걸기도 했다. 그 내기란 헨리의 개를 정원에 풀어 놓고 창문으로 지켜보는 것이었다. 개를 내보내기에 앞서 두 남자는 개가 처음으로 다리를 들어 올리는 대상이 어떤 것일지 각자 추측했다. 벽일까? 말뚝일까? 덤불일까? 아니면 나무일까? 에즈먼드는 벽을 골랐다. 바로 이 내기를 하기 위해 여러 날 동안 개의 버릇을 연구했던 헨리는 나무를 골랐고, 돈을 땄다.

이렇게 터무니없는 게임들을 하면서 헨리와 그의 친구들은 나태와 부로 인해 생기는 극심한 권태를 떨치려 했다.

여러분도 눈치챘겠지만 헨리는 기회가 있으면 친구들을 약간 속이는 것쯤은 주저하지 않았다. 개를 두고 한 내기는 분명히 정직하지 않았다. 거북이 경주 내기도 마찬가지였다. 헨리는 경주 시작 한 시간 전에 몰래 상대방 거북이의 입에 약간의 수면제 가루를 억지로 집어넣는 수작을 부렸다.

이제 여러분도 헨리 슈거가 어떤 종류의 사람인지 대충 알게 되었으니 내 이야기를 시작해도 되겠다.

어느 여름 주말에 헨리는 윌리엄 윈덤 경과 함께 보내기 위해 런던에서 길퍼드까지 차를 몰아 갔다. 저택은 웅장했고 부지도 마찬가지로 훌륭했지만 토요일 오후 헨리가 도착했을 때는 이미 폭우가 쏟아지고 있었다. 테니스도 크로케도 물 건너 갔다. 윌리엄 경의 실외 수영장에서 하는 수영도 마찬가지였다. 주인과 손님들은 객실에 침울하게 앉아 빗방울이 창문에 후드득후드득 떨어지는 모습만 보고 있었다. 부자들은 나쁜 날씨에 몹시 분개했다. 날씨는 그들의 돈으로도 어떻게 할 수 없는 유일한 불편함이었다.

방에 있던 사람들 가운데 누군가가 말했다. "판돈 끝내주게 걸고 카나스타(카드 두 벌로 두 팀이 하는 카드놀이 – 옮긴이)나 한판 합시다."

다들 정말 좋은 생각이라고 했지만 일행이 전부 다섯 명이었기 때문에 한 명은 게임에서 빠져야 했다. 그들은 카드를 뽑았다. 헨리가 가장 낮은 카드, 불운한 패를 뽑았다.

다른 넷은 둘러앉아 게임을 하기 시작했다. 헨리는 게임에서 빠져 신경질이 났다. 그는 객실을 어슬렁거리다가 커다란 복도로 나갔다. 그림들을 잠깐 보다가 집 안 구석구석을 거닐었다. 할 일이 없어 지루해서 죽을 지경이었다. 마침내 그는 어슬렁거리며 서재로 들어갔다.

윌리엄 경의 아버지가 유명한 서적 수집가였기 때문에 이 거대한 방은 사방 벽의 바닥부터 천장까지 책이 줄지어 꽂혀 있었다. 헨리 슈거는 거기에 감명받지 않았다. 심지어 흥미도 없었다. 그가 읽는 책이라고는 탐정 소설과 스릴러물뿐이었다. 그는 하릴없이 방을 슬슬 돌면서 사신이 좋아할 법한 채이 있는지 찾아보았다. 그러나 윌리엄 경의 서재에 있는 것은 전부 발자크, 입센, 볼테르, 존슨, 피프스 같은 이름이 붙은 가죽 장정의 책들뿐이었다. 따분한 쓰레기, 전부 형편없는 것들이구만, 하고 헨리는 생각했다. 그가 막 서재를 떠나려 할 때, 다른 책들과는 상당히 다른 책 한 권이 그의 눈을 사로잡았다. 아주 얇은 책이라 만약 그것이 양쪽 옆에 꽂힌 책보다 약간 튀어나와 있지 않았더라면 결코 알아차리지 못했을 법했다. 서가에서 꺼낸 책은 아이들이 학교에서 사용하는 두꺼운 종이로 표지를 댄 연습장에 불과해 보였다. 표지는 남색이었는데 아무것도 씌어 있지 않았다. 헨리는 연습장을 열었다. 첫 장에 잉크 손글씨로 이렇게 쓰여 있었다.

눈 없이도 볼 수 있는 남자 임랏 칸과의 면담에 관한 보고서
1934년 12월 인도 봄베이에서 존 F. 카트라이트 박사 작성

꽤 재미있을 것 같은데, 하고 헨리는 생각했다. 그는 페이지를 넘겼다. 그다음 내용도 모두 검은색 잉크로 직접 쓰여 있었다. 알아보기 쉽고 깔끔한 글씨였다. 헨리는 선 채로 첫 두 장을 읽었다. 불현듯 그는 자기가 계속 읽고 싶어 한다는 걸 깨달았다. 이거 물건인데. 아주 흥미진진해. 그는 그 작은 책을 가지고 창가에 놓인 안락의자로 가서 편히 앉았다. 그런 다음 처음부터 다시 읽기 시작했다. 헨리가 이 작은 남색 연

습장에서 읽은 내용은 다음과 같다.

* * *

나 존 카트라이트는 봄베이 종합병원에서 일하는 외과의사이다. 1934년 12월 둘째 날 아침 나는 의사 휴게실에서 차 한잔을 마시고 있었다. 휴게실에는 다른 의사 세 명이 함께 있었는데, 다들 충분히 누릴 자격이 있는 휴식을 즐기고 있었다. 마셜 선생과 필립스 선생과 맥팔레인 선생이 그들이었다. 누군가가 문을 두드렸다. 나는 "들어와요." 하고 말했다.

문이 열리더니 인도인 한 명이 들어와 웃음 띤 얼굴로 우리에게 말했다. "무례를 용서하십시오. 선생님들께서 제 부탁을 하나만 들어주실 수 있으신지요?"

의사 휴게실은 가장 사적인 장소였다. 비상 상황이 아니면 의사 말고는 아무도 들어오지 못하는 곳이다.

"여기는 전용실이오." 맥팔레인 선생이 날카롭게 대꾸했다.

"암요, 그렇고말고요." 인도인이 대답했다. "저도 압니다. 이렇게 불쑥 쳐들어와서 정말 죄송합니다, 선생님들. 그렇지만 제가 무진장 흥미로운 걸 보여 드리려고요."

우리 넷은 이 상황이 상당히 짜증스러웠기 때문에 아무도 말을 하지 않았다.

"선생님들, 저는 눈이 없이도 볼 수 있는 사람이랍니다." 그가 말했
다.

우리는 여전히 그에게 이야기를 계속하라고 청하지 않았다. 그렇지
만 그를 쫓아내지도 않았다.

"어떤 식이든 선생님께서 내키시는 대로 제 눈을 가리세요." 그가 말
했다. "붕대 50개로 제 머리를 감아도 됩니다. 그래도 저는 선생님들께
책을 읽어 드릴 수 있답니다."

그는 더할 나위 없이 진지해 보였다. 나는 호기심이 일기 시작했다.
"이리 오시오" 내가 말했다. 그가 나에게로 왔다. "뒤로 돌아요." 그는
돌아섰다. 나는 내 손을 그의 눈 위에 단단히 대고 눈을 감게 했다. "자,
이제 휴게실 안에 있는 의사들 중에서 한 명이 손가락을 몇 개 들 거
요." 내가 말했다.

마셜 선생이 손가락 일곱 개를 들었다.

"일곱." 인도인이 말했다.

"다시 한 번." 내가 말했다.

마셜 선생은 양쪽 주먹을 꽉 쥐어 손가락을 모두 감췄다.

"손가락이 없네요." 인도인이 말했다.

"다시 한 번." 내가 말했다.

마셜 선생은 이번에도 양쪽 주먹을 꽉 쥐어 손가락을 모두 감췄다.

"손가락이 없어요."

나는 그의 눈에서 손을 뗐다. "나쁘지 않은데." 내가 말했다.

"잠깐만 기다려요." 마셜 선생이 말했다. "이렇게 해 봅시다." 문에 박힌 못에 의사가 입는 흰색 가운 한 벌이 걸려 있었다. 마셜 선생이 그 것을 내려서 돌돌 말더니 기다란 스카프 비슷한 것으로 만들었다. 그런 다음 그것을 인도인의 머리에 두르고 양쪽 끝을 뒤에서 꽉 잡았다. "이 제 시험해 봐요." 마셜 선생이 말했다.

나는 주머니에서 열쇠를 꺼냈다. "이게 뭘까요?" 내가 물었다.

"열쇠입니다." 그가 대답했다.

나는 열쇠를 다시 주머니에 넣고 빈손을 위로 쳐들었다. "이 물건은 뭘까요?" 나는 그에게 물었다.

"물건이 없는데요." 인도인이 말했다. "선생님 손이 비었어요."

마셜 선생은 눈을 덮었던 것을 풀었다. "도대체 어떻게 하는 거지?" 그가 물었다. "어떤 속임수를 쓴 거요?"

"속임수는 없어요. 여러 해 동안 수련에 수련을 거듭해서 할 수 있게 된 진짜랍니다."

"무슨 수련 말이오?" 내가 물었다.

"죄송합니다, 선생님. 그건 개인적인 것이라 밝히기 어렵습니다."

"그러면 여기는 왜 왔소?"

"선생님들께 부탁을 하나 드리려고 왔지요."

인도인은 서른 살 정도 되어 보이는 키 큰 남자로 피부가 코코넛 색깔과 비슷한 밝은 갈색이었다. 짧고 검은 콧수염이 있었다. 또 양쪽 귀 밖으로 검은 털이 무성하게 나 있는 점이 신기했다. 그는 면으로 된 하얀 가운을 입고 맨발에 샌들을 신고 있었다.

"선생님, 보시다시피 저는 지금 유랑극단에서 일을 해서 벌어먹고 있어요. 여기 봄베이에는 막 도착했지요. 우리는 오늘 밤 개막 공연을 한답니다."

"어디에서 하는데요?" 내가 물었다.

"로열팰리스 홀이요. 아카시아 거리에 있지요. 저는 인기가 많은 공연자랍니다. '눈 없이 볼 수 있는 남자 임랏 칸'이라고 프로그램에 나와 있지요. 그리고 쇼를 떠들썩하게 광고하는 게 제 임무예요. 표를 팔지 못하면 굶어야 하거든요."

"그래서 그게 우리와 무슨 상관이오?"

"선생님들께도 굉장히 흥미진진할 거예요. 아주 재미있을 겁니다. 제가 설명할게요. 저희 극단이 새로운 곳에 도착하면 저는 언제나 그곳에서 가장 큰 병원으로 직행해서 의사 선생님들께 제 눈에 붕대를 감아 달라고 부탁한답니다. 가장 전문적인 방법으로 해 달라고 부탁을 드리지요. 선생님들은 제 눈이 완전히 가려졌는지 여러 번 거듭 확인하셔야 해요. 이 작업을 의사 선생님께 부탁드리는 게 굉장히 중요해요. 그렇지 않으면 사람들이 제가 속임수를 쓴다고 생각할 테니까요. 그런 다음에, 붕대를 완전히 감고 나면, 저는 거리로 나가 위험한 일을 해요."

"그게 무슨 뜻이오?"

"앞을 못 보는 사람에겐 지극히 위험할 일을 한다는 거지요."

"무슨 일을 하는데?"

"굉장히 흥미진진하죠. 선생님께서 친절하게도 우선 제 눈에 붕대를 감아 주시면 알게 되실 겁니다. 사소한 일이지만 선생님이 해 주신다면 저에게 정말 큰 친절을 베푸시는 거예요, 선생님."

나는 다른 의사 세 명을 보았다. 필립스 선생은 환자를 보러 돌아가야 한다고 말했다. 맥팔레인 선생도 같은 말을 했다. 마셜 선생이 말했다. "안 될 것도 없지. 재미있을 것 같구만. 오래 걸리지도 않을 것 같으니."

"나도 자네와 같이 가겠네." 내가 말했다. "하지만 이왕 할 바엔 철저하게 하자고. 저 사람이 절대로 붕대 사이로 엿볼 수 없게 말이야."

"정말 친절하시네요." 인도인이 말했다. "부디 원하시는 대로 하세요."

필립스 선생과 맥팔레인 선생이 휴게실에서 나갔다.

"붕대를 감기 전에 우선 저 사람의 눈꺼풀을 확실히 봉하자고. 그런 다음, 부드러우면서도 단단하고 달라붙는 것으로 눈구멍을 막는 거야." 내가 마셜 선생에게 말했다.

"예를 들면 어떤 것 말인가?"

"밀가루 반죽은 어때?"

"밀가루 반죽이라면 완벽하겠군."

"좋아. 자네는 병원 빵집에 가서 반죽을 좀 얻어 오게. 내가 저 사람을 수술실로 데려가서 눈꺼풀을 봉하고 있겠네."

나는 휴게실에서 나와 병원의 기다란 복도를 지나 수술실까지 인도인을 이끌었다. "거기 누워요." 나는 높은 침대를 가리키며 말했다. 그는 누웠다. 나는 벽장에서 작은 병을 꺼냈다. 병 뚜껑에는 점안기가 달려 있었다. "이것은 콜로디온이라는 용액이오." 나는 그에게 말했다. "감은 눈꺼풀 위에 떨어뜨리면 단단히 굳어서 눈을 뜰 수 없게 되지."

"나중에는 어떻게 떼어 내는데요?" 그가 나에게 물었다.

"알코올로 쉽게 녹일 수 있어요. 전혀 해가 되지 않아요. 이제 눈을 감아요."

인도인은 눈을 감았다. 나는 그의 양쪽 눈꺼풀 위에 콜로디온을 발랐다. "계속 감고 있어요. 굳을 때까지 기다려요."

몇 분 안에 콜로디온이 단단한 막을 형성해 눈꺼풀이 꽉 달라붙게 만들었다. "눈을 떠 봐요."

그는 눈을 뜨려고 애썼지만 뜰 수가 없었다.

마셜 선생이 반죽이 든 양푼을 들고 들어왔다. 빵을 구울 때 사용하는 평범한 흰 반죽이었다. 반죽은 보드랍고 좋았다. 나는 반죽을 한 덩이 떼어 인도인의 한쪽 눈 위에 치덕치덕 발랐다. 눈구멍 전체를 반죽으로 채우고 주변의 피부까지 반죽으로 감싼 다음 가장자리를 세게 눌렀다. 다른 쪽 눈도 마찬가지로 했다.

"불편하지는 않소?"

"아니오." 인도인이 말했다. "좋아요."

"자네가 붕대를 감게." 나는 마셜 선생에게 말했다. "내 손가락은 너무 끈적거려."

"기꺼이." 마셜 선생이 말했다. "어떻게 하는지 잘 보게." 그는 두꺼운 탈지면 뭉치를 꺼내 반죽으로 채운 인도인의 눈 위에 올렸다. 탈지면이 도우에 달라붙은 채 있었다. "일어나서 앉아요." 마셜 선생이 말했다.

인도인은 일어나서 침대 위에 앉았다.

마셜 선생은 8센티미터짜리 붕대 뭉치를 가져다가 남자의 머리에 감고 또 감았다. 붕대가 탈지면과 반죽이 떨어지지 않게 단단히 지탱했다. 마셜 선생은 붕대를 핀으로 고정했다. 그런 다음 다시 붕대를 꺼내서 남자의 눈뿐만 아니라 얼굴과 머리 전체를 감았다.

"숨을 쉬어야 하니까 코는 남겨 주세요." 인도인이 말했다.

"물론이죠." 마셜 선생이 대답했다. 그는 작업을 마치고 붕대의 끝을 핀으로 고정했다. "어때?" 그가 물었다.

"굉장하군." 내가 말했다. "도저히 엿볼 방법이 없겠어."

이제 인도인의 머리 전체가 하얀 붕대로 두텁게 싸여 있었고 얼굴에서 보이는 것은 삐죽 나온 코끝밖에 없었다. 그는 끔찍한 뇌수술을 받은 사람처럼 보였다.

"느낌이 어때요?" 마셜 선생이 물었다.

"좋은데요." 인도인이 대답했다. "이렇게 정교하게 하시다니 선생님들 솜씨에 찬사를 보내야겠는데요."

"그러면 잘 가시오." 마셜 선생이 말을 하면서 나에게 씩 웃었다. "이제 얼마나 잘 보는 재주가 있는지 우리에게 보여 줘요."

인도인은 침대에서 일어나 문으로 똑바로 걸어갔다. 그는 문을 열고 밖으로 나갔다.

"맙소사!" 내가 말했다. "자네 저것 봤나? 손잡이를 정확하게 잡았어!"

마셜 선생은 웃음을 멈췄다. 그의 얼굴이 갑자기 하얗게 질렸다. "뒤따라가 봐야겠어." 그가 서둘러 문으로 가며 말했다. 나 역시 서둘러 뒤따랐다.

인도인은 병원 복도를 따라 아주 정상적으로 걷고 있었다. 마셜 선생과 나는 그에게서 4미터 정도 떨어져 있었다. 붕대로 완전히 감싼 하얗고 거대한 머리를 가진 남자가 다른 사람들과 마찬가지로 아무렇지도 않은 듯 복도를 거니는 모습을 지켜보자니 정말 으스스했다. 분명 그의 눈꺼풀이 봉해진 데다가 눈구멍을 반죽으로 채우고 그 위에 또 엄청난 양의 탈지면과 붕대까지 둘렀다는 사실을 아는 입장에서는 특히 더 소름이 끼쳤다.

나는 인도인 잡역부 한 명이 복도를 따라 인도인에게 다가오는 모습을 보았다. 잡역부는 음식 운반대를 밀고 있었다. 갑자기 하얀 머리의 남자가 잡역부의 시선을 사로잡았고, 그는 얼어붙었다. 붕대를 감은 인도인은 아무렇지도 않게 운반대 옆으로 비켜서 계속 걸어갔다.

"그가 봤어!" 나는 외쳤다. "운반대를 본 거야! 정확히 피해서 걸었다고! 정말이지 믿을 수 없는 일이야!"

마셜 선생은 대답을 하지 않았다. 그의 뺨이 새하얗게 질렸고, 얼굴 전체가 충격적인 불신에 차서 딱딱하게 굳었다.

인도인은 계단으로 가서 내려가기 시작했다.

그는 아무런 어려움 없이 계단을 내려갔다. 난간을 잡지도 않았다. 여러 사람들이 계단을 올라오고 있었다. 사람들은 저마다 걸음을 멈추고 숨을 몰아쉬며 응시하다가 재빨리 길을 비켰다.

계단 맨 아래에서 인도인은 오른쪽으로 돌더니 거리로 나가는 문으로 향했다. 마셜 선생과 나는 그의 가까이에서 계속 뒤따라갔다.

우리 병원의 출입문은 거리에서 조금 떨어져 있는데, 거기에는 아까시나무로 둘러싸인 작은 뜰로 이어지는 조금 큰 계단이 몇 개 있었다. 마셜 선생과 나는 타는 듯이 뜨거운 햇볕 속으로 나가 계단 꼭대기에 섰다. 아래쪽 뜰에 족히 100명은 될 법한 군중이 보였다. 그들 중에서 적어도 절반은 맨발인 어린아이들이었고, 머리에 하얗게 붕대를 두른 우리의 인도인이 계단을 내려가자 사람들은 모두 환호성과 비명을 지르며 그에게 밀려들었다. 그는 양손을 머리 위로 들어 군중에게 인사했다.

그때 자전거가 보였다. 자전거는 계단 맨 아래 한쪽 구석에 있었는데 작은 소년이 자전거를 잡고 있었다. 자전거 자체는 아주 평범한 것이었지만 그 뒤쪽 뒷바퀴 틀에 약 1.5미터 되는 정사각형의 커다란 광고판이 고정되어 있었다.

눈이 없어도 볼 수 있는 남자 임랏 칸!

오늘 병원의 의사들이 직접 내 눈에 붕대를 감았다!

오늘 밤과 이번 주 내내 출연.

아카시아 거리 로열팰리스 홀에서 저녁 7시.

놓치지 마세요!

기적을 보여 드립니다.

우리의 인도인은 계단 맨 아래에 이르렀고, 이제 자전거를 향해 똑바로 걸어갔다. 그가 소년에게 뭔가를 말하자 소년이 미소를 지었다. 인도인은 자전거에 올랐다. 사람들이 통로를 열어 주었다. 그러자 맙소사, 꽁꽁 싸매고 붕대로 눈을 가린 이 남자가 자전거를 타고 병원 뜰을 가로질러 저 너머 경적이 빵빵 울리는 북적북적한 거리로 뛰어드는 게 아닌가! 군중은 이전보다 더 큰 소리로 환호했다. 어린아이들이 맨발로 그의 뒤를 따라 달리며 꽥꽥 고성을 지르고 큰 소리로 웃음을 터뜨렸다. 그를 우리의 시야에 담아 둘 수 있었던 것은 일이 분 정도였다. 쌩쌩 지나치는 자동차들과 그의 뒤를 따라 달리는 어린아이들 무리로 북적거리는 부산한 거리를 따라 그가 멋들어지게 자전거를 모는 모습이 보였다. 그러더니 그는 모퉁이를 돌아 사라졌다.

"얼떨떨하군." 마셜 선생이 말했다. "도저히 믿을 수가 없어."

"믿어야 해." 내가 말했다. "그가 붕대 아래의 반죽을 없앴을 가능성은 전혀 없잖나. 우리 눈 밖으로 벗어난 적이 없는데. 그리고 눈을 봉한 것만 없애려고 해도, 탈지면과 알코올이 필요하고 족히 5분은 걸릴 텐데."

"내가 무슨 생각을 하는지 알겠나?" 마셜 선생이 말했다. "내 생각에는 우리가 기적을 본 것 같아."

우리는 몸을 돌려 천천히 걸어 병원으로 돌아갔다.

그날 내내 나는 병원에서 환자들을 보느라 바빴다. 저녁 여섯 시가 되자 업무를 끝내고 아파트로 차를 몰아 샤워를 하고 옷을 갈아입었다. 봄베이에서 1년 중 가장 뜨거운 시기라 해가 진 후에도 열기가 용광로 같았다. 아무것도 하지 않고 의자에 앉아 있어도 온몸에서 땀이 흘렀다. 얼굴은 하루 종일 땀으로 번들거렸고 셔츠는 가슴팍에 들러붙었다. 나는 오랫동안 찬물로 샤워를 했고, 허리춤에 수건 한 장만 두

튼 채 베란다에 앉아 위스키소다를 한 잔 마셨다. 그러고 나서 깨끗한 옷을 걸쳤다.

일곱 시가 되기 10분 전에 나는 아카시아 거리에 있는 로열팰리스 홀의 바깥에 있었다. 그리 대단한 장소는 아니었다. 대회나 무도회용으로 비싸지 않은 가격에 빌릴 수 있는, 자그마하고 그리 깨끗하지 않은 장소 가운데 한 곳이었다. 매표소 바깥에는 상당히 많은 인도 현지인들이 북적거렸고, 출입구 위에는 '국제 극단'이 그 주 내내 저녁 공연을 한다고 알리는 대형 포스터가 걸려 있었다. 포스터에 따르면 저글러, 마술사, 곡예사, 칼을 삼키는 사람, 불을 먹는 사람, 그리고 뱀을 부리는 사람이 있으며 〈왕과 호랑이 여인〉이라는 단막극 공연도 한다고 했다. 그러나 이 모든 프로그램 위에 가장 큰 글씨로 쓰여 있는 것은 '눈이 없이도 볼 수 있는 기적의 사나이 임랏 칸'이었다.

나는 표를 사서 안으로 들어갔다.

공연은 두 시간 동안 계속되었다. 놀랍게도 나는 대단히 즐거운 시간을 보냈다. 공연하는 사람들 모두가 훌륭했다. 나는 조리 도구를 가지고 저글링을 한 남자가 마음에 들었다. 그는 소스 냄비, 프라이팬, 구이용 쟁반, 거대한 접시, 찜용 냄비 모두를 한꺼번에 공중에서 돌렸다. 뱀조련사가 부리는 커다란 초록색 뱀은 거의 꼬리 끝으로 서다시피 한 채 피리로 연주하는 음악에 맞춰 몸을 흔들었다. 불을 먹는 사람은 불을 먹었고, 칼을 삼키는 사람은 가늘고 뾰족한 양날칼을 적어도 1미터는 넘게 목구멍과 배 속으로 쑤셔 넣었다. 마지막으로 트럼펫의 성대한 팡파르 소리와 함께 우리의 친구 임랏 칸이 공연을 하기 위해 무대에 올라왔다. 병원에서 우리가 감아 주었던 붕대는 이제 제거하고 없었다.

관객들이 무대 위로 불려 올라가 시트며 스카프며 터번 따위로 그의 눈을 가렸는데 종내에는 머리에 두른 것이 너무 많은 나머지 그가 균형을 잡기 어려울 정도였다. 그런 다음 그에게 권총 한 자루가 주어졌다. 작은 소년이 나와서 무대의 왼쪽에 섰다. 나는 그 애가 그날 아침 병원 바깥에서 자전거를 붙들고 있던 아이라는 것을 알아보았다. 소년은 머리 위에 양철 깡통을 얹고 꼼짝 않고 서 있었다. 임랏 칸이 겨냥을 하자 관중들이 쥐죽은 듯 조용해졌다. 그는 총을 쏘았다. 총소리에 관객들이 모두 화들짝 놀랐다. 양철 깡통이 소년의 머리에서 날아가 탕탕 소리를 내며 바닥으로 떨어졌다. 소년은 깡통을 들어 총알구멍을 관객들에게 보여 주었다. 모두가 박수를 치고 환호성을 질렀다. 소년은 미소를 지었다.

그러고 나서 소년이 나무로 된 칸막이 앞에 섰고, 임랏 칸은 소년의 몸 주위 사방에 단도를 던졌다. 대부분이 아슬아슬할 정도로 소년의 몸 가까이에 꽂혔다. 정말 굉장한 공연이었다. 눈을 가리지 않고도 그렇게 정확하게 단도를 던질 수 있는 사람은 많지 않을 테지만 여기 이 사람을 보라. 이 특별한 친구는 머리에 시트를 잔뜩 감아 마치 막대기에 꽂아 놓은 거대한 눈 뭉치처럼 보일 지경인데도 소년의 머리에서 털끝 하나 차이기 날까 말까 한 지점에 날카로운 단도를 날리고 있는 것이다. 소년은 공연을 하는 내내 미소를 지었고, 단도 던지기가 끝나자 관중들은 발을 구르며 흥분해서 괴성을 질러 댔다.

임랏 칸의 마지막 공연은 그렇게 극적인 볼거리는 아니었음에도 더 인상적이었다. 무대 위에 금속 통이 한 개 올라왔다. 관객들이 무대로 불려 올라와 통에 구멍이 있는지 검사했다. 구멍은 전혀 없었다. 그러자 이미 칭칭 감긴 임랏 칸의 머리 위로 통이 씌워졌다. 통은 그의 어깨와 팔꿈치까지 내려와서 양쪽 팔의 윗부분이 옆구리에 딱 붙어 움직일 수 없게 만들었다. 그렇지만 팔꿈치 아래와 손은 여전히 내밀 수 있었다. 누군가가 그의 한 손에 바늘을, 다른 손에 기다란 무명실을 얹어 주었다. 그는 헛손질 없이 깔끔하게 무명실을 바늘귀에 끼웠다. 나는 까무러치게 놀랐다.

공연이 끝나자마자 나는 무대 뒤로 갔다. 임랏 칸 씨는 작지만 깔끔한 분장실에서 등받이 없는 나무 의자에 조용히 앉아 있었다. 어린 인도인 소년이 그의 머리에서 스카프와 시트 더미를 풀어 내고 있었다.

"아, 병원에서 도와주신 친구 의사 선생님이시군요." 그가 말했다. "들어오세요, 선생님. 어서 들어오세요."

"공연을 보았소."

"어떠셨나요?"

"굉장히 마음에 들었소. 당신이 정말 놀랍다고 생각했어요."

"고맙습니다. 대단한 찬사로군요."

"조수 쪽도 축하해야겠구려." 나는 어린 소년에게 고개를 끄덕여 인사를 하며 말했다. "정말 용감하더군요."

"애는 영어를 못한답니다." 인도인이 말했다. "그렇지만 선생님의 칭찬을 제가 전해 줄게요." 그는 힌두 말로 소년에게 빠르게 말했고, 소년은 엄숙하게 고개를 끄덕였지만 아무런 말도 하지 않았다.

"이봐요." 내가 말했다. "오늘 아침에 내가 당신의 작은 부탁을 들어주었잖소. 이번에는 당신이 내 부탁을 들어줘요. 밖으로 나가서 나와 저녁을 들지 않겠소?"

이제 그의 머리를 감싸고 있던 것들이 전부 벗겨졌다. 그는 나에게 미소를 지으며 말했다. "선생님은 궁금해지셨나 보군요. 제 말이 맞지요?"

"몹시 궁금하오. 당신과 이야기를 하고 싶소."

다시 한번 나는 독특하게도 그의 귀 밖까지 자란 무성한 검은 털에 깜짝 놀랐다. 다른 사람에게서는 그와 비슷한 것도 본 적이 없었다. "이전에는 의사 선생님에게서 질문을 받은 적이 한 번도 없지요." 그가 말했다. "그렇지만 거절할 이유는 없지요. 기꺼이 선생님과 함께 저녁을 먹겠습니다."

"차에서 기다릴까요?"

"예, 부디 그렇게 해 주세요. 저도 씻고, 이 지저분한 옷을 갈아입어 아겠이요."

나는 내 차가 어떻게 생겼는지 그에게 알려 주고, 바깥에서 기다리겠 •
다고 말했다.

그는 15분 후에 깨끗한 흰색 무명 가운을 입고 맨발에 샌들을 신고서
나타났다. 곧 우리 둘은 봄베이에서 가장 맛있는 카레를 만들기 때문에
내가 가끔 들르는 작은 레스토랑에 편안히 자리를 잡고 앉았다. 나는
카레에 맥주를 곁들여 마셨다. 임랏 칸은 레모네이드를 마셨다.

"나는 작가가 아니오." 내가 그에게 말했다. "나는 의사요. 하지만
당신 이야기를 처음부터 내게 말해 준다면, 눈이 없이도 볼 수 있는 마
법적인 힘을 어떻게 계발했는지 나에게 찬찬히 설명을 해 준다면, 나
는 그 이야기를 가능한 한 충실하게 받아쓸 작정이오. 어쩌면 당신의
이야기를 〈영국 의학 저널〉이나 다른 유명한 잡지에까지 실을 수 있
을 거요. 내가 돈 때문에 이야기를 팔려고 하는 그냥 그런 작가 나부랭
이가 아니라 의사이기 때문에 사람들은 내 말을 훨씬 더 진지하게 받
아들이겠지. 그러면 당신에게도 도움이 되고, 당신은 더 유명해질 거
요. 그렇지 않겠소?"

"저에게야 큰 도움이 될 겁니다. 그렇지만 선생님은 왜 이 일을 하려
하십니까?"

"왜냐면 내가 궁금해서 미칠 지경이니까. 그게 유일한 이유요."

임랏 칸은 카레라이스를 한 입 가득 넣고 천천히 씹었다. 그런 다음

그가 말했다. "좋아요, 친구. 하겠습니다."

"멋져요!" 내가 외쳤다. "식사를 끝내는 대로 내 아파트로 돌아갑시다. 그러면 아무에게도 방해를 받지 않고 이야기를 나눌 수 있소."

우리는 식사를 끝냈다. 나는 계산서 대금을 지불했다. 그리고 차를 몰아 임랏 칸을 내 아파트로 데려왔다.

거실에서 나는 기록을 할 수 있게 종이와 연필을 꺼냈다. 환자의 병력을 기록하기 위해 사용하는 나만의 속기 방법이 있어서, 지나치게 빨리 이야기하지만 않으면 그 사람이 말하는 내용을 대부분 기록할 수 있다. 그날 저녁 임랏 칸이 나에게 했던 이야기는 거의 전부 그대로 받아썼다고 생각한다. 그 내용이 여기 있다. 정확히 그가 말했던 이야기 그대로 여러분에게 전한다.

"저는 인도인으로 힌두교 신자입니다. 카슈미르 주 북부에 있는 아크누르에서 1905년에 태어났습니다. 저희 가족은 가난했고, 아버지는 철도 검표원으로 일했어요. 제가 열세 살 된 꼬맹이일 적에 인도인 마술사가 저희 학교에 와서 공연을 했어요. 그 사람의 이름은, 제가 기억하기로 무어 교수였어요. 인도의 마술사들은 전부 자기네를 '교수'라고 부르지요. 그의 마술은 아주 훌륭했어요. 저는 말로 다할 수 없을 만큼 감명을 받았어요. 그것이 진짜 마법이라고 생각했지요. 저는, 이걸 어떻게 말해야 할지 모르겠네요. 저는 이런 마법을 나 자신도 배우고 싶다는 강력한 소망에 사로잡혔고, 그래서 이틀 후 가출을 했어요. 저의 새 영웅, 무어 교수를 찾아 따르겠다는 굳은 결심을 하고요. 저축했던 돈 전부인 14루피와 입고 있던 옷만 지닌 채로 나갔어요. 저는 흰색 도티(인도 남성들이 몸에 두르는 천 – 옮긴이)를 걸치고 샌들을 신고 있었어요. 이것이 1918년, 제가 열세 살 되었을 때의 일이지요.

무어 교수가 320킬로미터나 떨어진 라호르로 갔다는 것을 알게 된 저는 남의 도움 없이 혼자서 삼등석 기차표를 사서 기차에 올라 그를 따라갔습니다. 라호르에서 교수를 발견했어요. 그는 싸구려 공연에서 마술사 일을 하고 있었어요. 저는 제가 그를 얼마나 존경하는지 말하고, 조수가 되고 싶다고 했지요. 그는 저를 받아들였어요. 봉급이요? 아, 그럼요. 저는 하루에 8아나(인도의 옛 화폐 단위로 루피의 1/16 – 옮긴이)를 받았어요.

교수는 저에게 고리 연결 마술을 가르쳤고, 극장 앞 거리에 서서 고리 연결 마술을 선보이며 사람들에게 들어와서 공연을 보라고 외치는 게 제 일이었습니다.

6주 동안은 아주 괜찮았지요. 학교에 다니는 것보다 훨씬 나았어요. 그러던 어느 날 갑자기 무어 교수가 하는 것이 진짜 마법이 아니며, 모든 것이 속임수와 재빠른 손놀림일 뿐이라는 것을 깨달았을 때는 청천 벽력 같았습니다. 그 즉시 무어 교수는 제 영웅이 아니게 되었지요. 제

일에 대한 일말의 흥미도 남지 않았지만, 동시에 온 마음이 아주 강력한 갈망으로 가득 찼어요. 저는 무엇보다도 진짜 마법을 찾고, 요가라고 불리는 기이한 힘에 대해 무엇이라도 알아낼 수 있기를 간절히 바랐어요.

그러려면 저를 제자로 받아 줄 의향이 있는 요가 수행자를 찾아내야 했어요. 이건 정말 쉬운 일이 아니었습니다. 진정한 요가 수행자는 나무에서 딸 수 있는 게 아니거든요. 인도 전체에도 몇 명 되지 않습니다. 또 그들은 광적일 정도로 신앙심이 깊은 사람들입니다. 그러니 스승을 찾아내는 데 성공하려면 저 역시 아주아주 독실한 사람인 척해야 했어요.

아뇨, 사실 저는 독실한 신앙인이 아니랍니다. 그리고 그렇기 때문에 선생님이 사기꾼이라고 부를 만한 사람이 맞아요. 저는 그저 순수하게 이기적인 이유로 요가의 힘을 손에 넣고자 했습니다. 저는 그런 힘을 사용해서 명성과 부를 얻고 싶었어요.

자, 이거야말로 진정한 요가 수행자가 세상에서 가장 경멸하는 것이랍니다. 사실 진정한 요가 수행자는 힘을 잘못 사용하는 수행자라면 누구든 요절하고 급사한다고 믿어요. 요가 수행자는 공개적으로 힘을 보여서는 안 됩니다. 수행자는 절대적으로 은밀하게 종교적인 예배로만 행해야지, 그러지 않으면 죽음의 고통을 맞게 됩니다. 저는 그것을 믿지 않았고, 지금도 믿지 않지만요.

그래서 그때부터 요가 스승을 찾기 위한 노력이 시작되었습니다. 저는 무어 교수를 떠나 펀자브에 있는 암리차르라는 곳으로 가서 유랑극단에 들어갔어요. 신비를 찾는 동안에도 밥벌이는 해야 했고, 학교에 다닐 적에 이미 아마추어 연극에서 성공을 거둔 적이 있었으니까요. 그래서 3년 동안 이 유랑극단과 함께 펀자브 전역을 돌아다녔고, 그 여정이 끝날 무렵, 제가 열여섯 살 반이 되었을 때에는 이미 프로그램 맨 위에 올라 있었답니다. 저는 계속 돈을 모았고, 그때에는 전부 2,000루피나 되는 거액을 모았습니다.

바로 그때 바네르지라는 남자에 대한 이야기를 듣게 되었습니다. 사람들이 말하길, 이 바네르지라는 남자는 인도의 진정 위대한 요가 수행자들 가운데 한 명인데 놀라운 힘들을 가지고 있다고 했어요. 그중에서도 그는 공중부양이라는 진귀한 힘을 얻어, 기도를 할 때면 그의 온몸이 땅에서 45센티미터나 떠 있다고 하더군요.

아하, 저는 생각했습니다. 이 사람이 확실히 내가 찾던 스승이구나. 바네르지라는 사람을 찾아야겠구나. 그래서 저는 당장 모아 둔 돈을 가지고 유랑극단을 떠나 바네르지가 살고 있다는 소문을 들은 갠지스 강기슭의 리시케시라는 곳으로 향했습니다.

여섯 달 동안 저는 바네르지를 찾아 헤맸습니다. 그는 어디에 있는 걸까요? 도대체 어디에? 바네르지는 어디에 있나요? 아, 그래요. 사람들은 리시케시에 있다고들 했지요. 분명히 바네르지가 리시케시에 있긴 했었지만 오래전 일이라네요. 그 후로 아무도 그를 보지 못했대요. 그러면 지금은요? 지금은 바네르지가 다른 곳으로 갔대요. 다른 곳 어디요? 사람들이 그러더군요. 글쎄요, 그걸 누가 알겠어요? 정말이지 어떻게 알겠어요? 바네르지 같은 사람의 행적을 도대체 누가 알겠어요? 완벽하게 은둔해서 사는 사람 아닌가요? 그렇지 않아요? 그래서 저는 맞다고 대답했지요. 맞아요, 암요, 그래요. 물론이지요. 분명해요. 저 같은 사람한테도 분명했어요.

저는 바네르지라는 사람을 찾느라 모아 둔 돈을 다 써 버렸습니다. 35루피만 남기고 전부 다요. 그렇지만 아무 소용이 없었어요. 그래도 저는 리시케시에 계속 머무르면서 적은 규모의 사람들 앞이나 그 비슷한 곳에서 평범한 속임수 마술을 하면서 먹고살았습니다. 무어 교수에게서 배운 속임수도 여러 가지가 있었고, 타고난 제 손재주도 꽤 괜찮았거든요.

그러던 어느 날 제가 리시케시의 작은 호텔에 앉아 있는데 다시 요가 스승 바네르지에 대한 이야기가 들리더군요. 한 여행자가 바네르지가 지금 정글에 살고 있다는 이야기를 하고 있더라고요. 여기서 그리 멀진 않지만 아주 울창한 밀림 속에 혼자서 살고 있다고요.

하지만 대체 어디에?

여행자도 어디인지는 정확히 몰랐습니다. '아마도 저기 저쪽, 시내의 북쪽일걸요.' 그는 말을 하며 손가락으로 방향을 가리켰어요.

좋아요, 그것만으로도 저에게는 충분했어요. 저는 시장으로 가서 흥정을 해서 통가를 빌렸습니다. 통가는 말 한 마리에 수레가 딸린 이륜마차랍니다. 마부와 흥정이 막 끝났을 때 근처에 서서 흥정을 하는 것을 듣고 있던 한 남자가 다가와서 자기도 그 방향으로 간다고 말했습니다. 그는 어느 정도 거리를 태워 주면 비용을 나눠서 부담하겠다고 했어요. 물론 저에게야 좋은 일이었기 때문에 남자와 저는 수레에 앉고 마부는 말을 몰고 길을 떠났습니다. 우리는 밀림으로 바로 이어지는 아주 작은 오솔길을 따라서 갔습니다.

그리고 그때 정말 얼마나 굉장한 행운이 따랐는지요! 길동무와 이야기를 나누던 중에 저는 그가 다른 사람이 아니라 위대한 바네르지, 바로 그 사람의 제자이며, 지금 스승을 만나러 가는 길이라는 것을 알게 되었습니다. 그래서 저는 그에게 저도 바네르지의 제자가 되고 싶다고 이야기했습니다.

그는 몸을 돌리더니 저를 오랫동안 찬찬히 살펴보았습니다. 아마 3분은 족히 아무 말도 하지 않았던 것 같습니다. 그러더니 그가 조용히 말했지요. '아뇨, 불가능합니다.'

좋아, 과연 그런지 두고 보자고, 하고 저는 생각했습니다. 저는 바네르지가 기도를 할 때 공중으로 떠오른다는 이야기가 진짜 사실이냐고 그에게 물었습니다.

'그래요, 그건 사실입니다. 그렇지만 아무도 그 광경을 볼 수 없어요.

바네르지가 기도를 할 때에는 아무도 그 근처에 갈 수 없습니다.'

우리는 통가를 타고 조금 더 가면서 내내 바네르지에 대해 이야기했습니다. 저는 아무렇지도 않은 척 아주 조심스럽게 굴면서, 바네르지가 하루 중 언제 기도를 시작하는지 같은 사소한 질문들을 여러 개 던졌습니다.

그러다 그 남자가 말했습니다. '저는 여기서 떠나야 합니다. 여기서 내릴게요.'

저는 그를 내려 주고 제 갈 길을 계속 가는 척했습니다. 모퉁이를 돌자마자 마부에게 멈춰서 기다리라고 했지요. 저는 재빨리 수레에서 뛰어내려 왔던 길을 살금살금 되돌아가면서 그 남자, 바네르지의 제자를 찾았습니다. 그는 길 위에 있지 않았습니다. 벌써 밀림으로 사라진 다음이었지요. 어떤 길이지? 오솔길의 어느 쪽으로 간 것일까? 저는 꼼짝도 하지 않고 서서 귀를 기울였습니다.

덤불숲에서 바스락거리는 것 같은 소리가 들렸습니다. 분명히 바네르지의 제자일 거야, 하고 생각했습니다. 그 사람이 아니라면 호랑이야. 그가 맞더군요. 앞쪽에 그가 가는 모습이 보였습니다. 그는 울창한 밀림을 헤치고 앞으로 나아가고 있었습니다. 그가 걷는 곳에는 작은 오솔길조차 없었기 때문에 높은 대나무와 온갖 종류의 식물들 사이를 헤치고 가야 했습니다. 저는 살금살금 그의 뒤를 따랐습니다. 제가 따라가는 소리가 들릴까 두려워서 100미터 정도 떨어져 따라갔지요. 저에게는 그가 내는 소리가 확실히 들렸거든요. 아주 울창한 밀림을 아무 소리 없이 지나가는 건 불가능한 일이지요. 제가 그 사람을 시야에서 놓칠 때면, 거의 대부분 놓치곤 했지만, 그 사람의 소리를 따라서 갈 수 있었어요.

이 긴장감 넘치는 따라가기 놀이는 한 30분 동안 계속되었습니다. 갑자기 제 앞에 가는 사람의 소리가 더 이상 들리지 않았어요. 저는 멈춰서 귀를 기울였습니다. 밀림은 조용했습니다. 그 사람을 잃어버렸을지도 모른다는 생각에 너무나 무서워졌습니다. 저는 살금살금 걸어서 약간 더 앞으로 나갔습니다. 그러자 울창한 덤불 사이로 자그마한 공터가 보였습니다. 공터 한가운데에는 오두막이 두 채 있었고요. 오두막은 밀림의 나뭇잎과 나뭇가지로만 지은 작은 집이었습니다. 심장이 벌떡거렸고, 제 안에서 엄청난 흥분이 치밀어 올랐습니다. 분명히 알 수 있었습니다. 이곳이야말로 요가 스승 바네르지가 머무르는 곳이라는 것을요.

제자는 이미 보이지 않았습니다. 두 오두막 가운데 한 곳으로 들어간 것이 분명했습니다. 쥐 죽은 듯이 고요했어요. 그래서 저는 아주아주 조심스럽게 주변에 있는 나무와 덤불들을 살펴보았습니다. 제 쪽과 가까운 오두막 옆에 작은 물웅덩이가 있었고, 웅덩이 옆에 기도를 할 때 쓰는 깔개가 깔려 있었습니다. 여기가 바네르지가 명상하고 기도를 하는 곳이구나, 하고 생각했습니다. 물웅덩이 가까이, 30미터도 떨어지지 않은 곳에 커다란 나무가 있었습니다. 거대하게 벌어진 바오바브 나무였는데 가지들이 얼마나 울창한지 그 사이에 침대를 두고 누워도 아래에서는 보이지 않을 정도였습니다. 저것을 내 나무로 삼아야겠다, 하고 생각했습니다. 저 나무에 몸을 숨기고 바네르지가 기도하러 나올 때까지 기다려야겠다. 그러면 어떤 일이 벌어지는지 전부 볼 수 있겠지.

그렇지만 제자가 말하길, 기도 시간은 저녁 대여섯 시는 되어야 한다고 했으니 아직 여러 시간을 기다려야 했습니다. 그래서 저는 즉시 밀림을 헤치고 다시 돌아가 통가를 모는 마부와 이야기했습니다. 저는 그 역시 기다려야 한다고 말했지요. 그것 때문에 추가로 돈을 줘야 했지만 문제가 되지 않았습니다. 그때는 너무나 흥분이 되어서 아무것도 신경 쓰이지 않았거든요. 돈조차도요.

밀림의 뜨겁디뜨거운 한낮의 열기와 심하게 높은 오후 습도와 더위를 견디면서 내내 통가 옆에서 기다리다가, 다섯 시가 가까워 오자 조용히 밀림으로 들어가 오두막이 있는 곳으로 향했습니다. 심장이 너무 빨리 뛴 나머지 온몸이 떨렸지요. 저는 점찍어 둔 나무로 기어 올라가 남에게 보이지 않으면서 저 자신은 볼 수 있도록 몸을 숨겼습니다. 그리고 기다렸습니다. 45분 동안이요.

시계요? 물론 손목에 차고 있었지요. 정확하게 기억해요. 복권에 당첨되어서 받은 시계였는데, 그 시계가 제 것이라는 게 자랑스러웠거든요. 시계의 윗면에는 이슬라끼아 시계 회사의 루디아나라는 상표가 있었어요. 모든 일이 벌어지는 시간을 세심하게 확인하면서 주의했어요. 이번 경험에서 아무리 사소한 것이라도 전부 기억하고 싶었기 때문이지요.

저는 나무 위에 앉아 기다렸습니다.

그러다 갑자기 한 남자가 오두막에서 나왔습니다. 키가 크고 여윈 남자였습니다. 그는 주황색 도티를 입고, 놋쇠로 된 냄비와 향로를 올린 쟁반을 들고 있었습니다. 그는 건너오더니 물구덩이 옆에 깔린 깔개 위에 책상다리를 하고 앉아 쟁반을 자기 앞 땅바닥에 놓았는데, 왜인지 그의 움직임은 아주 고요하고 부드러웠습니다. 그는 앞으로 몸을 숙이더니 웅덩이에서 물을 한 움큼 떠서 어깨 위로 뿌렸습니다. 그리고 향로를 들어 조심스러우면서도 유려한 움직임으로 천천히 가슴 위로 왔다 갔다 하게 했지요. 그러더니 손바닥이 아래로 가게 무릎 위에 손을 얹었습니다. 그리고 움직임을 멈췄어요. 그는 콧구멍으로 길게 호흡을 했는데, 그러다 갑자기 얼굴 표정이 바뀌었습니다. 얼굴 전체에 광휘 비슷한 것이 비쳤습니다. 일종의…… 일종의 광휘 비슷한 것이 비쳤고 그의 얼굴이 바뀌는 것을 저는 볼 수 있었습니다.

14분 동안 그는 그 자세로 꼼짝도 하지 않았습니다. 그리고 제가 그를 봤을 때, 저는 봤어요, 그의 몸이 서서히…… 서서히 땅 위로 떠오르고 있었습니다. 그는 여전히 책상다리를 하고 앉은 채였고, 손은 바닥이 아래로 가게 무릎 위에 놓여 있었습니다. 그의 전신이 천천히 땅 위로, 공중으로 떠올랐습니다. 그의 아래로 햇빛이 보일 정도였지요. 그는 앉은 채로 땅에서 30센티미터가량 떠 있었습니다. 40센티미터…… 45센티미터…… 50센티미터…… 그는 곧 기도 깔개 위로 적어도 60센티미터 이상 떠올랐습니다.

저는 나무 위에서 꼼짝도 않고 그 광경을 지켜보면서 계속 생각했습니다. 자, 잘 봐라. 네 앞에, 30미터 앞에 평온하게 허공에 앉아 있는 사람이 있다. 저 사람을 보고 있나? 그래, 보고 있어. 환상이 아니라는 건 확실해? 상상을 하고 있는 게 아니라는 건 확실해? 분명히 확신하냐고? 그래, 나는 확신해. 저는 생각했습니다. 나는 확신해. 저는 경이에 차서 그를 뚫어지게 응시했습니다. 한동안 계속 응시하고 있었습니다. 그러다가 그의 몸이 서서히 아래로, 땅으로 내려왔습니다. 저는 그것을 보았습니다. 천천히, 완만하게 아래로, 땅으로 움직여 엉덩이가 다시 깔개에 내려앉는 것을 보았습니다.

제 시계로 46분 동안 그의 몸은 허공에 떠 있었습니다! 제가 시간을 쟀어요.

그러고 나서 아주아주 오랫동안, 두 시간이 넘게 바네르지는 석상처럼 꼼짝도 하지 않고 앉아 있었습니다. 제가 보기에는 숨도 쉬지 않는 것 같았습니다. 그의 눈은 감겨 있었고, 여전히 그 광휘 같은 것이 그의 얼굴을 비추고 있었는데 아주 희미하게 미소를 짓는 표정이었어요. 그때 이후로 그런 표정은 그 누구의 얼굴에서도 한 번도 본 적이 없습니다.

마침내 그가 약간 움직였습니다. 손을 움직였지요. 그는 자리에서 일어섰습니다. 다시 몸을 아래로 굽혔습니다. 쟁반을 들고 느릿느릿 오두막으로 돌아갔습니다. 저는 깜짝 놀랐지요. 너무나 고양된 나머지, 조심해야 한다는 것도 잊어버리고 재빨리 나무에서 내려와 오두막을 향해 달려가 문으로 뛰어들었습니다. 바네르지는 몸을 구부리고 발과 손을 대야에 씻고 있었습니다. 등을 돌리고 있었지만 그는 제 소리를 듣고 재빨리 몸을 돌려 허리를 곧추세웠습니다. 깜짝 놀란 표정이었어요. 그가 맨 처음으로 한 말은 '언제부터 여기 있었나?'였습니다. 마음에 들지 않는 듯 그는 날카롭게 말을 꺼냈습니다.

즉각 저는 모든 사실을 말했습니다. 나무 위에 올라가 그를 지켜본 이야기를 전부 털어놓고 마지막으로 그의 제자가 되는 것이 제 유일한 소원이라고 했지요. 제발 저를 제자로 받아 주시지 않겠습니까?

그는 갑자기 폭발한 것 같았습니다. 길길이 날뛰면서 저에게 소리를 지르기 시작했습니다. '여기서 꺼져!' 그는 소리쳤습니다. '여기서 꺼지라고! 꺼져! 당장 나가! 꺼지라고!' 격분한 그는 작은 벽돌을 집어 들더니 저에게 내던졌습니다. 벽돌은 제 오른쪽 무릎 바로 아래를 맞혔고, 살이 찢어졌어요. 여기 보이시죠? 바로 무릎 아래 말이에요.

바네르지의 분노가 얼마나 대단했던지 저는 겁에 질렸습니다. 몸을 돌려 달아났지요. 밀림을 헤치고 통가를 끄는 마부가 기다리고 있는 곳까지 달음질을 쳤고, 우리는 리시케시로 돌아왔습니다. 그러나 그날 밤 저는 다시 용기를 되찾았습니다. 저 자신을 위한 결단을 내렸는데 바로 이런 것이었어요. 매일매일 바네르지의 오두막으로 가서 몇 번이고 계속 애원하며 귀찮게 해서, 그가 평화를 얻기 위해서라도 저를 제자로 받아들일 수밖에 없도록 만드는 거지요.

저는 그렇게 했어요. 매일 그를 만나러 갔고, 그의 분노도 매일 화산처럼 뿜어져 나왔습니다. 그는 소리를 지르고 고함을 쳤어요. 저는 겁에 질려 서 있는 게 고작이었지만, 그래도 제자가 되고 싶다는 제 소망을 완강하게 늘 되풀이해 말했습니다. 닷새 동안 이런 상황이 계속되었습니다. 그런데 여섯 번째로 방문한 날에는 갑자기 바네르지가 진정한 듯 상당히 정중해졌습니다. 그는 저를 제자로 받을 수 없다고 설명했어요. 그렇지만 다른 사람, 하르드와르에 사는 그의 친구인 위대한 요가 스승에게 편지를 써 주겠다고 하더라고요. 그곳으로 가면 도움과 지도를 받을 수 있을 거라고요."

임랏 칸은 잠시 말을 멈추더니 물 한잔을 달라고 청했다. 나는 물을 가져다주었다. 그는 한참 동안 천천히 마신 후 자신의 이야기를 계속해 나갔다.

"그때가 1922년이었고, 저는 거의 열일곱 살이 다 되어 있었습니다.

그래서 저는 하르드와르로 갔습니다. 하르드와르에서 저는 그 요가 스승을 만날 수 있었고, 제가 위대한 바네르지의 편지를 가지고 있었기에 그는 저를 지도해 주기로 했습니다.

그렇다면 이 지도라는 것은 뭘까요?

그것이야말로 이 모든 이야기에서 가장 중요한 부분이고말고요. 제가 오랫동안 갈망하고 찾아 헤매던 것이었으니까요. 그러니 제가 얼마나 열심이었을지 아시겠죠?

첫 번째 지도는 가장 기본적인 부분인데, 매우 어려운 육체적인 움직임을 연습하는 것이었습니다. 전부 근육을 통제하고 호흡을 하는 방법이었지요. 그러나 몇 주 동안 이런 연습을 하고 나자 아무리 열심인 학생이라도 조바심이 났습니다. 저는 요가 스승께 제가 계발하고 싶은 것은 정신력이지, 육체의 힘이 아니라고 말씀드렸습니다.

스승은 이렇게 대답하셨습니다. '몸에 대한 통제력을 계발하다 보면 정신을 통제하는 힘은 자동으로 따라오게 된다.' 그렇지만 저는 둘 다 즉각 계발할 수 있기를 바랐기 때문에 스승께 계속 여쭸습니다. 마침내 스승이 대답을 하셨습니다. '좋아, 자네가 의식적인 마음에 집중할 수 있게 도와줄 수련법을 가르쳐 주겠네.'

'의식적인 마음이요?' 제가 물었습니다. '왜 의식적인 마음이라고 부릅니까?'

'왜냐하면 사람들에게는 저마다 두 가지 마음이 있기 때문이지. 의식과 잠재의식이 그것이라네. 잠재의식적인 마음은 고도로 집중되어 있지만, 모든 사람들이 사용하는 의식적인 마음은 산만하고 집중이 되어 있지 않네. 의식적인 마음은 수천 가지 다른 것들, 자네 주변에 보이는 것이며 생각하는 것 들에 관계하고 있지. 그래서 의식적인 마음을 집중시켜서 한 가지, 단 한 가지만 떠올리고 다른 것은 아무것도 떠올리지 않을 수 있게 수련을 해야 해. 이 연습을 열심히 한다면 자네의 마음, 자네의 의식적인 마음을 한 가지에 적어도 3분 30초 동안 집중할 수 있게 될 거야. 하지만 그렇게 하는 데 약 15년이 걸리지.'

'15년이라고요!' 제가 외쳤습니다.

'더 오래 걸릴 수도 있다네.' 스승이 말했습니다. '15년은 보통 걸리는 시간이지.'

'그렇지만 그때면 저는 늙은이가 돼 있을 거라고요!'

'절망하지 말게.' 요가 스승이 말했습니다. '걸리는 시간은 사람들마다 다르다네. 어떤 사람들은 10년이 걸리고, 몇몇 사람들은 그보다 덜 걸리기도 하지. 그리고 아주 드물게 이런 힘을 겨우 일이 년 만에 계발할 수 있는 특별한 사람들이 나오기도 해. 그런 사람은 100만에 하나 있을까 말까 하긴 하지만.'

'그런 특별한 사람들은 누구인가요?' 제가 물었습니다. '다른 사람들과 다르게 보이나요?'

'다른 사람들과 똑같지.' 스승이 말했습니다. '이런 특별한 사람은 초리한 길거리 청소부일 수도 있고, 공장 노동자일 수도 있다네. 어쩌면 왕일 수도 있지. 수련을 시작할 때까지는 아무도 알 수 없어.'

'마음을 한 가지에 3분 30초 동안 집중하는 것이 정말 그렇게 어렵습니까?'

'그건 거의 불가능에 가깝다네. 자네가 한번 해 보게. 눈을 감고 어떤 것을 떠올려 봐. 그것만 생각하는 거야. 그것을 마음속에 그려 봐. 눈앞에 보이게 해. 몇 초 되지 않아 마음이 산만해질걸. 다른 사소한 생각이 끼어들겠지. 다른 상상이 떠오르겠지. 아주 어려운 일이야.'

하르드와르의 요가 스승은 이렇게 말했습니다.

그렇게 저의 진짜 수련이 시작되었습니다. 매일 저녁 저는 자리에 앉아 눈을 감고 제가 가장 사랑하는 사람, 제 형제의 얼굴을 떠올렸습니다. 저는 형제의 얼굴을 떠올리는 데 집중했습니다. 그러나 마음이 산만해지기 시작하면 바로 수련을 그만두고 잠깐 쉬었습니다. 그런 다음에 다시 수련을 시작했지요.

매일 연습을 한 지 3년 후에 저는 1분 30초 동안 완벽하게 형제의 얼굴에만 집중할 수 있게 되었습니다. 진전을 이루고 있었던 것이지요. 그러나 특이한 일이 생겼어요. 이런 수련을 하면서 저는 후각을 완전히 잃어버렸답니다. 그리고 오늘날까지도 후각은 돌아오지 않고 있습니다.

그러던 와중에 밥벌이를 해야 했기 때문에 저는 하르드와르를 떠날 수밖에 없게 되었습니다. 더 많은 기회가 있는 캘커타로 갔고, 그곳에서 곧 마술 공연으로 상당히 넉넉한 돈을 벌어들이기 시작했습니다. 그러나 저는 수련을 계속했습니다. 어디에 있든 매일 저녁이면 조용한 구석에 자리를 잡고 앉아 형제의 얼굴에 마음을 집중하는 연습을 했어요. 가끔은 그렇게 친밀하지 않은 것, 가령 오렌지나 안경 같은 것을 고르기도 했지만, 그럴 때는 집중하기가 더 어려웠지요.

어느 날 저는 이스트 벵골에 있는 다카로 여행을 떠나게 되었습니다. 다카에 있는 학교에서 마술 쇼를 하기 위해서였죠. 그리고 다카에 있는 동안 저는 우연히 불 위를 걷는 시범을 보여 주는 곳에 가게 되었습니다. 많은 사람들이 구경을 하고 있었어요. 비탈진 잔디밭 아래에 커다랗게 파인 도랑이 있었습니다. 수백 명이나 되는 구경꾼들이 잔디밭에 앉아 도랑을 내려다보고 있었죠.

도랑의 길이는 8미터 정도 되었는데, 통나무와 장작과 숯을 가득 채우고 그 위에 또 등유를 부어 놓았더군요. 등유가 부어지고 얼마 지나자 도랑 전체가 시뻘겋게 불타는 용광로가 되었습니다. 얼마나 뜨거웠던지 불을 때던 사람들은 보호 안경을 껴야만 했죠. 바람이 세게 불어 불길을 더 거세게 해서 숯이 거의 백열을 낼 정도로 뜨거워졌습니다.

그때 불 위를 걷는 인도인 남자가 앞으로 나왔습니다. 그는 작은 샅바 하나를 빼고는 몸에 아무것도 두르지 않았으며 맨발이었습니다. 군중은 조용해졌지요. 불 위를 걷는 남자는 도랑으로 들어서더니 도랑 끝에서 끝까지 걸어 보였습니다. 그는 멈추지 않았습니다. 서두르지도 않았시요. 그는 백열을 내는 석탄 위로 그냥 걸어 다니다가 반대쪽 끝으로 나왔는데 그의 발은 한 점 그을린 곳도 없었습니다. 그는 사람들에게 발바닥을 보여 주었어요. 사람들은 경악해서 쳐다보았습니다.

그러더니 그 남자는 도랑을 다시 한 번 걸었습니다. 심지어 이번에는 더 천천히 갔는데, 그가 걸을 때 보니 순수하고 완벽하게 집중하는 표정을 하고 있었습니다. 저는 생각했습니다. 이 사람은 요가 수련을 했구나. 이 사람은 요가 수행자야.

공연을 마친 후 불 위를 걷는 남자는 밑으로 내려와 불 위를 걸어 볼 용감한 사람이 있으면 나와 보라고 외쳤습니다. 정적이 흘렀습니다. 갑자기 제 가슴속에 흥분된 충동이 밀려들었습니다. 이번이 내 기회야. 이번 기회를 잡아야 해. 믿음과 용기를 가져야 해. 한번 해 보는 거야. 지금까지 3년 넘게 집중하는 수련을 해 왔으니 이제 혹독한 시험을 해 볼 때가 된 거야.

제가 이런 생각을 하며 서 있는 동안 무리에서 자원자 한 명이 앞으로 나섰습니다. 젊은 인도인 남자였죠. 그는 불 위를 걸어 보겠다고 선언했습니다. 그래서 저도 결정을 내렸고, 저 또한 앞으로 나가서 도전하겠다고 선언했지요. 사람들은 우리 둘에게 환호를 보냈습니다.

진짜 불 위를 걷는 이가 감독관이 되었죠. 그는 다른 남자에게 그가 먼저 하게 될 거라고 말했습니다. 그는 도전자의 도티를 벗게 했습니다. 그러지 않으면 옷에 불이 붙을 수 있다고 하면서요. 그리고 샌들도 벗어야 했습니다.

젊은 인도인 남자는 들은 대로 따랐습니다. 그렇지만 도랑에 가까이 다가가 끔찍한 열기를 느끼자 겁을 먹기 시작한 것 같았어요. 그는 열기에서 눈을 보호하려 양손으로 가리며 몇 발자국 뒤로 물러섰습니다.

'내키지 않으면 꼭 하지 않아도 됩니다.' 진짜 불 위를 걷는 이가 말했습니다.

관중들은 극적인 사건이 벌어질 것을 감지하고 기다리며 지켜보았어요.

젊은이는 무서워 죽을 지경이면서도 자신이 얼마나 용감한지 증명하고 싶어서 말했습니다. '물론 저는 할 겁니다.'

그 말과 함께 그는 도랑으로 달려들었습니다. 그는 한 발을 들인 다음 다음 발도 들였죠. 다음 순간 젊은이는 끔찍한 비명을 지르며 뛰쳐나와 땅바닥에 쓰러졌습니다. 불쌍한 젊은이는 누워서 고통에 찬 비명을 질러 댔습니다. 그의 발바닥은 지독한 화상을 입었고, 피부 일부가 이미 떨어져 나간 상태였습니다. 그의 친구 두 명이 앞으로 달려와 그를 데려갔어요.

'이제 당신 차례요.' 불 위를 걷는 이가 말했습니다. '되겠소?'

'그럼요.' 제가 말했어요. '그렇지만 제가 준비를 할 동안 조용히 해주시면 고맙겠습니다.'

군중은 쥐 죽은 듯 조용해졌습니다. 그들은 한 남자가 지독한 화상을 입는 것을 보았습니다. 두 번째 사람도 같은 짓을 되풀이할 만큼 미쳤을까?

사람들 속에서 누군가가 외쳤습니다. '하지 마! 당신은 미친 게 틀림없어!' 다른 사람들이 이어받아 고함을 쳤습니다. 모두가 저에게 포기하라고 했지요. 저는 몸을 돌려 그들을 마주하고 손을 들어 조용히 하게 했습니다. 사람들은 고함을 지르던 것을 멈추고 저를 응시했어요. 그 자리에 있던 모든 눈이 이제 저를 향해 있었습니다.

저는 놀랍도록 고요한 느낌이 들었습니다.

저는 도티를 머리 위로 벗었습니다. 샌들도 벗었습니다. 속옷을 제외하면 벌거벗은 채로 섰지요. 저는 마음을 집중하기 시작했습니다. 불에 집중했어요. 백열을 내는 석탄만을 보면서 뜨겁지 않고 차가운 석탄이라고 생각하며 집중했습니다. 석탄은 차갑다, 하고 생각했습니다. 나에게 화상을 입히지 못해. 열이 없기 때문에 저 석탄은 나에게 화상을 입힐 수 없어. 저는 30초를 그렇게 보냈습니다. 한 가지에 완전하게 집중할 수 있는 것은 1분 30초 동안만이었기 때문에 너무 오래 기다리면 안 된다는 것을 저는 잘 알고 있었습니다.

저는 계속 집중을 했습니다. 너무나 열심히 집중을 한 나머지 무아지경 비슷한 상태에 빠져 있었습니다. 석탄 위로 발을 내딛었습니다. 도랑의 한쪽 끝에서 다른 쪽 끝까지 상당히 빠르게 걸어갔지요. 그리고 보시라, 저는 화상을 입지 않았습니다!

군중은 미친 듯이 열광했습니다. 그들은 고함을 지르고 환호를 보냈어요. 원래 불 위를 걷는 이가 저에게 달려와 제 발바닥을 검사했습니다. 그는 자신의 눈을 의심했습니다. 발바닥에 화상 자국이 하나도 없었거든요.

'대단하군!' 그가 소리쳤습니다. '이게 어떻게 된 거지? 당신은 요가 수행자요?'

'하고 있는 중입니다, 선생님.' 저는 자랑스럽게 대답했습니다. '아주 잘하고 있지요.'

그 후 저는 옷을 입고 사람들을 피해 재빨리 그 자리를 떴습니다.

물론 저는 굉장히 흥분했습니다. '나에게 오고 있나 보다.' 저는 말했습니다. '이제 마침내 그 힘이 오기 시작한 거야.' 제가 늘 잊지 않고 있던 것이 있었습니다. 하르드와르의 늙은 요가 스승이 말해 줬던 것이었지요. '어떤 성자들은 정말 대단한 집중력을 계발한 나머지 눈을 사용하지 않고도 볼 수 있다고 하지.' 저는 그 말을 계속 기억하고 있었고, 저 자신도 그와 비슷한 일을 할 수 있게 되기를 갈망했습니다. 불 위를 걷는 일에 성공을 한 후 저는 이 한 가지 목표, 눈이 없이도 보는 일에 모든 것을 집중하기로 했지요."

지금까지 겨우 두 번째로 임랏 칸이 이야기를 멈췄다. 그는 다시 물을 한 모금 마신 다음 의자에 등을 기대며 눈을 감았다.

"모든 것을 정확한 순서대로 이야기하려고 노력하고 있습니다." 그가 말했다. "사소한 것도 놓치고 싶지 않거든요."

"아주 잘하고 있소. 계속해요." 내가 대답했다.

"좋습니다. 저는 여전히 캘커타에 있었고, 불 위를 걷는 일을 막 성공했습니다. 그리고 이제 이 한 가지 일, 즉 눈이 없이 보는 것에 모든 에너지를 집중하기로 했습니다.

그러다 보니 수련 방식을 약간 바꿔야 할 때가 왔습니다. 이제 저는 매일 밤 촛불을 켜고 불꽃을 뚫어지게 응시하기 시작했습니다. 선생님도 아시겠지만 촛불의 불꽃에는 세 개의 부분이 있습니다. 꼭대기의 노란 부분과 그 아래의 옅은 자주색 부분, 그리고 안쪽의 검은 부분이지요. 저는 초를 얼굴에서 40센티미터 떨어진 곳에 두었습니다. 불꽃이 정확히 제 눈높이에 오도록 말입니다. 그 위나 아래여서는 안 됩니다. 불꽃과 눈이 수평이 되어야 올려다보거나 내려다보느라 눈의 근육을 아주 약간이라도 움직일 필요가 없기 때문이지요. 저는 편안하게 앉아서 촛불의 정중앙에 있는 검은 부분을 응시하기 시작합니다. 이것은 전부 그저 의식적인 마음을 집중하기 위한 것, 제 주변의 모든 것을 비우기 위한 것이었습니다. 그래서 저는 주변의 모든 것이 사라지고 아무것도 보이지 않을 때까지 불꽃의 검은 점을 응시했습니다. 그런 다음 천천히 눈을 감고 다른 때처럼 제가 선택한 한 가지에 집중하기 시작했습니다. 보통은 선생님도 아시는 것처럼 제 형제의 얼굴이었죠.

저는 매일 밤 잠자리에 들기에 앞서 이런 수련을 계속했고, 1929년 스물네 살이 되었을 무렵에는 산만해지지 않고 하나의 대상에 3분이나 집중할 수 있게 되었습니다. 그리고 이때, 눈을 감고도 대상을 볼 수 있는 미약한 능력을 알아차리게 되었습니다. 눈을 감고 어떤 것을 열심히 바라볼 때 맹렬하게 집중하면 대상의 윤곽이 보인다는 기묘한 느낌 정도로, 아주 미약한 능력이었어요.

서서히 저는 내면의 시각을 계발하기 시작했습니다.

그게 무슨 뜻이냐고요? 하르드와르의 요가 스승이 저에게 설명했던 그대로 선생님께 설명을 해 드리지요.

아시는지 모르겠지만 우리 모두에게는 두 가지 시각이 있습니다. 두 가지 후각과 두 가지 미각과 두 가지 청각이 있는 것처럼 말이죠. 우리 모두가 사용하는, 고도로 계발된 외면적인 감각 말고 내면의 감각도 있는 거예요. 이런 내면의 감각을 계발할 수만 있다면 코가 없어도 냄새를 맡을 수 있고, 혀가 없어도 맛을 볼 수 있고, 귀가 없어도 들을 수 있고, 눈이 없어도 볼 수 있습니다. 이해가 안 되시나요? 사람들의 코와 혀와 귀와 눈이 그저…… 이걸 뭐라고 말해야 할까요?…… 그저 감각 그 자체를 두뇌에 전달하는 데 도움을 주는 도구일 뿐이라는 걸 모르시겠습니까?

그래서 제가 계속 내면의 시각을 계발하려 분투했던 것입니다. 이제 매일 밤마다 저는 촛불의 불꽃과 형제의 얼굴로 다른 때와 같은 수련을 했습니다. 수련을 마치면 잠시 쉬었다가 커피를 한 잔 마셨습니다. 그런 다음 제 눈을 가리고 의자에 앉아 눈으로 보는 것처럼 시각화하려고 노력했습니다. 상상을 하는 게 아니라 눈이 없이 방 안에 있는 모든 물건을 실제로 보려고 노력했죠.

그리고 점차 성공이 다가오기 시작했습니다.

이내 저는 카드 한 벌을 가지고 수련을 하게 되었습니다. 카드 더미의 맨 꼭대기에서 한 장을 집어 뒷면이 보이게 제 앞에 들고 관통해서 보려고 노력했습니다. 그런 다음 손에 들고 있던 연필로 제가 생각하기에 맞는 것을 썼지요. 그런 다음 다시 다른 카드를 집어 들고 같은 일을 반복했습니다. 카드 한 벌이 전부 끝나면 제가 적어 둔 것과 제 옆의 카드 더미를 확인했어요. 시작하자마자 저는 거의 60~70퍼센트로 성공을 거두었습니다.

또 다른 것도 했어요. 지도와 복잡한 해도를 사서 제 방의 사방 벽에 두루두루 걸어 놓았죠. 저는 눈을 가린 채 지도와 해도를 몇 시간이고 보면서 그것들을 보려고, 장소 이름과 강 이름 등 작은 글씨들을 읽으려고 애를 썼습니다. 그 뒤 4년 동안 저는 이런 연습을 매일 저녁 계속했습니다.

1933년, 겨우 작년이네요, 스물여덟 살에 저는 책을 읽을 수 있게 되었습니다. 눈을 완전히 가리고도 책을 거침없이 읽을 수 있게 되었죠.

마침내 이 힘을 손에 넣게 된 것입니다. 분명히 힘이 생겼어요. 저는 조급한 마음 때문에 더 기다릴 수가 없어서, 늘 하던 마술 공연에 즉시 눈을 가리고 하는 공연을 넣었습니다.

관중들은 공연을 대단히 좋아했어요. 오래오래 큰 박수를 보냈죠. 하지만 진짜라고 믿지 않는 사람들이 한둘이 아니었어요. 모든 사람들이 그 공연 역시 아주 교묘한 속임수라고 생각했어요. 더욱이 저 자신이 마술사라는 사실 때문에 사람들은 제가 속임수를 쓴다고 생각했습니다. 마술사는 사람들을 속이는 사람이죠. 사람들을 교묘하게 속입니다. 그래서 아무도 저를 믿지 않았어요. 전문가적인 방법으로 제 눈을 직접 가린 의사들조차 세상에 눈 없이도 볼 수 있는 사람이 있다는 것을 믿으려 하지 않았습니다. 그들은 이미지를 두뇌로 보내는 다른 방법이 있을지도 모른다는 사실을 아예 잊고 있었어요."

"그 다른 방법이 뭔데요?" 나는 그에게 물었다.

"진짜 솔직하게 말씀드리자면 제가 어떻게 눈을 사용하지 않고 볼 수 있는지는 저도 정확하게 모릅니다. 그렇지만 이건 확실히 알아요. 눈에 붕대를 감고 나면 저는 눈을 전혀 사용하지 않습니다. 보는 것은 제 몸의 다른 부분으로 하지요."

"어떤 부분?"

"맨살이 드러나 있기만 하면 어떤 부분이든 상관없어요. 가령 선생님이 제 앞에 금속판을 놓고, 그 뒤에 책을 놓는다면 저는 책을 읽을 수가 없습니다. 그렇지만 금속판 뒤로 손을 뻗어서 제 손이 책을 볼 수 있다면 저는 읽을 수 있이요."

"그걸 시험해 봐도 되겠소?"

"그럼요."

"금속판은 없지만, 다행히 문짝이 있구먼."

나는 일어나 서가로 가서 맨 처음 손에 잡히는 대로 책을 한 권 꺼냈다. 《이상한 나라의 앨리스》였다. 나는 문을 열고 손님에게 문 뒤의 보이지 않는 곳에 있어 달라고 요청했다. 그리고 아무 페이지나 펴서 책을 문 반대쪽에 있는 의자에 받쳐 두었다. 그런 다음 나는 그와 책이 둘다 보이는 곳에 자리를 잡았다.

"책을 읽을 수 있겠소?"

"아니요. 물론 읽지 못합니다."

"좋소. 그러면 이제 문 뒤로 손을 뻗어도 좋아요. 손만이오."

그의 손이 문 가장자리를 둘러 미끄러지듯이 움직이더니 책이 보이는 곳까지 왔다. 손가락들이 서로 붙지 않게 쫙 펼쳐지더니 곤충의 더듬이처럼 공기를 감지하는 듯 미약하게 떨리기 시작했다. 그러더니 손을 돌려 이제 손등이 책을 향하게 되었다.

"왼쪽 페이지를 맨 위에서부터 읽어 봐요."

10초 정도 침묵이 흘렀다. 그러더니 매끄럽게, 거침없이 그가 읽기 시작했다.

"'수수께끼의 답이 생각났니?' 모자 장수가 다시 앨리스에게 몸을 돌리며 말했다. '아뇨, 전 포기할래요.' 앨리스가 대꾸했다. '답이 뭔데요?' '그거야 나도 전혀 모르지.' 모자 장수가 말했다. '나도 모르겠는걸.' 토끼가 말했다. 앨리스는 피곤한 듯 한숨을 쉬었다. '답도 없는 수수께끼를 내면서 시간을 낭비하는 것보다 그 시간에 더 유용한 일을 하면 좋을 텐데요.' 그녀가 말했다."

"완벽해!" 나는 외쳤다. "이제 당신을 믿을 수 있겠소! 당신은 기적이야!" 나는 엄청나게 흥분했다.

"고맙습니다, 선생님. 선생님이 그렇게 말씀해 주시니 저는 정말로 기쁘네요." 그가 진지하게 대답했다.

"질문이 하나 있소. 카드놀이를 하는 것 말인데, 카드 한 장을 뒤집어 들면 그 뒤로 손을 뻗어서 카드를 읽는 거요?"

"선생님은 굉장히 예리하시군요. 아뇨, 그렇지 않습니다. 카드의 경우에는 어째서인지 실제로 관통해서 볼 수 있었습니다."

"그걸 어떻게 설명할 수 있겠소?"

"저도 설명을 못 하겠습니다. 어쩌면 카드란 물건이 부실해서 그럴 수도 있겠죠. 아주 얇은 데다 금속처럼 견고하지도, 문처럼 두껍지도 않으니까요. 제가 드릴 수 있는 설명은 이게 다입니다. 세상에는 우리가 설명할 수 없는 것들이 많이 있지 않습니까, 선생님."

"맞소. 확실히 그렇지."

"이제 저를 집으로 태워다 주시면 고맙겠습니다. 몹시 피곤하네요."

나는 그를 내 차에 태워 집까지 데려다 주었다.

그날 밤 나는 잠을 자지 않았다. 너무나 흥분이 되어 잠을 잘 수가 없었다. 나는 막 기적을 보았다. 이 남자는 온 세상 모든 의사들을 놀라 뒤집어지게 할 것이다! 그는 의학의 흐름 전체를 바꿀 수 있을 것이다! 의사의 관점에서 봤을 때 그는 살아 있는 사람들 가운데 가장 소중한 존재임이 분명하다! 우리 의사들은 그를 주의 깊게 지켜보고 안전하게 지켜야 한다. 우리는 그를 돌보아야 한다. 그를 놓쳐서는 안 된다. 우리는 눈을 사용하지 않고 어떻게 이미지가 뇌로 보내지는지 정확히 알아내야 한다. 그렇게 할 수만 있다면 눈이 먼 사람들이 앞을 볼 수 있고, 귀가 먼 사람들이 들을 수 있게 될 것이다. 무엇보다도 이 놀라운 남자가 인도 전역을 방랑하며 싸구려 방에 묵고 이류 극장에서 공연이나 하도록 방치해서는 안 된다.

나는 이런 생각을 하느라 너무 흥분한 나머지 잠시 후 공책과 펜을 가지고 와서 그날 저녁 임랏 칸이 나에게 말해 준 모든 것을 아주 세심한 주의를 기울여 가며 기록하기 시작했다. 그가 이야기를 하는 동안 작성해 두었던 메모를 이용했다. 나는 잠시 멈추지도 않고 다섯 시간이나 계속해서 써 나갔다. 다음 날 아침 여덟 시, 병원에 출근할 시간이 될 때까지 가장 중요한 부분, 즉 여러분이 막 읽은 페이지까지 끝냈다.

그날 아침 병원에서 나는 마셜 선생을 보지 못했고, 휴식 시간에 의사 휴게실에서야 만날 수 있었다.

나는 우리가 쓸 수 있는 10분의 시간 동안 가능한 한 많은 이야기를 그에게 들려주었다. "오늘 밤에 나는 다시 극장에 갈 작정이네." 내가 말했다. "그와 다시 이야기를 해야겠어. 여기 머무르도록 설득을 해야겠어. 이제 그를 놓쳐서는 안 돼."

"나도 자네와 함께 가겠네." 마셜 선생이 말했다.

"좋아. 우선 공연을 보고 그 사람을 데리고 저녁을 먹으러 나가자고."

그날 저녁 일곱 시가 되기 15분 전에 나는 마셜 선생을 내 차에 태우고 아카시아 거리로 차를 몰았다. 주차를 한 다음 우리 둘은 걸어서 로열팰리스 홀로 갔다.

"뭔가 잘못되었군." 내가 말했다. "사람들이 다 어디로 간 거지?"

극장 밖에 모여 있는 사람들도 없었고, 극장 문도 닫혀 있었다. 공연을 광고하는 포스터는 여전히 붙어 있었지만, 누군가가 검은 페인트를 사용한 인쇄체로 포스터 위에 크게 적어 놓은 문구를 볼 수 있었다. 오늘 저녁 공연 취소. 잠긴 문 옆에 늙은 문지기가 서 있었다.

"어떻게 된 거요?" 내가 그에게 물었다.

"누가 죽었다고 하네요." 그가 대답했다.

"누가?" 나는 물었지만 죽은 사람이 누군지 벌써 알 것 같았다.

"눈이 없이도 볼 수 있는 남자요." 문지기가 대꾸했다.

"어떻게 죽었는지 아시오? 언제? 어디서?" 나는 소리를 질렀다.

"사람들이 그러는데 침대에서 죽었다고 하더라고요. 잠자리에 든 후 다시는 깨어나지 못했대요. 흔히 있는 일이지요." 문지기가 말했다.

우리는 천천히 차로 돌아갔다. 슬픔과 분노의 감정이 나를 사로잡았다. 지난밤에 이 소중한 남자가 집에 돌아가게 해서는 안 되었다. 내가 그를 지켰어야 했다. 내 침대를 내주고 그를 돌봤어야 했다. 내 눈 밖으로 벗어나게 해서는 안 되었다. 임랏 칸은 기적을 낳는 사람이었다. 그는 보통 사람들이 닿을 수 없는 신비하고 위험한 힘과 소통했다. 또 그는 모든 규칙을 어겼다. 그는 사람들 앞에서 기적을 선보였다. 그 대가로 돈을 받았다. 그리고 무엇보다도 나빴던 것은 그가 외부인, 그러니까 나에게 그런 비밀을 발설한 것이었다. 이제 그는 죽었다.

"결국 그렇게 되었군." 마셜 선생이 말했다.

"그래. 이제 다 끝났어. 그가 어떻게 그렇게 했는지 이제 아무도 알지 못할 거야."

이상은 내가 임랏 칸과 가진 두 차례 만남에서 일어난 모든 일을 진실되고 정확하게 기록한 보고서이다.

의학박사 존 F. 카트라이트 서명

1934년 12월 4일 봄베이에서

*＊＊

"이런, 이런, 이런. 이거 끝내주게 재미있는데." 헨리 슈거가 말했다.

그는 연습장을 덮고 앉아서 서재의 창문에 흩뿌려지는 빗방울을 바라보았다.

헨리 슈거는 큰 소리로 혼잣말을 계속했다. "이건 정말 굉장한 정보야. 내 삶을 바꿔 놓을 수도 있겠는걸."

헨리가 말하는 정보란 임랏 칸이 수련을 통해 카드의 뒷면에서 숫자를 읽을 수 있었다고 하는 것이었다. 노름꾼, 다소 부정직한 노름꾼인 헨리는 자신이 수련을 해서 같은 일을 할 수만 있다면 한 재산 벌 수 있겠다는 사실을 즉각 깨달았다.

잠시 동안 헨리는 카드 뒷면을 꿰뚫어 볼 수 있게 되면 할 수 있을 멋진 일들을 찬찬히 생각해 보았다. 카나스타와 브리지와 포커를 할 때마다 이길 수 있을 터였다. 그보다 더 멋진 일은 온 세상 아무 카지노에나 가서 블랙잭과 판돈을 높게 거는 다른 카드 게임들 전부에서 떼돈을 벌 수 있다는 것이었다.

헨리 슈거가 아주 잘 알다시피 도박장에서는 거의 모든 것이 결국 카드 한 장을 뒤집는 것으로 결정되므로 그 카드의 숫자가 뭔지 미리 알 수만 있다면 목적은 완전히 달성될 것이다!

그렇지만 그가 할 수 있을까? 그가 실제로 수련을 통해 그런 일을 할 수 있을까?

안 될 이유가 없다고 그는 생각했다. 촛불의 불꽃을 가지고 하는 수련은 특별히 어려워 보이지 않았다. 그리고 책에 따르면 촛불 한가운데를 응시하면서 가장 사랑하는 사람의 얼굴에 집중하도록 노력하는 것만 하면 된다고 했다.

결실을 보려면 아마 몇 년 걸리겠지만, 입장하는 모든 카지노를 상대로 이길 수 있다면 몇 년 동안 수련을 하지 않을 사람이 도대체 어디 있겠는가?

"좋아. 난 할 거야! 내가 해낼 거야!" 그가 큰 소리로 말했다.

그는 서재의 안락의자에 가만히 앉아 전략을 짰다. 무엇보다도 그는 자신이 하려는 일을 아무에게도 말하지 않을 것이다. 그는 친구들 가운데 누구라도 우연히 책을 발견해서 비밀을 알아내는 일이 없도록 서재에서 그 책을 훔칠 것이다. 그는 어디를 가든 책을 가지고 다니기로 했다. 그 책은 그의 성서가 될 것이었다. 그가 바깥으로 나가 자신을 지도해 줄 살아 있는 진짜 요가 수행자를 만날 가능성이라고는 없으니, 대신 이 책이 그의 요가 수행자였다. 그의 스승이었다.

헨리는 벌떡 일어나서 푸른색 연습장을 재킷 아래 찔러 넣었다. 그는 서재에서 나가 곧바로 주말 동안 자신에게 배정된 위층 침실로 올라갔다. 그는 가방을 꺼내 책을 옷 아래에 감췄다. 그런 다음 다시 아래층으로 내려가 식기실로 갔다.

"존." 그가 집사를 불렀다. "양초 한 개만 가져다줄 수 있겠나? 그냥 보통 흰색 양초면 되네."

집사들은 이유를 묻는 일이 없도록 훈련을 받는다. 그들은 그저 명령에 복종한다. "촛대도 필요하십니까, 나리?"

"그래. 양초 한 개와 촛대 한 개."

"알겠습니다, 나리. 방으로 가져다드릴까요?"

"아니. 자네가 양초와 촛대를 찾을 때까지 이 근처에서 어슬렁거리고 있겠네."

집사는 이내 양초와 촛대를 찾았다. 헨리는 말했다. "이제 자 한 개만 찾아 주겠나?" 집사는 자를 찾아 주었다. 헨리는 그에게 감사를 표하고 침실로 돌아갔다.

침실에 들어온 헨리는 문을 잠갔다. 커튼을 전부 쳐서 방이 어둑해지게 했다. 그는 초를 세운 촛대를 화장대 위에 놓고 의자를 끌어당겼다. 자리에 앉은 그는 눈이 초의 심지와 정확히 같은 높이에 있는 것을 발견하고 만족스러워졌다. 이제 책에서 꼭 그렇게 해야 한다고 한 대로 자를 사용해서 초에서 40센티미터 떨어진 곳에 얼굴을 두었다.

그 인도 녀석은 가장 사랑하는 사람의 얼굴을 떠올렸는데 그게 형제였다고 했지. 헨리에게는 형제가 없었다. 그는 대신에 자기 얼굴을 떠올리기로 했다. 이것은 아주 좋은 선택이었다. 헨리처럼 이기적이고 자기중심적인 사람이라면 자기 얼굴이야말로 자기가 가장 사랑하는 얼굴일 테니까. 게다가 자기 얼굴은 그가 가장 잘 아는 얼굴이었다. 그는 거울 속의 자기 얼굴을 보느라 워낙 많은 시간을 보냈기 때문에 비틀어진 곳이며 주름 하나하나까지 다 알고 있었다.

그는 라이터로 심지에 불을 붙였다. 노란 불꽃이 생기더니 계속 타들어 갔다.

헨리는 조용히 앉아 촛불의 불꽃을 응시했다. 책이 맞았다. 불꽃을 자세히 들여다보자 세 부분으로 되어 있는 게 보였다. 바깥쪽은 노랬다. 안쪽에는 옅은 자주색으로 싸여 있는 부분이 있었다. 그리고 정중앙에는 완전한 검은색으로 된 조그맣고 마법적인 부분이 있었다. 그는 그것에 눈의 초점을 맞추고 계속 쳐다보았다. 그러자 기이한 일이 일어났다. 그의 마음이 완전히 텅 비고 그의 뇌가 나부대기를 멈췄다. 돌연 그 자신이, 그의 온몸이 진짜로 불꽃에 감싸인 것처럼 느껴졌다. 아무것도 존재하지 않는 작고 검은 부분에 포근하고 아늑하게 앉아 있는 듯한 느낌이었다.

헨리는 아무런 어려움 없이 시야를 자기 얼굴의 이미지로 덮을 수 있었다. 그는 자기 얼굴, 오직 얼굴에 집중했다. 다른 생각은 모두 차단했다. 그는 완벽하게 성공을 거두었지만 지속된 시간은 겨우 15초 정도였다. 그 시간이 지나자 마음이 산만해지기 시작했고, 그는 자신이 카지노 도박과 얼마나 많은 돈을 딸 수 있을지에 대해 생각하고 있다는 것을 깨달았다. 이 시점에서 그는 촛불에서 시선을 돌리고 잠시 쉬었다.

이제 겨우 첫 번째 시도였다. 그는 대단히 흥분했다. 자신이 해냈던 것이다. 물론 아주 오랫동안 유지하지 못한 것은 사실이었다. 그렇지만 그 인도 녀석도 첫 번째 시도에서는 마찬가지 아니었던가.

몇 분 후 그는 다시 시도를 했다. 순조로이 진행되었다. 시간을 잴 초시계는 없었지만 이번에는 분명 처음보다 오래갔다는 것을 느낄 수 있었다.

"굉장해!" 그가 외쳤다. "나는 성공할 거야! 나는 해낼 거야!" 그는 평생 어떤 것에도 이렇게 열광해 본 적이 없었다.

그날부터 헨리는 어디에 있든 무엇을 하든 양초 수련을 매일 아침저녁으로 거르지 않고 꼭 했다. 가끔은 한낮에도 수련했다. 평생 처음으로 그는 순수한 열정을 가지고 어떤 것에 빠져들었다. 그리고 놀랄 만한 진전을 이루었다. 여섯 달 후 그는 바깥 생각을 단 하나도 마음에 들이지 않은 채 자그마치 3분 동안이나 자기 얼굴에만 완전하게 집중할 수 있었다.

하르드와르의 요가 스승은 그 인도인에게 이런 경지에 이르려면 15년 동안이나 수련을 해야 한다고 말하지 않았던가!

그러나 잠깐! 요가 스승은 또 다른 말도 했다. 그가 말하길(여기서 헨리는 푸른색 작은 연습장을 100번째로 성급히 뒤적였다), 그가 말하길 아주 드물지만 이런 힘을 겨우 일이 년 만에 계발할 수 있는 사람들이 나오는 경우가 있다고 했다.

"나잖아!" 헨리가 외쳤다. "내가 분명해! 바로 내가 믿기 어려울 정도로 요가의 힘을 빨리 손에 넣는 **축복**을 받은, 100만 명 중에 하나 있을까 말까 하다는 사람이야! 야호! 만세! 유럽과 미국에 있는 모든 카지노에서 판돈을 싹 쓸어 올 날이 멀지 않았어!"

그러나 이 시점에서 헨리는 평소와 다른 인내심과 분별력을 보였다. 그는 뒤집힌 카드를 읽을 수 있는지 보기 위해 서둘러 카드 한 벌을 가지러 달려 나가지 않았다. 사실 그는 모든 종류의 카드 게임을 멀리하고 있었다. 그는 양초 수련을 시작하면서 브리지와 카나스타와 포커를 그만두었다. 게다가 그는 파티나 주말에 부유한 친구들과 쓸데없이 놀러 다니던 것도 그만두었다. 그는 요가의 힘을 얻겠다는 단 한 가지 목표에 전념하게 되어 다른 것들은 모두 그가 성공을 거둔 후로 미뤄 두었다.

10개월째 되던 달의 어느 날 헨리는 앞서 임랏 칸이 그랬듯이 눈을 감고도 대상을 볼 수 있는 미약한 능력을 자각했다. 눈을 감고 어떤 것을 열심히 바라보면서 맹렬히 집중하면 그 대상의 윤곽을 실제로 볼 수 있게 되었다.

"나에게 오고 있어!" 그가 외쳤다. "내가 하고 있어! 환상적인데!"

이제 그는 전보다 더 양초 연습에 몰두했고, 첫해가 지날 무렵이 되자 실제로 자신의 얼굴에 무려 5분 30초 동안이나 집중할 수 있게 되었다!

이 시점에서 그는 카드로 시험을 할 때가 되었다고 결정했다. 그가 런던에 있는 아파트의 거실에 있다가 이런 결정을 내렸을 때는 거의 자정 무렵이었다. 그는 카드 한 벌과 연필과 종이를 꺼내 왔다. 흥분에 온몸이 떨렸다. 그는 카드를 자기 앞에 거꾸로 뒤집어 놓고 맨 위에 있는 카드에 집중했다.

맨 처음에는 카드의 뒷면에 있는 무늬밖에 보이지 않았다. 가느다란 붉은 선으로 된 아주 평범한 무늬였다. 세상에서 가장 평범한 카드 무늬 가운데 하나였다. 이제 그는 집중력을 무늬 자체에서 카드의 다른 면으로 옮겼다. 그는 보이지 않는 카드의 이면에 치열하게 집중했고 마음속에 잡념이 전혀 기어들지 못하게 했다. 30초가 지났다.

그다음 1분……

2분……

3분……

헨리는 움직이지 않았다. 치열하고 완벽하게 집중했다. 그는 카드의 반대쪽 면을 떠올렸다. 다른 어떤 생각도 그의 머릿속에 들어오지 못했다.

4분이 지나자 뭔가가 나타나기 시작했다. 천천히, 불가사의하게도, 그렇지만 아주 선명하게 검은 기호가 스페이드가 되었고 스페이드 옆에 숫자 5가 나타났다.

스페이드의 5!

헨리는 집중을 중단했다. 그리고 이제 떨리는 손가락으로 카드를 집어 뒤집었다.

스페이드의 5였다!

"내가 해냈어!" 그는 큰 소리로 비명을 지르며 의자에서 펄쩍 뛰었다. "내가 꿰뚫어 봤다고! 제대로 가고 있는 거야!"

잠시 쉬었다가 그는 다시 시도를 했다. 이번에는 초시계를 사용해서 얼마나 걸리는지 쟀다. 3분 58초 후 그는 카드가 다이아몬드의 킹이라는 것을 읽었다. 또 맞았다!

다음번에도 그가 맞았고, 이번에는 3분 54초가 걸렸다. 4초가 줄어든 것이었다.

그는 흥분과 탈진으로 땀을 흘리고 있었다. "오늘은 이걸로 충분해." 그는 자리에서 일어나 위스키를 엄청나게 퍼마셨고 다시 자리에 앉아 쉬면서 자신의 성공에 흐뭇해했다.

이제는 카드를 즉각 꿰뚫어 볼 수 있을 때까지 연습에 연습을 거듭하는 거야, 그는 생각했다. 그는 그것이 가능하다고 확신했다. 이미 두 번째 시도에서 시간을 4초 단축하지 않았는가. 이제 촛불 바라보는 연습을 그만두고 오로지 카드에만 집중할 터였다. 매일 밤낮으로 연습할 것이다.

그는 그렇게 했다. 이제 곧 진짜 성공이 멀지 않았다는 것을 감지하고 어느 때보다 광적으로 수련에 임했다. 음식이나 음료를 사러 가는 것을 제외하면 두문불출하면서 하루 종일, 때로는 밤늦게까지 초시계를 옆에 두고 카드 위로 몸을 수그린 채 뒷면을 읽는 데 걸리는 시간을 줄이기에 골몰했다.

한 달 안에 그는 시간을 1분 30초로 줄였다. 맹렬하게 집중하여 연습한 지 6개월이 지나자 그는 20초 안에 읽을 수 있게 되었다. 그러나 그 것도 너무 길었다. 여러분이 카지노에서 도박을 하면서 다음 카드를 받을지 말지 대답하기를 딜러가 기다리고 있다면, 결정을 하기 전에 20초나 카드를 바라볼 시간이 없다. 삼사 초라면 아마 허용되지 않을까. 그러나 그 이상은 안 되었다.

헨리는 연습에 연습을 거듭했다. 그러나 그때부터는 속도를 줄이기가 더욱더 어려워졌다. 아주 열심히 노력했는데도 20초에서 19초로 줄이는 데 일주일이나 걸렸다. 19초에서 18초로 줄이는 데에는 거의 2주가 걸렸다. 그리고 일곱 달이 더 지나서야 10초 안에 카드를 읽을 수 있게 되었다.

그의 목표는 4초였다. 최대 4초 안에 카드를 읽을 수 없다면 카지노에서 성공적으로 작업을 할 수 없다는 사실을 그는 잘 알았다. 그러나 목표에 가까워질수록 점점 더 도달하기가 어려워졌다. 10초에서 9초로 줄이는 데 4주가 걸렸고, 9초에서 8초로 줄이는 데 5주가 더 걸렸다. 그러나 이 정도 단계가 되자 힘든 연습 자체는 그에게 아무런 문제가 되지 않았다. 이제 집중력이 얼마나 강해졌는지 그는 아무런 어려움 없이 열두 시간 동안 꼼짝도 하지 않고 연습할 수 있었다. 그리고 마지막에는 목표를 이룰 수 있을 것이리고 절대적으로 확신했다. 목표를 이룰 때까지 결코 멈추지 않을 것이었다. 매일 밤마다 그는 초시계를 옆에 두고 카드 앞에 쭈그리고 앉아, 줄이기 힘든 마지막 몇 초를 깨뜨리기 위해 지독하게 열심히 싸웠다.

마지막 3초가 가장 어려웠다. 7초에서 목표로 삼은 4초에 도달하는 데에는 정확히 일곱 달이 걸렸다!

위대한 순간이 온 것은 토요일 저녁이었다. 카드 한 장이 그의 앞에 있는 탁자 위에 뒤집혀 놓여 있었다. 그는 초시계를 누르고 집중을 하기 시작했다. 즉각 빨간색으로 된 작은 방울이 보였다. 방울은 곧 형체를 갖춰 가다가 다이아몬드가 되었다. 그러더니 거의 순간적으로 카드의 왼쪽 위에 숫자 6이 나타났다. 그는 다시 초시계를 누르고 시간을 확인했다. 4초였다! 그는 카드를 뒤집었다. 다이아몬드의 6이었다! 해냈다! 4초 정각에 카드를 읽어 낸 것이다!

그는 다른 카드로 다시 시도했다. 4초 안에 그는 카드가 스페이드의 퀸이라는 것을 읽을 수 있었다. 그는 즉각 카드 한 벌을 꺼내 한 장 한 장마다 시간을 쟀다. 4초! 4초! 4초! 결과는 늘 같았다. 마침내 그가 해낸 것이다. 다 끝났다. 그는 나갈 준비가 되었다!

그렇다면 이렇게 되기까지 전부 얼마나 걸렸을까? 그는 정확히 3년 3개월 동안 집중하는 수련을 했다.

이제 카지노로 가자!

언제부터 시작하지?

오늘 밤이라고 안 될 게 있겠어?

오늘은 토요일이었다. 토요일 밤에는 모든 카지노가 북적였다. 사람이 많을수록 더 좋았다. 의심을 살 확률이 낮아질 것이다. 그는 침실로 가서 야회복과 검은색 넥타이로 옷을 갈아입었다. 런던의 대형 카지노들에서 토요일 밤은 정장을 입는 날이었다.

그는 로드하우스로 가야겠다고 결정했다. 런던에는 합법적인 카지노가 100군데도 넘었지만 일반 대중들에게 공개되는 곳은 한 군데도 없었다. 카지노에 들어가려면 먼저 회원이 되어야 했다. 헨리는 적어도 열 군데는 넘는 카지노의 회원이었다. 로드하우스는 그가 가장 좋아하는 곳이었다. 그곳은 영국에서 가장 훌륭하면서도 가장 배타적인 카지노였다.

로드하우스는 런던 중심가에 조지아 양식으로 지어진 웅장한 저택으로, 200년 이상 한 공작가에서 사용하던 거처였다. 지금은 마권 업자가 인수했고, 한때 귀족이나 때로는 왕족까지 모여 휘스트 같은 점잖은 게임을 하던 천장이 높은 화려한 방들은 이제 전혀 다른 종류의 게임을 즐기는 새로운 종류의 사람들로 가득했다.

헨리는 로드하우스로 차를 몰았고 거대한 입구 바깥에 멈췄다. 그는 엔진을 끄지 않은 채 차에서 내렸다. 즉각 녹색 제복을 입은 종업원이 앞으로 나서 그의 차를 대신 주차했다.

거리의 양쪽 노로 경계석을 따라 주차된 롤스로이스가 열두 대는 족히 되어 보였다. 아주 부유한 이들만이 로드하우스에 들어올 수 있었다.

"이런, 슈거 씨 아니십니까? 안녕하십니까?" 책상 뒤에 앉아 있던 남자가 말했다. 그의 임무는 얼굴을 절대로 잊지 않는 것이었다. "몇 년 만에 슈거 씨를 보네요!"

"무척 바빴지." 헨리가 대답했다.

그는 마호가니 난간이 달린 경탄할 만큼 넓은 계단을 올라가 출납부서의 사무실로 들어갔다. 거기서 그는 1,000파운드짜리 수표를 썼다. 출납원은 그에게 분홍색 플라스틱으로 만든 큰 장방형 패를 열 개 주었다. 패마다 100파운드라고 쓰여 있었다. 헨리는 패를 주머니에 넣고서 오랫동안 떠나 있던 감을 다시 잡기 위해 여러 도박실을 몇 분 동안 찬찬히 기웃거렸다. 오늘 밤에는 정말 사람이 많았다. 뚱뚱한 여자들이 사료통 주변에 모여든 살찐 암탉들처럼 룰렛 바퀴 주변에 서 있었다. 갖가지 보석이며 금이 그들의 가슴 위로, 팔목으로 늘어져 있었다. 그들 중에는 머리 색이 파란 이들이 많았다. 남자들은 야회복을 입고 있었는데 키가 큰 사람은 한 명도 없었다. 왜 이 특정한 종류의 부유층 남자들은 모두 다리가 짧을까? 헨리는 궁금했다. 그들의 다리는 모두 무릎에서 끝나고 그 위로 허벅지가 없는 것 같았다. 대부분 배가 불룩 나오고 얼굴이 시뻘겠으며, 입술 사이에 시가를 물고 있었다. 그들의 눈은 탐욕으로 번들거렸다.

이 모든 것이 헨리의 눈에 띄었다. 이런 타입의 부유한 카지노 도박꾼들이 불쾌하게 느껴진 것은 이번이 평생 처음이었다. 지금까지 그는 늘 그들을 친구로, 그 자신과 같은 그룹과 계층에 속한 멤버로 여겼다. 오늘 밤 그들은 천박해 보였다.

그는 궁금했다. 지난 3년 동안 내가 손에 넣은 요가의 힘이 나를 조금이라도 바꿔 놓은 것일까?

그는 룰렛을 보며 서 있었다. 기다란 초록색 탁자 위에 사람들이 돈을 놓고는, 바퀴가 다음번에 돌아갈 때 작고 하얀 공이 어느 작은 구멍에 떨어질지 맞히려고 애를 쓰고 있었다. 헨리는 바퀴를 바라보았다. 그러다 갑자기, 자기가 다른 이유 때문이 아니라 그저 습관적으로 바퀴에 집중하기 시작한 것을 발견했다. 전혀 어렵지 않았다. 완전히 집중하는 기술을 너무나 오랫동안 연마한 나머지 이제 집중하는 것이 그에게 일상이 되었다. 1초도 안 되는 사이에 그의 마음은 완전히 절대적으로 바퀴에 집중했다. 시끄러운 소음, 사람들, 조명, 시가 연기 냄새 같은 모든 것들이 그의 마음에서 씻은 듯이 사라졌고, 그는 바퀴 둘레에 있는 흰색 숫자만 바라보았다. 숫자는 1에서 36까지였고, 1과 36 사이에 0이 있었다. 일순간 다른 숫자들이 흐릿해지더니 그의 시야에서 사라졌다. 18 하나만 제외하고 전부 사라졌다. 숫자 18만이 보였다. 처음에는 약간 흐릿하고 초점이 맞지 않았다. 그러다가 모서리가 날카로워

백만장자의 눈 199

졌고 흰 부분이 밝아져 더욱 눈부시게 변하더니 뒤에서 후광이 비치는 것처럼 빛나기 시작했다. 숫자는 점점 커졌다. 마치 그를 향해 달려드는 것 같았다. 그 시점에서 헨리는 집중을 멈췄다. 다시 방 안의 광경이 시야에 들어왔다.

"모두 다 거셨습니까?" 딜러가 말하고 있었다.

헨리는 100파운드짜리 패 한 개를 주머니에서 꺼내 녹색 탁자 위 18이라고 표시된 사각형에 놓았다. 탁자 위에 다른 사람들이 건 패가 수북했지만 18에 걸린 패는 그의 것뿐이었다.

딜러가 바퀴를 돌렸다. 작고 하얀 공이 통통 튀며 바퀴 가장자리를 따라 굴렀다. 사람들은 주시했다. 모든 눈이 작은 공을 향해 있었다. 바퀴가 느려지더니 멈췄다. 공은 몇 번 왔다 갔다 하면서 머뭇거리더니 깔끔하게 18번 구멍으로 떨어졌다.

"18!" 딜러가 외쳤다.

사람들이 한숨을 쉬었다. 딜러의 조수가 손잡이가 긴 나무 주걱으로 사람들이 잃은 패를 퍼 담았다. 그러나 헨리의 패는 가져가지 않았다. 그들은 헨리에게 36 대 1로 지급했다. 그의 100파운드에 대한 3,600파운드였다. 그들은 1,000파운드짜리 패 세 개와 100파운드짜리 패 여섯 개를 그에게 주었다.

헨리는 놀라운 힘의 감각을 느끼기 시작했다. 원하기만 하면 이 카지노를 끝장낼 수 있을 것 같았다. 큰 힘을 가진 이 멋진 카지노를 몇 시간

안에 망쳐 놓을 수도 있었다. 카지노를 상대로 100만 파운드를 따낼 수도 있었다. 그러면 주변에서 돈이 굴러 들어오는 것을 지켜보고 있던 냉랭한 얼굴의 반지르르한 신사들은 공황상태에 빠진 쥐새끼들처럼 우왕좌왕하게 될 것이다.

그렇게 할까?

엄청난 유혹이었다.

하지만 그렇게 하면 모든 것이 끝이었다. 그는 유명해질 테고 전 세계 어느 곳에 있는 카지노에도 입장할 수 없게 될 것이다. 그렇게 해서는 안 되었다. 그는 주목을 끌지 않도록 대단히 조심스럽게 굴어야 했다.

헨리는 아무렇지도 않게 룰렛을 하는 방에서 나와 블랙잭을 하는 방에 들어갔다. 그는 출입구에 서서 지켜보았다. 방에는 탁자 네 개가 있었다. 블랙잭을 하는 탁자는 이상한 모양이었다. 하나하나가 초승달 모양으로 구부러졌고, 게임을 하는 사람들은 반원의 바깥쪽에 빙 둘러 놓인 등받이 없는 높은 의자에 앉아 있었고, 딜러는 안쪽에 서 있었다.

카드 여러 벌(로드하우스에서는 카드 네 벌을 한데 섞어서 사용했다)이 슈라고 불리는 열린 상자에 들어 있었고, 딜러는 슈에서 카드를 한 장씩 손가락으로 꺼냈……. 슈에 들어 있는 카드의 뒷면은 늘 보였지만 그 이상은 보이지 않았다.

카지노에서 블랙잭이라고 부르는 게임은 아주 단순하다. 여러분과 나는 폰툰이나 21이나 벵 에 윙이라는 세 가지 다른 이름 가운데 한 가지로 알고 있을 수도 있다. 게임자는 카드를 받아 합계를 최대한 21에 가깝게 만들려고 노력한다. 그러나 21이 넘으면 패배한 것이 되어 딜러가 돈을 가져간다. 패를 돌릴 때마다 게임자는 다른 카드를 뽑아 패배할 위험을 무릅쓸지 아니면 지금 가지고 있는 카드를 고수할지 고민에 봉착한다. 그러나 헨리에게는 그런 고민이 없었다. 4초 안에 그는 딜러가 내미는 카드를 꿰뚫어 보고 받을지 말지 알 수 있었다. 그는 블랙잭을 한 편의 익살극으로 바꿔 놓을 수 있었다.

모든 카지노에서 블랙잭에 돈을 걸 때에는 우리가 집에서 게임을 할 때는 없는 불편한 규칙이 있다. 집에서 할 때는 돈을 걸기 전에 첫 번째 카드를 볼 수 있고, 패가 좋으면 돈을 많이 건다. 카지노에서는 이렇게 할 수가 없다. 그들은 탁자 앞에 앉은 모든 사람들이 그 판의 첫 패를 돌리기 전에 돈을 얼마나 걸지 정해야 한다는 규칙을 정해 놓았다. 게다가 나중에 카드를 받고서 내기에 건 돈을 올릴 수도 없다.

그렇지만 이런 규칙도 헨리에게는 전혀 문제가 되지 않았다. 딜러의 바로 왼쪽에 앉을 수만 있다면 그는 카드를 돌리기 시작할 때마다 딜러의 상자 안에 있는 첫 카드를 받을 것이다. 카드의 뒷면이 그에게 분명하게 보이면 돈을 걸기 전에 카드를 '꿰뚫어 볼' 수 있었다.

이제 그는 출입구 바로 안쪽에 조용히 서서 네 탁자 중 아무 곳에나 딜러의 왼쪽 자리가 나기를 기다렸다. 20분이나 기다려야 했지만 그는 마침내 자기가 원하던 자리를 얻을 수 있었다.

그는 등받이가 없는 높은 의자에 걸터앉아 딜러에게 룰렛에서 딴 1,000파운드짜리 패 중에서 하나를 건넸다. "전부 25파운드짜리로." 헨리가 말했다.

딜러는 검은 눈에 피부색이 잿빛인 청년이었다. 그는 결코 웃지 않았으며 꼭 필요할 때만 말을 했다. 그의 손은 보기 드물 정도로 날렵했고 손가락으로 정확하게 계산을 했다. 그는 헨리의 패를 가져가서 탁자에 있는 구멍에 넣었다. 저마다 다른 색깔을 가진 둥근 칩들이 나무 쟁반에 담겨 깔끔하게 그의 앞에 놓여 있었다. 25파운드, 10파운드 그리고 5파운드짜리 칩들이 아마 100개씩은 될 것 같았다. 딜러는 엄지와 검지로 25파운드짜리 칩들을 쐐기 모양으로 집어 탁자 위에 높이 쌓았다. 세어 볼 필요도 없었다. 한 줄에 정확히 20개의 칩이 있다는 것을 그는 알고 있었다. 그 민첩한 손가락은 한 개부터 20개까지 그 어떤 수든 정확하게 칩을 집을 수 있었으며 단 한 번도 틀린 적이 없었다. 딜러가 두 번째 뭉치를 집자 전부 40개가 되었다. 그는 탁자 위에서 그것을 헨리에게로 밀어 주었다.

헨리는 칩을 앞에 쌓아 두면서 상자 안의 맨 위에 있는 카드를 응시했다. 집중을 시작하자 4초 안에 카드의 숫자가 10이라는 것을 읽을 수 있었다. 그는 칩 여덟 개, 200파운드를 앞으로 밀었다. 로드하우스에서는 블랙잭에 200파운드까지 걸 수 있었다.

그는 10을 받았고, 두 번째로 9를 받아서 19가 되었다.

모두가 19에서 멈춘다. 19를 받으면 꼼짝 않고 앉아서 딜러가 20이나 21을 얻지 않기만을 바란다.

그래서 딜러가 한 판을 돌리고 다시 헨리에게 왔을 때 그는 "19"라고 말하며 다음 게임자에게로 넘겼다.

"잠깐." 헨리가 말했다.

딜러는 멈칫하더니 다시 헨리에게 돌아왔다. 그는 눈썹을 추켜올리고 그 차가운 검은 눈동자로 헨리를 응시했다. "19인데 더 뽑으시겠습니까?" 그는 약간 비웃는 투로 말했다. 그는 이탈리아 말씨를 썼는데, 목소리에 비웃음뿐만 아니라 경멸도 섞여 있었다. 카드 한 벌 중에서 19를 망가뜨리지 않을 카드는 (1로 세는) 에이스와 2, 단 두 장뿐이었다. 200파운드를 탁자 위에 놓은 상태에서 19가 나왔는데 카드를 더 뽑는 위험을 무릅쓴다면 바보임에 틀림없었다.

다음에 돌릴 카드가 상자의 정면에 아주 잘 보이게 놓여 있었다. 딜러는 아직 카드를 건드리지 않았다.

"그래요." 헨리가 말했다. "한 장 더 받아도 될 것 같군요."

딜러는 어깨를 으쓱이더니 카드를 상자 밖으로 튕겼다. 클로버의 2가 헨리 앞에, 10과 9짜리 카드 옆에 단정하게 내려앉았다.

"고맙소." 헨리가 말했다. "딱 좋군."

"21." 딜러가 말했다. 그의 검은 눈이 다시 헨리의 얼굴에 머물렀다.

그는 얼떨떨한 듯 아무 말도 하지 않고 헨리를 주시했다. 헨리가 그의 평정을 깨뜨렸다. 그는 평생 19에서 카드를 더 받는 사람을 한 명도 보지 못했다. 그런데 이 사람은 놀라울 정도로 침착하고 자신 있게 19에서 카드를 더 받았던 것이다. 그리고 이겼다.

헨리는 딜러의 눈에 담긴 표정을 감지했고, 자신이 바보 같은 실수를 저질렀다는 것을 즉각 깨달았다. 너무 잘해서 관심을 끌었어. 다시는 이렇게 하면 안 돼. 앞으로는 힘을 사용할 때 몹시 조심해야지. 가끔은 잃기도 하면서 때때로 멍청한 짓도 저질러야겠어.

게임은 계속되었다. 헨리의 능력이 얼마나 유리했던지 적당한 수준으로 이기는 것이 어려웠다. 가끔 그는 지게 될 걸 알면서도 세 번째 카드를 달라고 하곤 했다. 한번은 첫 카드가 에이스가 될 것을 알면서도 판돈을 가장 적게 걸었다가, 처음에 더 큰 돈을 걸지 않았다고 자기 자신을 마구 욕하는 척 한바탕 소동을 벌이기도 했다.

한 시간 만에 그는 정확히 3,000파운드를 땄고, 거기에서 멈췄다. 그는 칩을 주머니에 담고 수납원의 사무실로 가서 진짜 돈으로 바꿨다.

블랙잭에서 3,000파운드를 따고, 룰렛에서 3,600파운드를 따서 전부 6,600파운드였다. 66만 파운드도 쉽사리 딸 수 있으리라. 이제 세상 그 누구보다도 더 빠르게 돈을 벌 수 있을 것이 거의 확실하다고 그는 생각했다.

수납원은 눈썹 하나 까딱하지 않고 헨리의 칩과 패 더미를 받았다.

그는 칠테 안경을 쓰고 있었는데, 안경 너머의 연한 색깔 눈은 헨리에게 관심이 없었다. 그들은 카운터 위의 칩만 보았다. 이 남자 역시 손가락으로 셈을 아주 잘했다. 아니, 그 이상이었다. 셈, 삼각법, 미적분, 대수법, 그리고 유클리드 기하학이 그의 온몸의 신경에 흐르고 있었다. 그는 뇌에 10만 가닥의 전선이 달린 인간 계산기였다. 그가 헨리의 칩 120개를 세는 데에는 5초밖에 걸리지 않았다.

"수표로 가져가시겠습니까, 슈거 씨?" 그가 물었다. 아래층 접수계에 있는 남자와 마찬가지로 수납원은 모든 회원의 이름을 알았다.

"아니오. 현금으로 가져가겠소." 헨리가 대답했다.

"원하시는 대로 하십시오." 안경 뒤의 목소리가 대답했고, 그는 몸을 돌려 사무실 뒤에 있는 금고로 갔다. 금고에는 수백만 파운드는 족히 들어 있을 터였다.

로드하우스의 기준에서 보면 헨리가 딴 금액은 별것 아니었다. 지금 런던에는 아랍의 산유국 부자들이 있었고, 그들은 도박을 좋아했다. 극동에서 온 수상한 구석이 있는 외교관들이며 일본의 사업가들이며 탈세를 일삼는 영국인 부동산 사업가들도 마찬가지였다. 런던에 있는 대형 카지노에서는 매일같이 깜짝 놀랄 만한 금액을 따거나 잃는 일이 비일비재했다. 주로 잃는 일이 많긴 했지만.

수납원은 헨리의 돈을 가지고 돌아와 지폐 뭉치를 카운터에 내려놓았다. 작은 집이나 대형 자동차를 살 수 있을 만큼 큰돈이 여기 있었지만 로드하우스의 수석 수납원은 아무렇지도 않았다. 헨리에게 주는 돈에도 별다르게 신경을 쓰지 않아 마치 껌 한 통을 건네는 것 같았다.

두고 보자고, 헨리는 주머니에 돈을 넣으며 생각했다. 두고 보자고. 그는 걸어 나갔다.

"차를 가져다드릴까요?" 녹색 제복을 입은 관리인이 말했다.

"아직. 먼저 신선한 공기를 좀 쐬어야겠소." 헨리가 대답했다.

그는 거리를 따라 거닐었다. 거의 자정이 다 된 시간이었다. 그날 저녁은 시원하고 쾌적했다. 런던은 아직 완전히 깨어 있었다. 거액의 돈 뭉치가 들어 있는 주머니 안쪽이 불룩한 것이 느껴졌다. 그는 한 손으로 불룩 튀어나온 주머니를 만졌다. 가볍게 쓰다듬었다. 한 시간 동안 수고한 대가로는 거액이었다.

앞으로 어떻게 할 것인가?

이다음에는 어떤 행동을 취할 것인가?

그는 한 달에 100만 파운드도 벌 수 있었다.

원한다면 그보다 더 많은 액수도 벌 수 있었다.

그가 벌 수 있는 금액에는 한계가 없었다.

시원한 저녁 공기 속에 런던의 거리를 거닐면서 헨리는 다음 행보를 고민하기 시작했다.

자, 이것이 진짜가 아니라 만들어 낸 이야기였다면 놀랍고 흥미진진한 결말을 지어내야 할 것이다. 어렵지 않은 일이다. 극적이고 평범하지 않은 결말. 그래서 현실에서 헨리에게 진짜로 일어났던 일을 말하기 전에 여기서 잠깐 멈추고, 실력 있는 소설가라면 이 이야기를 어떻게 끝냈을지 생각해 보자. 아마 이런 내용이 되지 않을까 싶다.

1. 헨리는 죽어야 한다. 임랏 칸이 앞서 그랬듯이 그는 요가 수행자의 규칙을 어기고 개인적인 이득을 얻기 위해 힘을 사용했다.

2. 독자들을 깜짝 놀라게 만들 수 있도록 전혀 평범하지 않고 흥미진진한 방법으로 죽으면 제일 좋겠다.

3. 가령 헨리는 아파트로 돌아가 돈을 세기 시작하고 흡족한 듯 바라본다. 그러던 중 그는 갑자기 몸의 상태가 좋지 않은 것을 알아차린다. 가슴에 통증이 있다.

4. 그는 겁에 질린다. 즉각 잠자리에 들어 휴식을 취하기로 한다. 그는 옷을 벗는다. 벗은 채로 잠옷을 가지러 장롱으로 간다. 벽에 기대 세워 둔 전신 거울 앞을 지나치다가 멈춘다. 그는 거울에 비친 자신의 벌거벗은 모습을 응시한다. 자동적으로, 습관적으로 그는 집중을 하기 시작한다. 그러자……

5. 갑자기 그는 자기 피부를 '꿰뚫어 보게' 된다. 그는 조금 전에 카드를 '꿰뚫어 보았듯이' 같은 방식으로 피부를 '꿰뚫어 본다.' 마치 엑스레이 사진과 비슷하지만 성능이 훨씬 좋다. 엑스레이는 뼈와 밀도가 높은 부분만 볼 수 있지만, 헨리는 모든 것을 볼 수 있다. 그

는 온몸의 동맥과 정맥에서 피가 펌프질되는 것을 볼 수 있다. 간과 콩팥과 내장이 보이고 심장이 박동하는 것도 보인다.

6. 그는 가슴에서 통증이 있는 부분을 바라보고…… 심장의 오른쪽으로 이어지는 대정맥의 내부에 진한 색깔을 띤 작은 덩어리가…… 보인다…… 또는 보인다고 생각된다. 정맥 안의 저 짙은 색 작은 덩어리는 무엇일까? 혈관을 막는 물질이 분명하다. 혈전이 분명하다. 혈전!

7. 언뜻 보기에는 혈전이 움직이지 않는 것 같다. 그러다 움직이기 시작한다. 혈전의 움직임은 아주 미약해서 겨우 일이 밀리미터 정도이다. 정맥 안에 있는 혈액은 혈전 뒤로 펌프질이 되고 있다. 혈액이 지나가면서 다시 혈전이 움직인다. 갑자기 앞으로 1센티미터 남짓 움직인다. 이번에는 정맥 위쪽으로, 심장을 향해서. 헨리는 공포에 질려서 지켜본다. 세상 거의 모든 사람들이 다 아는 것처럼 그도 혈전이 자유롭게 움직이게 되면 정맥을 따라 돌아다니다가 마침내 심장에 도달한다는 사실을 알고 있다. 혈전이 크다면 심장에 걸리게 될 것이고 그러면 아마 죽게 될 것이다…….

소설이라면 그렇게 나쁜 결말은 아니겠지만 이 이야기는 소설이 아니다. 이것은 실제 있었던 이야기이다. 이 이야기에서 진짜가 아닌 것이 있다면 헨리의 이름과 카지노의 이름뿐이다. 헨리의 이름은 헨리 슈거가 아니었다. 그의 이름은 보호해야 했다. 지금도 여전히 보호해야 한다. 그리고 카지노의 실명을 밝힐 수 없는 이유도 명백하다. 그것만 빼면 이 이야기는 실화이다.

그리고 이 이야기가 실화인 만큼 결말도 사실대로여야 한다. 진짜 결말은 누군가가 만들어 낸 결말처럼 극적이거나 으스스하진 않지만 그래도 여전히 흥미롭긴 매한가지이다. 진짜 일어났던 일은 이렇다.

런던 거리를 한 시간가량 거닐고 난 헨리는 로드하우스로 돌아와 자동차를 찾았다. 그러고 나서 차를 몰아 아파트로 돌아왔다. 그는 혼란스러웠다. 이렇게 엄청난 성공을 거두었는데 왜 그다지 흥분이 되지 않는지 이해가 되지 않았다. 만약 요가 수행을 시작하기 전인 3년 전에 이런 일이 일어났더라면 그는 흥분으로 미쳐 날뛰었을 것이다. 거리에서 춤을 추고 가장 가까운 클럽으로 달려가 샴페인으로 축하를 했을 것이다.

기이한 점은 그가 전혀 흥분이 되지 않는다는 사실이었다. 그는 울적해졌다. 어째서인지 모든 것이 너무나 쉬웠다. 돈을 걸 때마다 이길 것이 확실했다. 전율도, 긴장감도, 잃을 위험도 없었다. 물론 이제부터 온 세상을 여행하면서 수백만 파운드를 벌 수 있다는 것을 그는 알고 있었다. 그렇지만 그게 무슨 재미일까?

원하는 만큼 다 가질 수 있다면 아무것도 재미가 없다는 것을 헨리는 서서히 깨닫기 시작했다. 특히 돈이라면 더욱 그랬다.

또 있었다. 요가의 힘을 손에 넣기 위해 그가 거쳤던 수행이 그의 인생관을 완전히 바꾸어 놓았을 수도 있지 않을까?

분명히 있을 법한 일이었다.

헨리는 집으로 가서 곧장 잠자리에 들었다.

다음 날 아침 그는 느지막이 일어났다. 그렇지만 어젯밤보다 전혀 기분이 나아지지 않았다. 침대에서 나와 경대 위에 여전히 놓여 있는 엄청난 돈뭉치를 보자 갑자기 심한 혐오감이 들었다. 그는 그 돈을 원하지 않았다. 왜 그런 기분이 드는지 도무지 설명할 수 없었지만 그저 그 돈에서 한 푼이라도 가지고 싶지 않았다.

그는 돈뭉치를 집어 들었다. 전부 20파운드짜리 지폐였는데, 정확히 320장이었다. 그는 암적색 비단 잠옷을 걸친 채 아파트의 발코니로 나가 아래에 있는 거리를 내려다보았다.

헨리의 아파트는 런던에서 부유층이 가장 많이 사는 값비싼 구역인 메이페어의 한가운데 커즌 거리에 있었다. 커즌 거리의 한쪽 끝은 버클리 광장으로 이어졌고 반대쪽 끝은 파크 레인으로 이어졌다. 헨리는 지상 3층 높이에 살았고, 그의 침실 바깥에는 철제 난간이 달린 작은 발코니가 거리로 돌출되어 있었다.

때는 6월이었다. 그날 아침은 햇살이 찬란했고 시간은 약 열한 시쯤이었다. 일요일이었지만 보도 위를 걷는 사람들이 상당히 많았다.

헨리는 돈뭉치에서 20파운드짜리 지폐 한 장을 꺼내 발코니에서 떨어뜨렸다. 산들바람이 지폐를 받더니 파크 레인 방향으로 가는 보도 쪽으로 날렸다. 헨리는 가만히 서서 지켜보았다. 지폐는 공중에서 팔랑팔랑 흔들리며 방향을 틀더니 결국 거리 반대쪽 노인의 바로 앞에 떨어졌다. 노인은 다 해진 긴 갈색 코트와 후줄근한 모자를 걸치고 혼자서 천천히 걸어가고 있었다. 그의 얼굴을 지나치며 팔랑이는 지폐를 본 노인은 걸음을 멈추고 그것을 집어 들었다. 그는 지폐를 양손으로 잡고 뚫어지게 응시했다. 뒤집어 보기도 했다. 그러더니 고개를 들어 위를 보았다.

"이봐요!" 헨리가 한 손을 동그랗게 모아 입가로 가져다 대고 외쳤다. "그거 가져요! 선물입니다!"

노인은 지폐를 들고 위쪽 발코니에 있는 사람을 빤히 쳐다보면서 꼼짝도 하지 않고 서 있었다.

"주머니에 넣어요!" 헨리가 소리쳤다. "집에 가져가요!" 그의 목소리가 거리 멀리까지 퍼지자 많은 사람들이 걸음을 멈추고 위를 올려다보았다.

헨리는 다른 지폐를 꺼내 아래로 던졌다. 아래에 있는 구경꾼들은 움직이지 않았다. 그들은 그저 지켜보기만 했다. 무슨 일이 벌어지고 있는지 알 수가 없었다. 저 위 발코니에 한 남자가 서 있는데 뭐라고 소리를 지르더니 이제 막 종잇조각처럼 보이는 뭔가를 떨어뜨렸다. 팔랑거리며 아래로 떨어지는 종잇조각을 모두가 계속 지켜보았다. 이번 것은 거리 반대쪽 보도 위에서 팔짱을 끼고 서 있던 젊은 남녀 근처에 떨어졌다. 남자가 팔짱을 꼈던 팔을 풀더니 자기 앞으로 떨어지는 종이를 잡으려 했다. 놓치긴 했지만 그는 땅에 떨어진 것을 주울 수 있었다. 그는 그것을 유심히 살펴보았다. 거리 양쪽의 구경꾼들은 모두 그 젊은 남자에게 시선을 집중했다. 많은 사람들 눈에 종이가 꼭 일종의 지폐처럼 보였기 때문에 그들은 결과를 확인하기 위해 기다렸다.

"20파운드야!" 남자가 펄쩍펄쩍 뛰면서 고함을 질렀다. "20파운드짜리 지폐라고!"

"가지게!" 헨리가 남자에게 소리쳤다. "자네 거야!"

"정말이요?" 남자가 팔을 뻗어 지폐를 보이며 되물었다. "정말 가져도 됩니까?"

갑자기 거리 양쪽이 흥분으로 술렁거렸고, 모든 사람들이 즉각 움직이기 시작했다. 사람들은 거리 한가운데로 달려와 발코니 아래 몰려들었다. 그들은 머리 위로 팔을 뻗고 소리치기 시작했다. "저요! 저도 하나만 주세요! 나리, 다른 거 한 장만 떨어뜨려 주세요! 몇 장만 더 던져주세요!"

헨리는 지폐 대여섯 장을 꺼내 아래로 던졌다.

종잇조각들이 바람에 날려 아래쪽으로 내려가면서 비명과 고함이 난무했고, 사람들의 손에 지폐가 닿자 구식 난투극이 벌어졌다. 그러나 아주 유쾌한 소동이었다. 사람들은 웃고 있었다. 그들은 이 상황을 환상적인 농담이라고 생각했다. 한 남자가 잠옷을 입은 채 3층 발코니에 서서 고액권 지폐를 공중으로 뿌리고 있었다. 그 자리에 있던 사람들 중에는 지금까지 평생 20파운드짜리 지폐를 본 적조차 없는 사람들도 많았다.

그러나 상황이 달라지기 시작했다.

어떤 소식이 한 도시의 거리를 따라 퍼지는 속도는 경이적이다. 헨리가 벌인 일에 대한 소식이 커즌 거리 전체를 따라, 더 크고 작은 저편 거리에까지 번개처럼 퍼졌다. 사방에서 사람들이 달려왔다. 얼마 지나지 않아 남녀노소 가릴 것 없이 1,000명도 넘는 사람들이 헨리의 발코니 아래에 있는 길을 꽉 막았다. 지나가지 못한 자동차 운전수들 역시 차에서 내려 무리에 합류했다. 갑자기 커즌 거리는 아수라장이 되었다.

이 시점에서 헨리는 간단히 팔을 들어 흔들다가 돈뭉치 전부를 공중으로 내던졌다. 6,000파운드가 넘는 돈이 아래에서 아우성치는 군중을 향해 팔랑거리며 날아갔다.

그 후 이어진 쟁탈전은 정말 볼만한 광경이었다. 사람들은 지폐가 땅에 떨어지기 전에 잡으려고 펄쩍펄쩍 뛰었으며 모두가 밀치고 마구 다투고 고함을 지르고 넘어지고 곧 엉켜서 싸움을 벌였다.

갑자기 거리의 소음을 넘어 그의 아파트에서 길고 시끄러운 초인종 소리가 들렸다. 그는 발코니를 떠나 현관문을 열었다. 검은 콧수염을 기른 덩치 큰 경찰관 한 명이 양손을 허리에 얹고 바깥에 서 있었다.

"당신!" 경관은 성이 나서 고함을 쳤다. "당신이로구만! 도대체 무슨 짓을 하는 겁니까?"

"안녕하세요, 경찰관님?" 헨리가 말했다. "사람들이 이렇게 몰려들게 만들어서 죄송합니다. 이렇게 될 거라고는 생각을 못 했어요. 그냥 돈을 좀 뿌리고 있었을 뿐이라고요."

"소란을 일으키고 있잖아요!" 경찰관이 소리를 질렀다. "도로를 가로막고 있다고요! 폭동을 조장해서 거리 전체를 봉쇄하고 있잖아요!"

"죄송하다고 말씀드렸잖습니까? 다시는 그러지 않겠다고요. 약속해요. 사람들은 곧 흩어질 겁니다."

경찰관은 허리에서 한 손을 떼더니 손바닥을 펴서 20파운드짜리 지폐를 보여 주었다.

"아하! 경찰관님도 하나 주우셨군요! 잘되었네요! 정말 잘되었어요!" 헨리가 외쳤다.

"이제 장난은 집어치워요! 이 20파운드짜리 지폐들에 대해 선생님께 몇 가지 진지한 질문을 드려야겠습니다." 그는 가슴에 있는 주머니에서 수첩을 꺼냈다. 그가 말을 이었다. "우선 이 지폐들이 어디에서 났습니까?"

"땄습니다. 어젯밤에 운이 아주 좋았거든요." 그는 돈을 딴 클럽의 이름을 말했고, 경찰관은 작은 수첩에 받아 적었다. "대조해 보세요. 진짜라는 것을 그쪽에서 확인해 줄 겁니다." 헨리가 덧붙였다.

경찰관은 수첩을 아래로 내리더니 헨리의 눈을 빤히 쳐다보았다. "사실 저는 선생님의 말을 믿습니다." 그가 말했다. "선생님이 사실을 말한 거라고 생각해요. 그렇지만 그게 선생님의 행동에 대한 변명이 되지는 않습니다."

"제가 잘못한 건 없어요."

"머리에 피도 안 마른 애송이처럼 바보 같은 헛소리를 하는군요!" 경찰관이 다시 화를 내기 시작하며 소리를 질렀다. "당신은 천치에 멍청이야! 그렇게 큰돈을 딸 정도로 운이 좋아 누군가에게 거저 주고 싶었다면 창문 밖으로 돈을 던지지는 말았어야죠!"

"그러면 왜 안 됩니까?" 헨리가 씩 웃으며 물었다. "그것도 돈을 써버리는 좋은 방법이라고요."

"빌어먹게 어리석고 바보 같은 방법이죠!" 경찰관이 외쳤다. "그 돈이 도움이 될 만한 곳에 주지 그랬습니까? 예를 들면 병원도 있고! 고아원도 있고! 크리스마스에도 아이들에게 선물 하나 사 주기 어려울 만큼 가난한 고아원들이 전국에 널려 있는데! 진짜 궁한 게 뭔지도 모를 당신 같은 멍청이가 그걸 길거리로 던져 버리다니! 정말 미치겠군. 정말 화가 납니다!"

"고아원이라고요?"

"그래요, 고아원!" 경찰관이 소리쳤다. "나도 고아원에서 자랐기 때문에 그곳이 어떤지 잘 안다고요!" 그렇게 말하고 경찰관은 획 돌아서서 빠른 걸음으로 계단을 내려가 거리로 나갔다.

헨리는 움직이지 않았다. 경찰관의 말과, 특히 그 말에 담긴 순수한 분노가 우리 영웅의 미간에 일격을 가했다.

"고아원?" 그는 큰 소리로 말했다. "정말 좋은 생각이군. 하지만 고아원이 꼭 한 군데일 필요는 없지? 여러 군데면 왜 안 되겠어?" 모든 것을 바꾸어 놓을 멋지고 위대한 생각이 아주 빠르게 떠오르기 시작했다.

헨리는 현관문을 닫고 아파트 안으로 돌아갔다. 갑자기 뱃속이 강력한 흥분으로 요동치는 것이 느껴졌다. 그는 왔다 갔다 서성이면서 이 멋진 생각을 실현하기 위한 것들을 점검하기 시작했다.

"하나. 나는 평생 매일같이 거액의 돈을 손에 넣을 수 있다."

"둘. 같은 카지노를 1년에 두 번 이상 가서는 안 돼."

"셋. 다른 사람들의 의심을 살지 모르니 한 카지노에서 너무 많은 돈을 따면 안 돼. 하룻밤에 2만 파운드 아래로 하는 게 좋겠어."

"넷. 하룻밤에 2만 파운드면 1년 365일이니까 얼마가 되지?"

헨리는 연필과 종이를 꺼내 계산했다.

"730만 파운드가 되는군." 그가 큰 소리로 말했다.

"아주 좋아. 다섯. 계속 이동을 해야 해. 한 도시에서 최대 이삼 일 이상 머무르면 소문이 날 거야. 런던에서 몬테카를로로 가는 거야. 그런 다음 칸으로, 비아리츠, 도빌, 라스베이거스, 멕시코시티, 부에노스아이레스, 나소로 가는 거야. 그렇게 계속하는 거지."

"여섯. 그 돈으로 내가 가는 모든 나라에 절대적으로 최고 수준인 고아원을 세우는 거야. 내가 로빈 후드가 되는 거지. 마권 업자들과 도박장들을 상대로 돈을 따서 아이들에게 주어야지. 진부하고 감상적인 소리라고? 꿈이라면 그럴지도 모르지. 하지만 내가 진짜로 그렇게 만들수 있다면, 그것이 현실이 된다면, 전혀 진부하지도 감상적이지도 않아. 오히려 엄청난 일이 될 거야."

"일곱. 나를 도와줄 사람이 필요해. 한곳에 정착해서 그 돈을 관리하고, 집들을 사고, 모든 것들을 알아서 준비해 줄 사람이 필요해. 돈을잘 아는 사람. 내가 신뢰할 수 있는 사람. 존 윈스턴은 어떨까?"

존 윈스턴은 헨리의 회계사였다. 그는 헨리의 소득세 문제, 투자 등돈에 관련된 모든 일을 맡고 있었다. 헨리는 18년 동안 그와 알고 지냈고, 두 남자 사이에는 우정이 싹텄다. 하지만 지금까지는 존 윈스턴이헨리를 평생 하루도 일을 한 적이 없는, 그저 부유하고 나태한 한량으로 알고 있었다는 점을 잊지 말아야 한다.

"미쳤군요." 헨리가 자신의 계획을 털어놓자 존 윈스턴이 말했다. "카지노를 등치는 방법을 찾아낸 사람은 아무도 없어요."

헨리는 주머니에서 뜯지 않은 카드를 한 벌 꺼냈다. "자, 그러면 블랙잭을 작게 한 판 해 봅시다. 당신이 딜러를 해요. 카드에 표시가 되어 있다는 말은 할 생각 말고. 새 거라고요." 헨리가 말했다.

창문으로 버클리 광장이 내다보이는 윈스턴의 사무실에 앉아 두 남자는 거의 한 시간 동안 엄숙하게 블랙잭을 했다. 패로 성냥개비를 사용했는데, 한 개비에 25파운드로 했다. 50분이 지난 후 헨리는 무려 3만 4,000파운드를 땄다!

존 윈스턴은 믿을 수 없었다. "어떻게 한 겁니까?"

"탁자 위에 카드를 놓아 봐요. 뒤집어서."

윈스턴은 그 말에 따랐다.

헨리는 맨 위에 놓인 카드에 4초 동안 집중했다. "하트의 잭이구먼." 정말로 하트의 잭이었다.

"다음 카드는…… 하트의 3인데." 그랬다. 그는 그렇게 모든 카드를 하나하나 맞혀 가면서 카드 한 벌 전체를 훑었다.

"계속해요." 존 윈스턴이 말했다. "어떻게 했는지 말해 줘요." 보통 때는 차분하고 정확하기 짝이 없는 이 남자가 책상 위로 몸을 숙이고 별처럼 크고 밝게 빛나는 눈으로 헨리를 뚫어지게 쳐다보았다. "당신이 지금 절대로 불가능한 일을 하고 있다는 건 알고 있겠죠?" 그가 말했다.

"불가능하지 않아요." 헨리가 말했다. "아주 어려울 뿐이지. 세상에서 이 일을 할 수 있는 사람은 나밖에 없어요."

존 윈스턴의 책상에 있는 전화기가 울렸다. 그는 수화기를 들어 비서에게 말했다. "수전, 내가 따로 말할 때까지 이제 전화 연결하지 말아요. 내 아내가 전화한다고 해도 연결하지 말아요." 그는 헨리를 올려다보면서 그가 말을 잇기를 기다렸다.

헨리는 어떻게 그 힘을 얻었는지 존 윈스턴에게 계속 설명을 해 나갔다. 그 공책을 어떻게 발견했는지, 임랏 칸은 어떤 사람이었는지, 그리고 지난 3년 동안 한 번도 쉬지 않고 어떻게 마음을 집중하는 수련을 해왔는지 설명했다.

그가 이야기를 마치자 존 윈스턴이 물었다. "불 위를 걸어 본 적도 있습니까?"

"아니오. 앞으로도 그건 할 생각이 없어요."

"카지노에서도 이렇게 할 수 있다고 생각하는 근거는 있어요?"

그러자 헨리가 지난밤 로드하우스에 방문했던 이야기를 했다.

"6,600파운드!" 존 윈스턴이 경악했다. "진짜로, 현금으로 그만큼을 벌었다고요?"

"이봐요. 이제 막 당신에게서 한 시간도 안 되는 사이에 3만 4,000파운드를 땄잖소!"

"그렇긴 합니다만."

"6,000파운드도 최소한으로 딴 금액이란 말이오. 더 많이 따지 않으려고 얼마나 힘들게 노력했는데."

"세상에서 가장 큰 부자가 되겠군요."

"나는 세상에서 가장 큰 부자가 되고 싶지 않아요. 이제는 말이오."
헨리가 말했다. 그러고는 고아원을 세우려는 계획에 대해 윈스턴에게
말했다.

이야기를 마치면서 그는 말했다. "존, 당신도 함께할래요? 당신이 내
재산 관리사, 자금 담당, 관리인 등등 모든 일을 맡아 줄 수 있겠소? 매
년 수백만 파운드가 들어올 거요."

조심스럽고 신중한 회계사인 존 윈스턴은 순간적인 기분에 떠밀려
동의하지 않았다. "우선 당신이 실제로 하는 걸 보고 싶군요." 그가 말
했다.

그래서 그날 밤 그들은 커즌 거리에 있는 리츠클럽에 함께 갔다. "이
제 당분간 로드하우스에는 갈 수가 없어요." 헨리가 말했다.

룰렛 바퀴가 처음으로 돌아갈 때 헨리는 27번에 100파운드를 걸었
다. 27번이 나왔다. 두 번째 판에서 그는 4번에 걸었다. 역시 4번이 나왔
다. 수익이 전부 7,500파운드였다.

헨리 옆에 서 있던 아랍인이 말했다. "지금 막 5만 5,000파운드를 잃
었다오. 당신은 어떻게 한 거요?"

"운이 좋았죠." 헨리가 말했다. "그저 운이 좋았을 뿐입니다."

그들은 블랙잭을 하는 방으로 자리를 옮겼고, 반 시간 만에 헨리는
1만 파운드를 더 땄다. 그는 거기서 멈췄다. 거리로 나와 존 윈스턴이
말했다. "이제 당신을 믿어요. 나도 동참하겠어요."

"내일 시작합시다." 헨리가 말했다.

"정말 이런 일을 매일 저녁 하려는 겁니까?"

"그래요. 나는 이 나라에서 저 나라로, 이 도시에서 저 도시로 아주 빠르게 옮겨 다닐 겁니다. 그리고 매일 은행을 통해 수익금을 당신에게 보낼 거요."

"1년에 얼마나 될지 알아요?"

"수백만 파운드가 되겠지." 헨리가 씩씩하게 대답했다. "1년에 약 700만 파운드 정도."

"그런 거액이라면 이 나라에서는 운용할 수가 없어요." 존 윈스턴이 말했다. "세무 당국에서 전부 가져가 버릴 겁니다."

"아무 곳이나 내키는 곳으로 가시오. 어차피 나에겐 전혀 차이가 없으니까. 나는 당신을 전적으로 믿어요."

"스위스로 가겠습니다. 그렇지만 내일은 안 되겠네요. 그냥 문을 닫고 뜰 수는 없으니까요. 저는 매인 데가 없어 아무런 책임이 없는 당신 같은 독신자와는 달라요. 아내와 아이들과도 이야기를 해야 해요. 그리고 회사의 동업자들에게도 알려야 하고, 집도 팔아야 합니다. 스위스에서 살 집도 구해야 하고요. 아이들 학교도 옮겨야죠. 헨리, 이런 일들을 다 처리하려면 시간이 걸린단 말입니다!"

헨리는 주머니에서 방금 전에 땄던 1만 7,500파운드를 꺼내서 존 윈스턴에게 건넸다. "얼마 안 되는 돈이지만 당신이 정착할 때까지 도움이 될 겁니다. 하지만 서둘러요. 나는 즉각 시작하고 싶다고요."

일주일도 지나지 않아 존 원스턴은 로잔에 있었다. 제네바 호수 위쪽의 아름다운 언덕배기 높이 위치한 사무실도 얻었다. 가족은 되는대로 빨리 따라오기로 한 상태였다.

그리고 헨리는 작업을 하러 카지노로 떠났다.

1년 후 그는 800만 파운드가 조금 넘는 금액을 로잔에 있는 존 윈스턴에게 보냈다. 돈은 고아원 주식회사라는 이름을 가진 스위스 회사로 일주일에 다섯 번 송금되었다. 존 윈스턴과 헨리를 제외하고는 돈의 출처가 어디인지, 용도가 무엇인지 아무도 몰랐다. 스위스 당국에 관해 말하자면, 그들은 돈의 출처에 관심을 가지는 법이 없었다. 헨리는 은행을 통해 돈을 보냈다. 늘 월요일에 송금하는 금액이 제일 많았는데, 금요일과 은행이 문을 닫는 토요일과 일요일에 딴 돈이 전부 포함되어 있었기 때문이다. 그는 믿기 힘들 정도로 빠른 속도로 옮겨 다녔고, 존이 그가 어디 있는지 알 수 있는 유일한 단서는 특정 날짜에 돈이 송금된 은행의 주소뿐일 때가 많았다. 어느 날은 마닐라에 있는 은행에서 돈이 송금되었다. 다음 날은 방콕에서 송금되었다. 라스베이거스에서도, 쿠라사우에서도, 프리포트에서도, 그랜드케이맨에서도, 산후안에서도, 나소에서도, 런던에서도, 비아리츠에서도 송금이 되었다. 대형 카지노가 있는 곳이라면 전 세계 어느 도시에서든 돈이 왔다.

7년 동안 모든 것이 잘 되어 갔다. 거의 5,000만 파운드가 로잔으로 와서 안전하게 은행에 들어갔다. 존 윈스턴은 이미 고아원을 세 곳 설립한 상태였다. 프랑스에 한 군데, 영국에 한 군데, 그리고 미국에 한 군데였다. 다섯 개가 더 지어지고 있는 중이었다.

그런데 꽤 큰 문제가 생겼다. 카지노 소유주들끼리는 거미줄 같은 비밀 정보망이 있었기 때문에, 헨리가 아무리 신중에 신중을 기해 한곳에서 하룻밤에 너무 많은 금액을 따지 않으려 조심해도 결국 소문이 퍼져 나갈 수밖에 없었다.

헨리가 조금 경솔하게도 하룻밤 사이에 우연히 같은 갱단이 소유하고 있던 카지노 세 군데에서 각각 10만 달러씩 땄을 때 그들에게 알려지게 되었다.

그래서 벌어진 일은 이렇다. 다음 날 아침 헨리가 공항으로 출발하기 위해 호텔방에서 짐을 꾸리고 있을 때 문을 두드리는 소리가 들렸다. 호텔 사환 한 명이 방으로 들어와 두 남자가 로비에서 기다리고 있다고 헨리에게 귓속말로 알려 주었다. 사환이 말하길, 다른 남자들은 후문을 지키고 있다고 했다. 사환은 이 남자들이 대단히 거친 사람들이라고 귀띔하면서 지금 아래층으로 내려가면 헨리가 살아남을 확률이 그다지 높지 않을 것이라고 했다.

"왜 내게 이런 이야기를 해 주는 거지?" 헨리가 물었다. "왜 내 편을

드는 건가?"

"저는 누구의 편도 아니에요." 사환이 말했다. "그렇지만 나리가 어제 큰돈을 땄다는 것은 모두 잘 알지요. 그래서 나리에게 알려 드리면 나리가 좋은 선물을 주실지 모른다고 생각했답니다."

"고맙군. 그렇지만 어떻게 빠져나가지? 자네가 나를 여기서 나가게 해 준다면 1,000달러를 주겠네."

"그거야 쉽죠. 나리의 옷을 벗고 제 제복을 입으세요. 그러고는 나리의 가방을 들고 로비를 통과해서 나가시는 거예요. 그렇지만 떠나시기 전에 우선 저를 묶어 주세요. 손과 발이 묶여서 바닥에 쓰러져 있어야 그 사람들이 제가 도왔다고 생각하지 않죠. 나리가 총을 가지고 있어서 저항을 못 했다고 할게요."

"자네를 묶을 끈은 어디에 있지?"

"제 주머니 안에 들어 있습니다." 사환이 씩 웃으며 말했다.

헨리는 금색과 녹색으로 된 사환의 제복을 입었다. 그럭저럭 맞았다. 그러고 나서 사환을 줄로 꽁꽁 잘 묶은 다음 입에 손수건을 물려 말을 하지 못하게 했다. 마지막으로 그는 100달러짜리 지폐 열 장을 양탄자 밑에 숨겨 나중에 사환이 찾아갈 수 있게 했다.

로비로 내려가자 땅딸막하고 다부진 체격에 검은 머리를 가진 깡패 두 명이 엘리베이터에서 나오는 사람들을 지켜보고 있었다. 그렇지만 녹색과 금색 사환 제복을 입고 짐가방을 나르는 남자에게는 눈길도 제

대로 주지 않았다. 그는 재빨리 로비를 가로질러 거리로 이어지는 회전
문을 통과했다.

공항에서 헨리는 항공편을 바꿔서 로스앤젤레스로 가는 가장 빠른
비행기를 탔다. 이제부터는 일이 쉽지 않을 것 같다고 그는 생각했다.
그러나 호텔 사환 덕분에 좋은 생각이 떠올랐다.

로스앤젤레스에서, 그리고 영화계 사람들이 모여 사는 근교의 할리
우드와 비벌리힐스에서 그는 업계 최고의 분장 전문가를 찾았다. 막스
엥겔만이라는 사람이었다. 헨리는 그를 찾아갔다. 헨리는 즉각 그가 마
음에 들었다.

"당신 수입이 얼마나 됩니까?" 헨리가 그에게 물었다.

"아, 1년에 아마 4만 달러 정도 되지요." 막스가 대답했다.

"당신이 나와 함께 가서 내 전용 분장사가 된다면 10만 달러를 드리
지요."

"도대체 무슨 생각으로 그러는 겁니까?"

"설명을 하지요." 헨리는 설명했다.

막스는 헨리가 비밀을 말해 준 두 번째 사람이었다. 존 윈스턴이 첫
번째였다. 헨리가 막스에게 카드를 읽을 수 있다는 것을 보여 주자 막
스는 기절초풍했다.

"오, 맙소사!" 그가 외쳤다. "당신이라면 한 몫 단단히 벌 수 있겠군요!"

"이미 그랬죠." 헨리가 말했다. "한 몫이 아니라 열 몫은 벌었을걸요.

그렇지만 앞으로 열 몫은 더 벌고 싶습니다." 그는 고아원 계획에 대해 막스에게 설명했다. 존 윈스턴의 도움으로 벌써 고아원 세 곳을 세웠고, 진행 중인 곳은 더 많았다.

막스는 나치가 비엔나를 침공했을 때 도망쳐 나온, 피부가 까무잡잡하고 키가 작은 남자였다. 결혼을 한 적이 없었고 매인 곳도 없었다. 그는 걷잡을 수 없이 열광했다. "미쳤어! 평생 이렇게 미친 이야기는 처음 들어 봤다고! 하지만 당신과 함께하겠어요! 갑시다!" 그가 외쳤다.

그때부터 막스 엥겔만은 헨리가 어디를 가든 함께 여행했으며 가발, 가짜 턱수염, 구레나룻, 콧수염을 비롯해 여러분이 한 번도 본 적이 없을 여러 가지 분장 도구가 든 트렁크를 가지고 다녔다. 그는 고용주를 전혀 알아볼 수 없는 삼사십 가지 다른 인물로 변장시킬 수 있었기 때문에, 이제 헨리를 경계하며 기다리던 카지노 지배인들도 그가 헨리 슈거 씨라는 것을 결코 알아보지 못했다. 사실 라스베이거스 사건 후 겨우 1년 만에 헨리와 막스는 그 위험한 도시로 다시 돌아갔고, 어느 따뜻하고 별이 빛나는 밤, 전에 방문한 적이 있던 대형 카지노 중 첫 업소에서 8만 달러를 멋지게 따냈다. 그는 늙수그레한 브라질 외교관으로 가장했고, 카지노에서는 무슨 일이 벌어졌는지 결코 알지 못했다.

이제 헨리가 카지노에 더 이상 자기 모습으로 나타나지 않게 되자 가짜 신분증과 여권 등 챙겨야 할 것들이 아주 많아졌다. 가령 몬테카를로에서는 카지노에 입장하기 전에 먼저 신분증을 보여 주어야 한다. 헨리는 막스의 도움으로 몬테카를로를 열한 번도 넘게 방문했는데 갈 때마다 다른 여권에 다른 모습이었다.

막스는 이 일을 무척 좋아했다. 그는 헨리를 위해 새로운 인물들을 창조하는 것을 대단히 즐겼다. "오늘은 완전히 다른 사람으로 만들어 주지!" 그는 이렇게 선언하곤 했다. "두고 보라니까! 오늘은 쿠웨이트에서 온 아랍 족장이 되는 거야!"

그러면 헨리는 이렇게 대꾸했다. "우리에게 아랍 여권이 있던가? 아랍 신분증 서류는?"

"전부 다 있지." 막스는 대답할 것이다. "존 윈스턴이 아부 빈 베이 왕자 전하라는 이름으로 멋진 여권을 보내 줬다고!"

그렇게 계속되었다. 수년이 흐르면서 막스와 헨리는 친형제처럼 가까워졌다. 그들은 사회운동을 함께하는 형제였다. 둘은 하늘 길을 재빠르게 옮겨 다니면서 온 세상 카지노에서 돈을 쥐어짜 곧바로 스위스에 있는 존 윈스턴에게 보냈고, 고아원 주식회사는 갈수록 더 부유해졌다.

헨리는 지난해 63세로 죽었고, 그의 사명은 완수되었다. 그는 20년 동안 한결같이 그 일을 해 왔다.

헨리의 개인 참고 서적에는 21개 국가 또는 섬에 있는 주요 카지노 371군데가 나열되어 있었다. 그는 그 모든 곳을 여러 번 방문했으며 한 번도 진 적이 없었다.

존 윈스턴의 설명에 따르면 그가 번 돈은 전부 다 해서 1억 4,400만 파운드였다.

그는 전 세계에 걸쳐 확실하게 자리를 잡고 잘 운영해 나가는 고아원 21곳을 남겼다. 그가 방문했던 나라마다 한 군데씩이었다. 이 고아원들은 전부 로잔에서 존과 직원들이 운영하며 자금을 댔다.

그렇다면 나는, 막스 엥겔만도 아니고 존 윈스턴도 아닌 나는 이 모든 이야기를 어떻게 알게 되었을까? 무엇보다 이 이야기를 왜 내가 쓰게 되었을까?

전말은 이렇다.

헨리가 죽은 후 얼마 되지 않아 스위스에서 존 윈스턴이 나에게 전화를 했다. 그는 자기를 고아원 주식회사라는 곳의 책임자라고 소개하면서, 회사의 역사를 간단하게 기록하는 일을 하러 로잔에 오지 않겠느냐고 물었다. 그가 내 이름을 어떻게 알게 되었는지는 모르겠다. 어쩌면 작가들 명단을 손에 넣어 그중에서 찍은 것일 수도 있겠다. 그는 보수를 후하게 지급하겠다고 말했다. 그리고 이렇게 덧붙였다. "최근에 아주 대단한 사람이 죽었습니다. 헨리 슈거라는 사람이지요. 제 생각엔 그가 이룬 일을 세상 사람들이 조금이라도 알아야 할 것 같습니다."

아무것도 몰랐던 나는 그 이야기가 정말 종이에 옮길 가치가 있을 만큼 흥미로운 것인지 물었다.

"알겠습니다." 이제 1억 4,400만 파운드를 관리하는 사람이 말했다. "그냥 잊어버리세요. 다른 분께 요청하도록 하지요. 작가들은 널려 있으니까."

그 말이 나의 신경을 건드렸다. "아니, 잠깐만요. 적어도 헨리 슈거라는 사람이 누구인지, 그 양반이 도대체 어떤 일을 했는지 이야기해 주셔야죠. 저는 이름도 들어 본 적이 없는 사람인데요."

5분 동안의 전화 통화로 존 윈스턴에게서 헨리 슈거의 비밀스러운 직업에 대한 이야기를 들었다. 이젠 더 이상 비밀이 아니었다. 헨리는 이미 죽었고 다시는 도박을 할 수 없을 것이다. 나는 그 이야기에 완전히 마음을 빼앗겼다.

"가장 빠른 비행기를 타겠습니다." 내가 말했다.

"감사합니다." 존 윈스턴이 말했다. "그렇게 해 주시면 고맙겠습니다."

로잔에서 나는 이제 70이 넘은 존 윈스턴과 비슷한 연령대의 막스 엥겔만을 만났다. 그들은 아직 헨리의 죽음으로 인한 충격에서 벗어나지 못한 상태였다. 13년 이상을 헨리 옆에서 같이 지냈던 막스는 존 윈스턴보다 더 심한 충격에 빠져 있었다. "나는 그를 사랑했습니다." 막스가 그늘진 얼굴로 말했다. "그는 정말 굉장한 사람이었어요. 자기 자신은 전혀 고려하지 않았지요. 여비와 식비를 제외하면 자기가 딴 돈에서 단 한 푼도 가진 적이 없어요. 들어 봐요. 한번은 우리가 비아리츠에 있을 때였는데, 헨리는 막 은행에 가서 50만 프랑을 존에게 송금하고 나온 참이었죠. 점심때였어요. 한 식당에 들어가서 오믈렛과 포도주 한 병으로 간단히 점심을 먹고 난 후 계산서를 받았는데 헨리에게는 돈이 한 푼도 남아 있지 않았지요. 나도 마찬가지였고. 그는 정말 아름다운 사람이었어요."

존 윈스턴은 자신이 아는 모든 이야기를 나에게 해 주었다. 존 카트라이트 박사가 1934년 봄베이에서 쓴 진한 푸른색 연습장의 원본도 보여 주었고, 나는 한 자 한 자 정확하게 베껴 썼다.

"헨리는 그 공책을 늘 가지고 다녔습니다." 존 윈스턴이 말했다. "결국에는 내용 전체를 외우게 됐을 정도였지요."

그는 지난 20년 동안 헨리가 딴 금액이 날짜별로 기록된 고아원 주식회사의 회계 장부도 보여 주었는데, 정말이지 너무 엄청나서 믿기 어려운 광경이었다.

그가 이야기를 마쳤을 때 내가 말했다. "윈스턴 씨, 이 이야기에는 큰 공백이 있군요. 헨리의 여정과 전 세계 카지노에서 그가 겪은 모험담에 관해서는 거의 아무 말씀도 하지 않으셨습니다."

"그건 막스가 쓸 이야기입니다. 막스는 늘 헨리와 함께 다녔기 때문에 전부 알아요. 그렇지만 본인이 직접 써 보고 싶다고 하더군요. 벌써 시작했다고 합니다."

"그렇다면 막스가 전체 이야기를 다 쓰게 하시지 않고요?"

"내키지 않는다고 하더군요. 막스는 헨리와 막스에 대한 이야기만 쓰고 싶어 합니다. 끝내기만 한다면 아주 멋진 이야기가 되겠지요. 그렇지만 막스는, 나도 그렇지만, 이제 나이가 많이 들어서 과연 해낼 수 있을지 모르겠네요."

"마지막으로 한 가지만 더요. 계속 헨리 슈거라고 그를 부르면서 진짜 이름이 아니라고 하셨는데요. 제가 이야기를 쓸 때 그가 정말은 누구였는지 언급하길 바라지 않으십니까?"

"그래요. 막스와 나는 결코 밝히지 않기로 약속했습니다. 아, 어쩌면 결국 새어 나갈 수도 있겠지요. 어쨌든 그는 영국에서 제법 유명한 가문 출신이니까요. 그렇지만 당신이 구태여 캐내려고 하지 않으면 좋겠습니다. 그냥 헨리 슈거 씨라고 부르세요."

그래서 나는 그렇게 했다.

6

행운
나는 어떻게 작가가 되었나

소설가는 이야기를 만들어 내는 사람이다.

그러나 이런 직업을 가지려면 도대체 어떻게 해야 할까? 전문적인 전업 소설가는 어떻게 되는 것일까?

찰스 디킨스에게는 쉬운 일이었다. 스물네 살에 그는 그냥 자리를 잡고 앉아서 《픽윅 페이퍼스》를 썼고, 책은 출간되자마자 베스트셀러가 되었다. 그러나 디킨스는 천재였고, 천재들은 우리 같은 사람들과는 다르다.

이번 세기에(지난 세기에는 반드시 그렇지는 않다) 마침내 문단에서 성공을 거둔 작가들은 모두 교사나 어쩌면 의사나 신문 기자나 법률가 등 다른 직업에 종사하는 상태에서 글을 쓰기 시작했다. (《이상한 나라의 앨리스》는 수학자가 썼고 《버드나무에 부는 바람》은 공무원이 썼다.) 그런 까닭에 글을 쓰려는 첫 시도는 여가 시간, 주로 밤에 이루어져야 했다.

그 이유는 명백하다. 여러분이 어른이 되면 먹고살 돈을 벌어야 한다. 생계비를 벌려면 직업을 가져야 한다. 가능하다면 일주일에 그 정도 돈을 보장하는 직장을 가져야 한다. 아무리 소설 쓰는 것을 직업으로 삼고 싶다고 해도 출판사에 가서 소설가라는 직업을 갖고 싶다고 말하는 것은 쓸데없는 짓이다. 만약 그렇게 한다면 출판업자는 저리 꺼지고 우선 책이나 쓰라고 대꾸할 것이다. 설사 여러분이 완성된 책을 가져갔는데 출판사에서 출판을 할 정도로 그 책을 마음에 들어 한다 쳐도 출판사에서 직장을 주는 것은 아니다. 아마 500파운드 정도 선금을 줄 것이다. 이 선금은 나중에 여러분의 인세에서 제해서 가져간다. (인세란 팔리는 책 한 권 한 권에 대해 작가가 출판사에서 받는 돈을 말한다. 작가가 받는 인세는 평균적으로 서점에서 팔리는 책 가격의 10퍼센트이다. 4파운드에 팔리는 책이라면 작가가 40펜스를 받는다. 50펜스에 팔리는 문고본이라면 5펜스를 받을 것이다.)

소설가로 성공하기를 바라는 사람이 아무도 출판하려 들지 않을 책을 쓰면서 2년 치 여가 시간을 몽땅 바치는 정도는 아주 흔한 일이다. 그런 수고에도 그가 얻는 것은 좌절감뿐이다.

만약 운이 좋아서 책을 받아 주는 출판사가 있다고 해도 첫 소설은 대략 3,000부 정도 팔리고 끝날 가능성이 높다. 작가는 아마 1,000파운드쯤 벌 수 있을 것이다. 대부분의 소설은 쓰는 데 적어도 1년은 걸리는데 요즘 같은 때 1년 동안 먹고살기에 1,000파운드는 충분치 않다. 그러니 신예 소설가들이 우선 다른 직업을 가진 상태에서 시작할 수밖에 없다는 점이 납득이 갈 것이다. 그러지 않으면 굶어 죽을 게 거의 확실하니까.

여러분이 소설가가 되고 싶다면 반드시 가져야 하는, 아니면 가지려고 노력해야 하는 자질 몇 가지는 다음과 같다.

1. 활발한 상상력이 있어야 한다.

2. 글을 잘 써야 한다. 독자의 머릿속에 장면이 생생하게 떠오르게 만들 수 있어야 한다는 말이다. 모든 사람이 이런 능력을 가진 것은 아니다. 이것은 재능이라 여러분에게 이런 능력이 있든지 없든지 둘 중 하나이다.

3. 체력이 필요하다. 다른 말로 하자면 몇 시간이고 며칠이고 몇 주고 몇 달이고 여러분이 하는 일을 물고 늘어지면서 절대 포기하지 않을 수 있어야 한다.

4. 완벽주의자가 되어야 한다. 즉 여러분이 쓴 것에 절대 만족하는 법이 없이 몇 번이고 고치고 또 고쳐서 여러분이 할 수 있는 한 최대로 잘 쓸 수 있게 해야 한다.

5. 자제력이 강해야 한다. 여러분은 혼자 일하는 것이다. 누구에게도 고용되지 않았다. 일을 하지 않는다고 해서 여러분을 해고하거나 게으름을 피운다고 질책할 사람은 아무도 없다.

6. 예리한 유머 감각이 있으면 크게 도움이 된다. 성인을 대상으로 글을 쓸 때는 유머 감각이 필수적이지 않지만, 어린이용 책을 쓸 때는 꼭 필요하다.

7. 어느 정도 겸허해야 한다. 자기 작품이 끝내준다고 생각하는 작가는 문제에 직면하게 될 것이다.

내가 어떻게 뒷문을 잘 통과해 문단에 등단하게 되었는지 이야기해 보자면 이렇다.

1924년 여덟 살이 되었을 때 나는 잉글랜드 남서부 해안가의 웨스턴 슈퍼메어라는 마을에 있는 기숙사 학교에 가게 되었다. 그 시절은 공포 의 나날, 가혹한 훈육의 나날, 기숙사에서 아무런 이야기도 할 수 없고 복도에서 뛰어서도 안 되며 단정하지 못한 것이라면 그 무엇도 용납되 지 않는 나날, 이것도 안 되고 저것도 안 되고 무조건 복종해야 하는 규 칙 또 규칙만이 있던 나날이었다. 마치 죽음에 대한 두려움처럼 무서운 회초리에 대한 두려움이 늘 우리의 머리 위에 드리워져 있었다.

"교장 선생님이 교장실로 오래." 이것은 파멸을 예고하는 말이었다. 그 말을 들으면 뱃가죽 위로 전율이 흐른다. 그러나 당신, 아마 아홉 살 쯤 먹었을 법한 소년은 길고 음침한 복도를 따라서 아치형 입구를 통과 해 파이프 담배 냄새가 방향제처럼 떠도는 가운데 무서운 일밖에 벌어 지지 않는 교장 선생님의 개인적인 공간으로 향한다. 끔찍한 검은색 문 바깥쪽에서 소년은 문을 두드릴 엄두를 내지 못한 채 서 있다. 심호흡 을 한다. 어머니가 여기 계셨다면 이런 일이 벌어지게 두지 않을 텐데, 소년은 생각한다. 그러나 어머니는 여기 계시지 않는다. 소년은 혼자 다. 소년은 한 손을 들어 조심스럽게 문을 두드린다. 한 번.

"들어와! 아, 그래, 달이로구나. 자, 달, 어젯밤 자율학습 시간에 네가 말을 했다지?"

"제발요, 선생님. 펜촉이 부러져서 젠킨스에게 펜촉을 하나 빌려 줄 수 있냐고 물어봤던 거예요."

"자율학습 시간에 이야기를 하는 건 용납할 수 없다. 너도 아주 잘 알고 있겠지."

거대한 체구의 남자는 이미 방을 가로질러 가서 구석에 회초리를 두는 선반 꼭대기로 팔을 뻗고 있었다.

"규칙을 어기는 아이들은 벌을 받아야 한다."

"선생님…… 저는…… 저는…… 저는 펜촉이 부러져서……."

"그건 변명이 안 돼. 자율학습 시간에 떠들면 안 된다는 것을 가르쳐 주마."

그는 약 90센티미터 정도 길이에 약간 휘어진 손잡이가 달린 회초리를 아래로 내렸다. 가늘고 하얀 회초리는 아주 낭창낭창했다. "허리를 구부리고 발끝을 잡아. 저기 창가로 가서."

"하지만 선생님……."

"군말하지 말고 시키는 대로 해."

나는 허리를 숙였다. 그러고서 기다렸다. 그는 늘 10초 정도 기다리게 하곤 했다. 그때쯤 되면 무릎이 떨리기 시작한다.

"더 숙여! 발끝을 잡으라고!"

나는 신발코를 응시하면서 이제 이 사람이 금방이라도 회초리로 나를 세게, 엉덩이 전체가 색깔이 변할 정도로 세게 후려치리라는 생각을

했다. 회초리 자국은 늘 양쪽 엉덩이에 걸쳐 매우 기다랗게 남았다. 시
퍼런 자국의 가장자리는 선홍색이었는데, 자국을 따라 아주 조심스럽
게 손가락을 미끄러뜨려 보면 물결 모양같이 올록볼록해진 것을 느낄
수 있었다.

　휙!…… 짝!……

　회초리가 떨어졌다. 믿을 수 없을 만큼, 참기 어려울 만큼 고통스러
웠다. 마치 누군가가 최고로 뜨겁게 달군 부지깽이를 엉덩이에 대고 세
게 짓누르는 것 같았다.

　곧 두 대째가 떨어질 것이다. 손을 들어 회초리를 막지 않으려고 안
간힘을 써야 했다. 회초리를 막는 것은 본능적인 반응이겠지만 실제로
그렇게 한다면 손가락이 부러질 것이다.

　휙!…… 짝!……

　두 대째가 첫 번째 옆에 떨어졌다. 뜨겁게 달구어진 부지깽이가 피부
를 더욱더 깊숙이 짓눌렀다.

　휙!…… 짝!……

　세 대째 맞으면 늘 아픔이 극에 달하곤 했다. 이 이상 아플 수가 없었
다. 더 심해지지는 않았다. 세 대 이후는 그저 이 지독한 통증이 연장되
는 것일 뿐이었다. 소년은 울음을 터뜨리지 않으려 애썼다. 가끔 어쩔
수 없을 때도 있었다. 그러나 울음소리를 참든 터뜨리든 눈물까지 막을
수는 없었다. 눈물이 뺨을 타고 흘러 양탄자 위로 뚝뚝 떨어졌다.

중요한 점은 맞을 때 결코 몸을 위로 움찔거리거나 바로 펴서는 안 된다는 것이었다. 그렇게 하면 한 대를 더 맞게 되었다.

교장은 천천히, 일부러 시간을 충분히 들여 가면서 세 대를 더 때려 총 여섯 대가 되었다.

"가 봐라." 목소리가 몇 킬로미터쯤 떨어진 동굴에서 들려오는 것 같았다. 그러면 소년은 천천히, 고통스러워하며 자세를 바로 하고 불타는 것 같은 엉덩이를 양손으로 움켜쥐었다. 엉덩이를 가능한 한 꽉 붙잡고 발끝으로 걸어 방에서 재빠르게 빠져나왔다.

그 잔인한 회초리는 우리의 삶을 지배했다. 기숙사에서 불이 꺼진 후에 이야기를 했다는 이유로, 수업 시간에 이야기를 했다는 이유로, 행실이 나쁘다는 이유로, 책상에 이름 첫 글자를 새겼다는 이유로, 담벼락에 기어올랐다는 이유로, 모습이 단정하지 못하다는 이유로, 종이 집게를 달각거렸다는 이유로, 저녁에 실내화로 갈아 신지 않았다는 이유로, 체육복을 걸어 두지 않았다는 이유로, 그리고 무엇보다도 어떤 스승이든 기분을 아주 조금이라도 상하게 하면 회초리를 맞았다. (그 시절에는 아직 선생님이라고 부르지 않았다.) 다시 말하자면 우리는 정상적인 어린 소년들이 당연히 하는 모든 일에 대해서 회초리를 맞았던 것이다.

그래서 우리는 말을 조심했다. 그리고 걸음걸이도 조심했다. 맙소사, 걸음걸이를 얼마나 조심했던지. 우리는 믿을 수 없을 정도로 주변을 경계했다. 어디를 가든 야생동물들이 숲에서 아주 조심스럽게 발걸음을 떼듯이 위험이 없는지 귀를 쫑긋 세우고 조심스럽게 걸었다.

학교에는 스승은 아니었지만 우리가 매우 무서워하는 남자가 한 명 더 있었다. 포플 씨라는 사람이었다. 포플 씨는 배불뚝이에 얼굴이 시뻘건 사람으로 학교의 수위이자 보일러 시설 관리인이자 전반적인 일을 맡아서 하는 잡역부였다. 그의 권력은 우리 때문에 아주 약간만 화가 나도 교장에게 일러바칠 수 있(으며 틀림없이 그렇게 한)다는 사실에서 나왔다. 포플 씨의 영광스러운 순간은 매일 아침 일곱 시 삼십 분 정각 기다란 중앙 복도의 끝에 서서 '종을 칠 때'였다. 놋쇠로 만들어진 거대한 종에는 두터운 나무 손잡이가 달려 있었는데 포플 씨는 자기만의 독특한 방식으로 팔 길이만큼 앞뒤로 움직여 가며 땡그랑–땡–땡, 땡그랑–땡–땡, 땡그랑–땡–땡 종을 울렸다. 종이 울리면 학교 안에 있는 모든 소년들, 180명의 소년들이 날쌔게 움직여서 복도에 자리를 잡고 섰다. 우리는 양쪽 벽을 따라 일렬로 서서 꼿꼿하게 차려 자세를 취하고 교장 선생님의 순시를 기다렸다.

그렇지만 교장 선생님이 여기 도착하려면 10분 정도 걸렸다. 이 10분 동안 포플 씨가 행하곤 했던 의식은 너무 기이한 것이어서, 지금까지도 그것이 진짜 일어났던 일이 맞긴 한지 의심스럽다. 학교에는 화장실이 여섯 곳 있었는데, 저마다 문에 1번에서 6번까지 번호가 매겨져 있었다. 기다란 복도의 맨 끝에 선 포플 씨는 놋쇠로 된 동글납작하고 자그마한 판 여섯 개를 손에 쥐고 있었다. 놋쇠판마다 1에서 6까지 번호가 매겨져 있었다. 두 줄로 꼿꼿하게 서 있는 소년들을 따라 그의 시선이 옮겨 다니는 동안 완벽한 정적이 감돌았다. 그러다가 그가 갑자기 한 이름을 외쳤다. "아클!"

아클은 대열에서 떨어져 나와 성큼성큼 복도를 걸어 포플 씨가 서 있는 곳으로 갔다. 포플 씨는 그에게 놋쇠판 한 개를 건넸다. 그러면 아클은 화장실을 향해 씩씩하게 행진했는데, 화장실까지 가려면 뻣뻣하게 굳어 있는 소년들을 전부 지나 복도 길이 전체만큼 걸어간 다음 왼쪽으로 꺾어야 했다. 일단 시야에서 벗어나면 그는 자기 놋쇠판을 확인하고 몇 번 화장실을 배정받았는지 알 수 있었다.

"하이틴!" 포플 씨가 소리치자 이번에는 하이틴이 대열에서 나와 놋쇠판을 받은 다음 화장실로 행진했다.

"엔젤!"

"윌리엄슨!"

"건트!"

"프라이스!"

이런 식으로 포플 씨의 변덕에 따라 선택된 여섯 소년이 본분을 다하도록 화장실로 보내졌다. 소년들이 아침밥도 먹기 전인 오전 일곱 시 삼십 분에 장을 비울 준비가 되었는지 아무도 묻지 않았다. 그저 소년들에게 그렇게 하라는 명령이 주어졌을 뿐이었다. 그렇지만 우리는 여기에 선택되는 것을 대단한 특권으로 여겼다. 교장 선생님이 복장 검사를 하는 동안 다른 사람의 손이 닿지 않는 축복받은 혼자만의 공간에서 안전하게 앉아 있을 수 있었기 때문이다.

교장 선생님은 적당한 때에 개인 구역에서 나와 포플 씨에게 인계를 받았다. 그는 아주 공들여 소년들을 하나씩 검사하면서, 동시에 손목에 시계도 차면서 복도의 한쪽을 따라 천천히 걸었다. 아침 복장 검사는 무시무시하고 끔찍한 경험이었다. 우리는 무성한 눈썹 아래 날카로운 갈색 눈동자가 우리 몸을 아래위로 훑을 때마다 공포에 사로잡혔다.

"가서 머리를 제대로 빗고 와. 다시 이런 일이 생기면 후회하게 만들어 줄 테다."

"손 내밀어 봐. 잉크 자국이 있잖아. 왜 어젯밤에 씻지 않았지?"

"넥타이가 굽었군. 앞으로 나와서 다시 매라. 이번에는 제대로 해."

"구두에 진흙이 묻었잖아. 지난주에도 똑같은 걸 지적했던 것 같은데? 아침밥 먹고 나서 교장실로 와."

무시무시한 아침 검사는 이런 식으로 진행되었다. 그리고 검사가 다 끝나 교장 선생님이 사라지고 포플 씨가 우리를 학급별로 식당을 향해 행진시킬 무렵이면 이미 많은 아이들이 아침밥으로 나올 덩어리진 죽에 대한 식욕을 잃어버린 뒤였다.

나는 50년도 더 된 그 시절의 학교 성적표를 아직 가지고 있다. 혹시 내가 장래 소설가가 될 조짐이 있었는지 찾아보려고 하나씩 살펴보았다. 주목해야 할 과목은 당연히 영어 작문이었다. 그러나 초등학교 시절 이 과목 성적은 하나만 빼면 평이하고 애매모호했다. 내 주의를 끌었던 그 하나는 1928년 크리스마스 학기라고 쓰여 있는 것이었다. 그때 나는 열두 살이었고, 영어 선생님은 빅터 코라도 씨였다. 나는 그를 생생하게 기억하는데, 키가 크고 잘생긴 운동선수로 검고 곱슬곱슬한 머리카락과 매부리코를 가진 사람이었다. (선생님은 나중에 양호 선생님인 데이비스 양과 눈이 맞아 어느 날 밤 함께 도망쳤고 우리는 두 사람을 다시는 보지 못했다.) 어쨌든 코라도 씨는 영어 작문뿐만 아니라 권투 수업도 맡았는데 그 성적표의 영어 과목에는 '권투 성적 참고할 것. 정확히 같은 평가를 할 수 있음.'이라고 되어 있었다. 그래서 권투 과목 성적을 보니 이렇게 되어 있다. '너무 느리고 무거움. 펀치는 타이밍이 맞지 않고 들어오는 것이 다 보임.'

그러나 이 학교에서 일주일에 단 한 번, 매주 토요일 오전, 아름답고 축복받은 매주 토요일 오전이 되면 몸서리쳐지는 공포가 사라졌고 눈부시게 아름다운 두 시간 동안 나는 황홀경과 아주 흡사한 경험을 하곤 했다.

불행히도 열 살이 되기 전에는 그런 일이 없었다. 그러나 상관없다. 그게 어떤 것이었는지 이야기하자면 이렇다.

토요일 오전 열 시 반 정각이 되면 포플 씨의 지긋지긋한 종소리가 울렸다. 땡그랑-땡-땡. 그것은 이런 일이 일어날 것이라는 신호였다.

우선 아홉 살과 그보다 어린 소년들은 모두(다 해서 70명 정도) 즉각 본

관 건물 뒤에 있는 커다란 실외 아스팔트 운동장으로 가야 했다. 운동장에서 다리를 넓게 벌리고 엄청나게 큰 가슴 위로 팔짱을 끼고 선 사람은 양호 선생님인 데이비스 양이었다. 비가 오는 날이라면 당연히 비옷을 입고 모였다. 눈이 펑펑 오거나 눈보라가 몰아치는 날이라면 코트와 목도리 차림이었다. 학교 모자, 정면에 빨간색 교표가 달린 회색 모자는 당연히 항상 써야 했다. 회오리바람이든 허리케인이든 화산 폭발이든 그 어떤 불가항력적인 일도 일곱 살, 여덟 살, 아홉 살 먹은 꼬마 소년들이 토요일 오전에 바람이 심하게 부는 웨스턴슈퍼메어의 산책로를 따라 두 시간 동안 걸어야 하는 이 끔찍한 산책을 막을 수 없었다. 아이들은 둘씩 나란히 서서 악어 대형으로 걸었고, 두꺼운 모직 치마와 양모 스타킹 차림에 쥐들에게 갉아 먹힌 게 분명한 펠트 모자를 쓴 데이비스 양은 아이들 옆에서 성큼성큼 걸었다.

토요일 오전에 포플 씨의 종이 울릴 때 또 다른 일도 벌어진다. 나머지 소년들, 열 살 이상인 소년들은 모두(다 해서 100명 정도) 즉각 대강당으로 가서 자리에 앉아야 했다. 그러면 S. K. 조프라는 젊은 스승이 문틈으로 머리를 삐죽 들이밀며 우리에게 소리를 질렀다. 얼마나 살기등등했던지 그의 입에서 침 파편이 총알처럼 날아와 강당 건너편 창유리에 튈 정도였다. "좋다!" 그가 고함쳤다. "잡담 금지! 동작 그만! 눈은 정면으로! 손은 책상 위에!" 그러고 나서 그는 다시 사라졌다.

우리는 가만히 앉아 기다렸다. 곧 다가올 것을 알고 있는 기쁜 시간을 기다리는 것이었다. 건물 바깥의 진입로에서 자동차들이 시동을 거는 소리가 들렸다. 모두 구식 차였다. 손으로 크랭크를 돌려야 했다. (이때가 1927년 또는 1928년 무렵이라는 사실을 잊지 말라.) 이것은 토요일 오전의 의식이었다. 자동차는 전부 다섯 대였다. 교사들 열네 명과 교장 선생님과 얼굴이 시뻘건 포플 씨를 포함한 전 직원이 자동차로 우르르 몰려갔다. 그리고 뭉게뭉게 피어나는 푸른 연기 속에서 굉음을 내며 학교 바깥에 있는 펍으로 휴식을 취하러 떠났다. 내 기억이 정확하다면 펍의 이름은 '구레나룻을 기른 백작'이었다. 그들은 도수 높은 갈색 맥주를 끊임없이 퍼마셔 가면서 점심 식사 직전까지 펍에 머물렀다. 두 시간 반이 지나 한 시가 되면 그들이 돌아오는 모습을 볼 수 있었다. 그들은 걸을 때마다 뭔가에 의지하고 비틀거리지 않으려고 무척 조심하면서 점심을 먹으러 식당으로 들어갔다.

교사들에 대해서는 이쯤 하기로 하자. 그렇다면 우리, 갑자기 학교 전체에 단 한 명의 어른도 없이 남겨져 대강당에 그대로 앉아 있던 열 살, 열한 살, 열두 살 먹은 수많은 소년들은 어땠을까? 우리는 당연히 앞으로 일어날 일을 정확하게 알고 있었다. 교사들이 떠난 후 1분 안에 정문이 열리는 소리, 바깥 계단을 올라오는 소리가 들리고, 헐렁한 옷차림에 짤랑거리는 팔찌를 여러 개 걸치고 이리저리 머리가 뻗친 한 여자가 부산스럽게 강당으로 들어오며 소리쳤다. "여러분, 안녕하세요! 기운 좀 내세요! 여긴 장례식장이 아니잖아요!" 또는 그와 비슷한 취지의 말을 외쳤다. 오코너 부인이었다.

괴짜 같은 옷차림에 사방으로 뻗친 백발을 한 아름다운 오코너 부인에게 축복 있으라. 그녀는 쉰 살가량 되었는데, 말상에 치아가 길고 누랬지만 우리에게는 몹시 아름답게 보였다. 그녀는 학교 직원이 아니었다. 교사들이 펍에서 술을 진탕 퍼마시는 두 시간 반 동안 우리를 얌전히 있게 하기 위해 토요일 오전이면 일종의 보모 역할을 하도록 마을에서 고용된 사람이었다.

그러나 오코너 부인은 보모가 아니었다. 그녀는 그야말로 위대하고 재능 넘치는 선생님이자 학자이자 영문학 애호가였다. 우리는 그녀와 (열 살 때부터 학교를 떠날 때까지) 3년 동안 매주 토요일 오전을 함께 보냈고, 그 시간 동안 A. D. 597년부터 19세기 초반에 걸쳐 영문학의 역사 전체를 훑었다.

새로 들어오는 학생은 간단히 '연대표'라는 제목이 붙은 얇고 푸른 책을 지급받았다. 책은 여섯 쪽밖에 안 됐다. 그 여섯 쪽에 영문학사의 위대한 모든 사건과 그다지 위대하지 않은 사건들이 연대순으로 날짜와 함께 나열된 길고 긴 목록이 가득했다. 그 가운데 정확히 100개를 오코너 부인이 선택했고 우리는 그것을 각자의 책에 표시하고 외웠다. 아직도 몇 가지 기억나는 게 있다.

A. D. 597년 성 오거스틴이 타넷에 상륙하고 영국에 기독교를 들여

오다

731년 비드의《영국 교회사》

1215년 마그나카르타 비준

1399년 랭글런드의《농부 피어스의 환상》

1476년 캑스턴이 웨스트민스터에 최초의 인쇄기를 설치하다

1478년 초서의《캔터베리 이야기》

1485년 맬러리의《아서왕의 죽음》

1590년 스펜서의《요정의 여왕》

1623년 셰익스피어의 작품집 초판

1667년 밀턴의《실락원》

1668년 드라이든의《극시론》

1678년 버니언의《천로역정》

1711년 애디슨의《스펙테이터》

1719년 디포의《로빈슨 크루소》

1726년 스위프트의《걸리버 여행기》

1733년 포프의《인간론》

1755년 존슨의《사전》

1791년 보즈웰의《존슨의 생애》

1833년 칼라일의《의상 철학》

1859년 다윈의《종의 기원》

오코너 부인은 한 가지씩 차례로 선정해서 토요일 오전 두 시간 반 내내 우리에게 그에 관한 이야기를 해 주었다. 매년 방학을 제외하면 토요일이 서른여섯 번가량 있으니 3년이 끝나면 100가지를 전부 다루는 셈이었다.

그 수업 시간이 얼마나 멋지고 흥미진진했는지! 그녀는 강당 안에 있는 우리 모두에게 모든 이야기를 생생하고 재미있게 전달하는 교사로서 위대한 재주가 있었다. 두 시간 반 만에 우리는 랭글런드와 농부 피어스를 사랑하게 되었다. 그다음 토요일에는 초서였고, 우리는 초서역시 사랑하게 됐다. 심지어 밀턴과 드라이든과 포프처럼 조금 어려운 인물들이라도 오코너 부인이 그들의 삶을 이야기해 주고, 작품 중에서 일부분을 소리 내어 읽어 줄 때면 황홀해졌다. 그리고 이런 수업의 결과로, 적어도 나는 열세 살이 되었을 무렵에는 지난 여러 세기에 걸쳐 잉글랜드에서 구축된 광대한 문학 유산에 대해 깊이 있게 알게 되었다. 또 좋은 작품의 열렬하고 탐욕스러운 독자가 되었다.

매력이 넘치는 오코너 부인! 어쩌면 그녀의 토요일 오전 수업에서 경험한 기쁨만으로도 그 끔찍한 학교는 다닐 가치가 있었다.

열세 살에 나는 초등학교를 떠나 역시 기숙사제 학교인 그 유명한 영국 퍼블릭 스쿨 가운데 한 곳으로 가게 되었다. 물론 '퍼블릭' 스쿨은 절대 공립이 아니고 사립인 데다가 몹시 비쌌다. 우리 학교는 더비셔에 있는 렙턴이었고 당시 교장은 제프리 피셔 신부였다. 그는 나중에 체스터 주교와 런던 주교를 거쳐 결국 캔터베리 대주교가 되었다. 캔터베리 대주교 시절에는 웨스트민스터 사원에서 엘리자베스 2세에게 왕관을 씌우기도 했다.

이 학교 교복을 입으면 꼭 장례식장의 보조원들처럼 보였다. 검은색 재킷은 앞쪽은 짧고 뒤에는 무릎 아래까지 내려오는 긴 꼬리가 달려 있었다. 바지는 가느다란 회색 줄무늬가 있는 검은색이었다. 구두도 검은색이었다. 매일 아침마다 열한 개의 단추를 채워야 하는 검은 조끼도 있었다. 넥타이도 검은색이었다. 그리고 빳빳하게 풀을 먹인 흰색 버터플라이 칼라와 하얀 셔츠도 있었다.

게다가 체육을 할 때만 빼고 바깥에 있을 때면 늘 써야 하는 밀짚모자는 터무니없이 우스꽝스러운 마무리였다. 비를 맞으면 모자가 후줄근해지기 때문에 우리는 날씨가 나쁠 땐 우산을 가지고 다녔다.

열세 살에 첫 학기가 시작되던 날, 이렇게 공상 속에나 나올 법한 옷을 입고 어머니를 따라 런던의 기차를 타러 갔을 때 내 기분이 어땠을지는 상상에 맡기겠다. 어머니가 작별의 뽀뽀를 했고, 나는 그렇게 떠났다.

당연히 나는 오랫동안 고생했던 내 엉덩이가 새 학교, 좀 더 어른스러운 학교에서는 쉴 수 있기를 바랐지만 그렇게 되지는 않았다. 렙턴의 체벌은 훨씬 사납고 훨씬 잦았다. 평생 그렇게 맞아 본 적이 없을 정도였다. 미래의 캔터베리 대주교가 이렇게 비참한 체벌을 반대했으리라고 한순간이라도 생각한다면 오산이다. 그는 소매를 걷어붙이고 입맛을 다시며 합세했다. 그의 체벌은 아주 안 좋은 편으로 정말이지 끔찍했다. 이 신의 종복이자 미래 영국 국교회의 수장이 직접 집행한 매질 가운데 몇몇 경우는 정말 잔인했다. 내가 알기로 한번은 구타 희생자에게 피를 씻어 내라고 그가 직접 물 한 대야와 스펀지와 수건을 가져다 줘야 했던 적도 있었다.

농담이 아니다.

스페인 이단 신문이 떠오를 정도였다.

그러나 내가 가장 끔찍하다고 생각했던 것은 상급생들에게 같은 학생을 때릴 수 있는 권한이 있었다는 점이다. 이 일은 날마다 벌어졌다. 기숙사로 돌아가 잠옷으로 갈아입은 후 밤에 일어나는 이 가학적인 의식에서 (열일곱, 열여덟 살) 큰 소년들은 (열셋, 열넷, 열다섯 살) 작은 소년들을 때렸다.

"너 탈의실로 오래."

소년은 무거운 손길로 실내복을 입고 슬리퍼를 신었다. 휘청거리며 아래층으로 내려가 사방 벽에 체육복이 걸려 있고 바닥이 나무로 된 커다란 방에 들어갔다. 천장에는 갓 없이 전구 한 개만 매달려 있었다. 젠체하지만 몹시 위험한 상급생 한 명이 방 한가운데서 소년을 기다리고 있었다. 그의 손에는 기다란 회초리가 들려 있는데, 보통 그는 소년이 들어올 때면 회초리를 앞뒤로 구부려 가며 몸을 푸는 중이었다.

"왜 불려 왔는지는 알겠지?" 그가 말한다.

"그…… 저…….."

"내 토스트를 이틀이나 연속으로 태웠잖아!"

이 터무니없는 말이 무슨 뜻인지 설명하겠다. 소년은 이 상급생에게 묶인 하급생이었다. 즉 소년이 그의 하인 노릇을 해야 한다는 말인데, 소년에게 부여된 많은 임무 중 한 가지가 매일 차를 마시는 시간에 토스트를 굽는 것이었다. 이 임무를 위해 소년은 끝이 세 갈래로 된 긴 토스트 포크를 사용한다. 빵을 포크 끝에 끼워서 덮개가 없는 난롯불 위에 든 채 우선 한 면을 굽고, 그런 다음 뒷면을 굽는다. 그러나 빵을 굽도록 허용된 난로는 서재에 있는 것이 유일했고, 차를 마시는 시간이 다가오면 작은 난로 앞에서 자리를 차지하려고 서로 떠밀고 다투는 하급생이 열두 명 아래로 줄어드는 법이 없었다. 나는 이 임무를 잘해 내지 못했다. 빵을 불에 너무 가까이 대서 태워 먹기 일쑤였다. 그러나 빵을 새로 얻어 다시 시작하는 일은 절대 허용되지 않았기에 할 수 있는 방법이라고는 타 버린 부분을 칼로 긁어 내는 것밖에 없었다. 이것을 상급생에게 들키지 않는 경우는 거의 없었다. 상급생들은 긁어 낸 토스트를 알아내는 데 전문가였다. 소년은 자기를 괴롭히는 사람이 상석에 앉아 토스트를 들고 앞뒤로 뒤집어 가며 마치 작고 아주 값비싼 회화 작품인 양 면밀히 살피는 모습을 본다. 그러다 그가 얼굴을 찡그리면 소년은 벌을 받게 될 것이 뻔하다는 사실을 안다.

그래서 이 밤중에 소년은 실내복과 잠옷 차림으로 탈의실에 내려와 있고 소년이 태워 먹은 토스트의 주인은 소년의 범죄를 낱낱이 말하고 있는 것이다.

"난 탄 토스트가 싫다고."

"불에 너무 가깝게 들었어요. 죄송해요."

"어떻게 할래? 실내복 입고 네 대, 아니면 벗고 세 대?"

"입고 네 대요."

이런 질문을 하는 것이 전통이었다. 희생자에게는 언제나 선택권이 주어졌다. 내 실내복은 갈색 낙타털로 만들어진 두꺼운 것이라, 그 편이 더 나은 선택이라는 걸 절대 의심하지 않았다. 잠옷만 입고 맞으면 얼마나 아픈지 피부가 거의 찢어질 정도였다. 하지만 내 실내복이 그런 일을 막아 줄 것이다. 당연한 말이지만 상급생 역시 그 모든 것을 알고 있기에, 즉 소년이 한 대 더 맞더라도 실내복을 입는 쪽을 선택한다는 것을 알고 있기에 그는 혼신의 힘을 다해 소년을 때린다. 가끔은 가속도를 붙여 때리려고 발끝으로 가볍게 서너 걸음 달려오기까지 한다. 어떤 식이든 야만적인 일이었다.

옛날에는 어떤 사람이 교수형에 처해지는 시간이 오면 집행이 될 때까지 감옥 전체에 침묵이 내려앉고 다른 죄수들은 자기 감방에서 아주 조용하게 앉아 있었다. 구타가 벌어질 때 학교에서도 그와 아주 비슷한 일이 일어났다. 위층 기숙사에서 소년들은 저마다 자기 침대에 앉아 희생자를 동정했고, 그런 침묵 속에 아래층 탈의실에서 한 대 내리칠 때마다 짝 소리가 들렸다.

이 학교에서 내가 받은 기말 성적표들이 꽤 흥미롭다. 그중에서 네 항목만 보자면 아래와 같다. 아래는 원본에서 정확하게 글자 그대로 베낀 것이다.

1930년 여름 학기 (14세) 영어 작문

이렇게 고집스럽게 자기가 하고 싶은 말과 정반대되는 것만 쓰는 학생은 처음 보았음. 자신의 생각을 종이 위에 정렬하는 것이 불가능해 보임.

1931년 부활절 학기 (15세) 영어 작문

계속 뒤죽박죽. 어휘 수준이 낮고 문장을 제대로 구성하지 못함. 낙타를 연상시킴.

1932년 여름 학기 (16세) 영어 작문

이 학생은 학급에서 게으르고 교양이 부족한 편.

1932년 가을 학기 (17세) 영어 작문

계속 나태함. 생각이 제한적. (이 아래에는 미래의 캔터베리 대주교가

붉은 잉크로 '이 학생은 이 성적표의 오점을 반드시 바로잡아야 함'이라고 써

두었다.)

그러니 그때는 작가가 될 생각이 전혀 떠오르지 않은 게 당연하다.

1934년에 열여덟 살의 나이로 학교를 졸업한 나는 대학에 진학하라
는 어머니의 제의를 거부했다. (아버지는 내가 세 살 때 돌아가셨다.) 나는 의
사나 법조인이나 과학자나 기사 같은 전문직이 되려는 게 아니라면 옥
스퍼드나 케임브리지에서 서너 해를 낭비할 필요가 없다고 생각했고,
그 생각은 지금도 변함이 없다. 대신 나는 해외로 나가 여행을 하고 멀
고 먼 땅들을 보고 싶은 욕구가 강렬했다. 그 당시에는 민간 항공기들
이 거의 없었기 때문에 아프리카나 극동까지 가는 여정에만 몇 주가 걸
렸다.

그래서 나는 셸 오일 컴퍼니의 동부 지부에 취직했다. 회사에서는 내
가 영국에서 이삼 년간 훈련을 받은 후 외국으로 파견을 나가게 될 것
이라고 했다.

"외국 어디요?" 내가 물었다.

"누가 알겠어?" 남자가 대답했다. "자네가 목록 맨 위에 올라왔을 때
자리가 비는 곳이 어디인가에 달렸지. 이집트나 중국이나 인도나 전 세
계 어느 곳이라도 될 수 있다네."

재미있을 것 같았다. 그리고 진짜로 재미있었다. 3년 후 내가 외국에

파견될 차례가 돌아오자 동아프리카에 가게 될 것이라고 했다. 열대 지방에서 입을 옷들을 주문했고 어머니가 가방을 꾸리는 것을 도와주었다. 아프리카에 3년간 파견되어 일을 하고 나면 6개월간 휴가를 받아 집에서 보낼 수 있었다. 그때 스물한 살이었던 나는 멀리 떨어진 외국으로 떠났다. 기분이 아주 좋았다. 나는 런던 부두에서 배를 탔고, 배가 출항했다.

파견지로 가는 여정은 2주 반이 걸렸다. 우리는 비스케이 만을 지나 지브롤터에 들렀다. 지중해를 내려가면서 몰타, 나폴리, 포트사이드를 거쳤다. 수에즈 운하를 통과하고 홍해를 내려가 포트수단에 정박했다가 아덴으로 갔다. 끝내주게 흥미진진했다. 나는 평생 처음으로 광활한 모래사막과 낙타를 탄 아랍 병사들과 대추야자가 자라고 있는 야자나무와 날치와 다른 멋진 것들을 수천 가지나 보았다. 마침내 우리는 케냐의 몸바사에 도착했다.

몸바사에서 셸 회사 직원이 승선하더니, 나에게 소형 연안 선박으로 옮겨 타고 탕가니카(지금의 탄자니아)의 수도인 다르에스살람으로 가야 한다고 했다. 그래서 나는 중간에 잔지바르에 들렀다가 다르에스살람으로 갔다.

그 후 2년 동안 나는 탄자니아의 셸 회사에서 일했다. 내 본부는 다르에스살람에 있었다. 정말이지 멋진 삶이었다. 더위는 극심했지만 알 게 뭔가? 우리는 카키색 반바지를 입고 셔츠를 열어젖히고 다녔으며, 햇빛을 가리는 가벼운 모자를 썼다. 나는 스와힐리어도 배웠다. 차를 몰고 내륙 지방을 다니며 다이아몬드 광산, 사이잘(잎섬유로 로프, 깔개 등을 만드는 식물—옮긴이) 농장, 금광, 그 밖의 모든 곳들을 방문했다.

기린, 코끼리, 얼룩말, 사자, 영양이 사방에 널려 있었다. 뱀도 마찬가지였는데 그중에서 블랙 맘바라는 녀석은 세계에서 유일하게 사람이 눈에 띄면 쫓아오는 뱀이다. 만약 블랙 맘바에게 따라잡혀 물린다면 기도나 시작하는 게 좋을 것이다. 나는 모기 방지용 장화 안에 전갈이 들어가 있을 수 있기 때문에 신기 전에 거꾸로 들고 흔들어야 한다는 것도 배웠고, 다른 모든 사람들처럼 말라리아에 걸려 40.8도가 넘는 고열에 시달리며 사흘간 병석에 누워 있기도 했다.

1939년 가을이 되자 히틀러의 독일과 전쟁이 벌어질 것이 명백해졌다. 겨우 20년 전까지만 해도 독일령 동아프리카라고 불렸던 탕가니카에는 여전히 독일 사람들이 많이 살고 있었다. 독일인들은 도처에 있었다. 탕가니카 전국에서 가게와 광산과 농장 들을 운영하고 있었다. 전쟁이 터지는 순간 그들을 잡아넣어야 했다. 그렇지만 탕가니카에는 요청을 할 군대 자체가 없었으며 그저 아스카리라고 알려진 원주민 병사 약간과 몇 명 안 되는 장교들만 있을 뿐이었다. 그래서 우리 같은 민간인 남자들 모두가 특례 보충병이 되었다. 나는 완장 한 개를 받고 아스카리 스무 명을 맡게 되었다. 나와 내 작은 부대는 중립을 지키는 포르투갈령 동아프리카로 이어지는 탕가니카 남쪽 길을 막으라는 명령을 받았다. 선전 포고 즉시 대부분의 독일인들이 도피하리라고 예상되는 길이었기 때문에 내 임무는 막중했다.

나는 소총 몇 자루와 기관총 한 자루로 무장한 왁자지껄 소란스러운 내 부대를 데리고 도로가 빽빽한 밀림을 통과하는 곳에 방책을 설치했다. 시내에서 16킬로미터 정도 떨어진 곳이었다. 우리에게는 본부로 연결된 야전 전화가 한 대 있었는데, 선전 포고가 있으면 바로 알려 줄 터였다. 우리는 자리를 잡고 대기했다. 사흘 동안 기다렸다. 밤중이면 우리를 둘러싼 밀림 사방에서 최면을 거는 듯한 원주민의 기이한 북소리가 들렸다. 한번은 어둠 속에서 정글을 돌아다니다가 모닥불을 에워싼 채 둥글게 쭈그리고 앉은 원주민 50명가량을 마주친 적도 있었다. 북을 두드리는 사람은 단 한 명이었다. 몇몇은 모닥불 둘레에서 춤을 추고 있었다. 나머지 사람들은 코코넛 껍질에 담긴 뭔가를 마시고 있었다. 그들은 나를 환영하며 초대했다. 멋진 사람들이었다. 나는 그들의 말로 이야기를 할 수 있었다. 그들은 발효시킨 옥수수로 만든 걸쭉한 잿빛 술이 담긴 코코넛 껍질을 주었다. 내 기억이 맞다면 폼바라는 이름을 가진 술이었다. 나는 술을 들이켰다. 끔찍한 맛이었다.

다음 날 오후 야전 전화가 울리더니 한 목소리가 말했다. "우리는 독일과 전쟁에 들어갔다." 얼마 지나지 않아 중립 지역인 포르투갈령 동아프리카로 최대한 빨리 가기 위해 멀리에서 자동차들이 먼지 구름을 일으키며 우리가 막은 길을 향해 일렬로 달려오는 것이 보였다.

허허, 나는 생각했다. 전투가 벌어질 것 같아서 내 부대원인 아스카리 스무 명에게 준비를 하라고 외쳤다. 그러나 전투는 없었다. 어차피 민간인에 불과한 독일인들은 우리의 기관총과 소총들을 보더니 재빨리 항복했다. 한 시간도 되지 않아 우리는 200명을 사로잡았다. 나는 그들이 안쓰럽게 느껴졌다. 시계 기술자인 빌리 힌크와 소다수 공장을 소유한 헤르만 슈나이더처럼 나와 개인적인 친분이 있는 사람들도 많았다. 그들의 유일한 죄는 독일인이라는 것이었다. 그렇지만 전시였기 때문에 우리는 시원한 저녁에 그들을 모두 다르에스살람으로 행군하게 해서 가시철조망으로 에워싸인 거대한 임시 막사에 집어넣었다.

다음 날 나는 낡은 차를 타고 북쪽으로 향했다. 영국 공군에 입대하기 위해 케냐에 있는 나이로비로 향하는 참이었다. 힘든 여정이었고 도착하는 데 나흘이나 걸렸다. 밀림에 난 도로는 울퉁불퉁했고, 넓은 강을 만나면 사공이 힘겹게 로프를 끌어 차를 뗏목에 올려 건너야 했으며, 기다란 초록색 뱀들이 차 앞에서 미끄러지듯 길을 가로질렀다. (중요. 절대 뱀을 차로 치지 말라. 뱀이 공중으로 떴다가 뚜껑이 없는 차 안으로 떨어질 수 있다. 많이 일어나는 일이다.) 밤에는 차 안에서 잠을 잤다. 나는 머리에 눈 모자를 쓴 아름다운 킬리만자로 산 아래를 지났다. 사람들이 소의 피를 마시고 모두들 키가 2미터 10센티미터 정도는 되어 보이는 마사이 지역도 지났다. 세렝게티 평원에서는 기린과 충돌할 뻔하기도 했다. 그러나 결국 나는 무사히 나이로비에 도착했고 공항에 있는 영국 공군 본부에 신고했다.

여섯 달 동안 우리들은 타이거 모스라는 소형 비형기로 훈련을 받았는데, 이 또한 눈부시게 아름다운 나날이었다. 우리는 작은 타이거 모스를 타고 케냐 전역을 스치듯 지나다녔다. 거대한 코끼리 떼도 보고, 나쿠루 호수에서 분홍색 홍학들도 보았다. 우리는 참으로 아름다운 이 나라에서 볼 수 있는 모든 볼거리를 보았다. 가끔은 이륙을 하기 전에 활주로에서 얼룩말을 쫓아내야 할 때도 있었다. 나이로비에서 비행기 조종사가 되기 위해 훈련을 받은 사람들은 모두 스무 명이었다. 전쟁 중에 열일곱 명이 전사했다.

훈련생들은 훈련을 마치기 위해 나이로비에서 이라크 바그다드 근교의 외딴 곳에 있는 공군 기지로 보내졌다. 하바니아라는 곳이었는데, 오후가 되면 너무 더워서(그늘이 54도) 막사 바깥으로 나가는 것이 허용되지 않았다. 우리는 그저 침상에 누워 땀만 줄줄 흘리는 수밖에 없었다. 운이 나쁜 사람들은 열사병에 걸려 병원으로 실려 가 며칠씩 얼음에 쟁여져 있었다. 죽은 사람도 있고 살아난 사람도 있었다. 가능성은 반반이었다.

하바니아에서 우리는 총이 달린 더 강력한 항공기를 모는 법을 배웠고, 보조 낙하산(다른 비행기 뒤에서 당겨지는 공중 과녁)과 지상에 있는 대상에 사격하는 연습을 했다.

마침내 우리의 훈련이 모두 끝났고, 우리는 리비아의 서부 사막에서 이탈리아군과 싸우기 위해 이집트로 파견되었다. 나는 전투기를 운행하는 80 비행중대에 들어갔다. 처음에는 글로스터 글래디에이터라는 구식 1인승 복엽기밖에 없었다. 글래디에이터에 장착된 기관총 두 대는 엔진의 양쪽에 하나씩 붙어 있었는데, 믿거나 말거나 총알을 프로펠러 사이로 발사했다. 어떤 식인지는 모르겠지만 기관총이 프로펠러의 축과 함께 작동해서 이론상으로는 총알이 프로펠러의 돌아가는 날을 피하게 되어 있었다. 그러나 여러분이 추측할 수 있듯이 이 복잡한 메커니즘은 자주 고장이 났고, 적군을 사격하려고 했던 불쌍한 조종사는 대신 자기 전투기의 프로펠러를 쏘곤 했다.

나도 격추되어 리비아 사막 한가운데 양 적진 사이에 추락했다. 기체는 화염에 휩싸였지만 나는 간신히 빠져나올 수 있었고, 밤의 어둠을 틈타 모래밭을 가로질러 기어 온 우리 편 병사들에게 구출되어 안전하게 실려 갔다.

추락 사건으로 나는 두개골 골절과 여러 군데 화상을 입어 알렉산드리아에 있는 병원에 6개월 동안 입원했다. 1941년 4월에 퇴원했을 때 내가 속한 비행중대는 북쪽에서 침공해 오는 독일군과 싸우기 위해 그리스로 이동한 상태였다. 나는 허리케인이라는 전투기를 받았고 이집트에서 그리스까지 전투기를 몰고 가서 중대에 합류하라는 명령을 받았다. 이 허리케인이라는 전투기는 구식 글래디에이터와는 전혀 다른 녀석이었다. 브라우닝 자동 기관총이 한쪽 날개에 네 정씩, 전부 여덟

정 달려 있었고, 조종간에 있는 작은 단추를 누르면 여덟 정을 한꺼번에 발사할 수 있었다. 정말 멋진 비행기였지만 비행 시간이 겨우 두 시간밖에 되지 않는다는 한계가 있었다. 그리스까지 가려면 한 번도 쉬지 않아도 거의 다섯 시간이 걸렸고, 계속 바다 위로 날아야 했다. 그들은 날개에 추가 연료탱크를 달았다. 그러면서 내가 해낼 수 있을 거라고 말했다. 결국 나는 해냈다. 아주 간신히. 키가 195센티미터나 되는 나 같은 사람이 다섯 시간 동안 좁디좁은 운전석에 완전히 쭈그리고 앉아 있는 것은 정말이지 장난이 아니다.

그리스에 있는 영국 공군에는 허리케인이 전부 18대 있었다. 독일군은 적어도 1,000대는 되는 항공기를 운용할 수 있었다. 우리는 죽어났다. 아테네 외곽에 있는 비행장(엘레비스)에서 쫓겨나 서쪽 멀리에 있는 비밀스러운 임시 가설 활주로(메니디)까지 한참 날아갔다. 이곳도 곧 독일군에게 발각되어 산산조각이 났고, 우리는 남은 비행기 몇 대를 가지고 그리스의 남부에 있는 작은 들판(아르고스)으로 날아갔다. 이곳에서 비행을 하지 않을 때면 우리는 올리브 나무 아래에 허리케인을 숨겼다.

그러나 그것도 오래가지 않았다. 곧 우리에게는 허리케인이 겨우 다섯 대밖에 남지 않게 되었고, 살아남은 조종사도 많지 않았다. 그 다섯 대는 크레타 섬으로 날아갔다. 독일군이 크레타를 함락시켰다. 몇 명만이 도망칠 수 있었다. 나는 그 운 좋은 사람들 가운데 한 명이었다. 나는 결국 이집트로 돌아왔다. 중대는 다시 편성되었고, 다시 허리케인으로 재정비했다. 우리는 당시 팔레스타인 영토였던 하이파(지금은 이스라엘 영토)에 파견되어 레바논과 시리아에서 다시 독일군과 프랑스 비시 정부와 싸웠다.

그 시점에서 이전에 당한 머리 부상이 결국 내 발목을 잡았다. 두통이 너무 심해서 비행을 그만둘 수밖에 없었다. 나는 환자가 되어 잉글랜드로 돌아가게 되었고, 수에즈에서 군인 수송선을 타고 더반과 케이프타운과 라고스를 거쳐 리버풀로 항해했다. 대서양에서는 독일군 잠수함에게 쫓겼으며, 항해 마지막 주에는 매일같이 장거리 포케불프 군용기에게 폭격을 당했다.

나는 4년 동안 집을 떠나 있었다. 1940년 런던 상공에서 벌어진 영국과 독일의 전투로 인해 켄트에 있던 집을 폭격으로 잃고 당시 버킹엄셔의 초가지붕 오두막에서 살고 있던 어머니는 나를 보고 기뻐했다. 누나들 네 명과 형도 마찬가지였다. 나는 한 달 동안 휴가를 받았다. 그러던 중 갑자기 미국 워싱턴 D. C.에 보좌관으로 파견될 것이라는 말을 들었다. 이때가 1942년 1월이었고, 그보다 한 달 전에 일본이 진주만에 주둔해 있던 미국 함대를 폭격했다. 그래서 이제 미국도 전쟁에 참전한 상태였다.

워싱턴에 도착했을 때 나는 스물여섯 살이었고, 그때까지도 여전히 작가가 되리라고는 꿈도 꾸지 않았다.

근무를 시작한 지 사흘째 되던 날, 내가 영국 대사관의 내 사무실에 앉아 도대체 무슨 일을 하라고 파견된 것인지 궁금해하고 있던 중에 누군가가 사무실 문을 두드렸다. "들어오세요." 내가 말했다.

두꺼운 철테 안경을 쓴 키가 아주 작은 남자 한 명이 어색한 듯 발을 끌면서 방으로 들어섰다. "방해해서 죄송합니다." 그가 말했다.

"전혀 방해되지 않습니다." 내가 대답했다. "아무것도 하고 있지 않거든요."

내 앞에 선 그는 굉장히 불편하고 어색해 보였다. 나는 아마 일자리를 구하러 온 사람인 모양이라고 생각했다.

"제 이름은 포레스터, C. S. 포레스터라고 합니다."

나는 의자에서 거의 굴러떨어질 뻔했다. "농담이시죠?" 내가 말했다.

"아뇨." 그가 웃으며 말했다. "저 맞습니다."

그랬다. 그는 위대한 작가 본인, 캡틴 혼블로워(18세기 나폴레옹 전쟁 당시를 배경으로 한 소설 혼블러워 시리즈의 주인공, 총 10권 완결이다. - 옮긴이)의 창조자이자 조셉 콘래드 이래 가장 훌륭한 해양 소설가가 맞았다. 나는 그에게 앉으라고 권했다.

"보세요." 그가 말했다. "전쟁에 직접 나가기에는 내 나이가 너무 많습니다. 그리고 지금은 미국에 살고 있지요. 조국을 돕기 위해 제가 할 수 있는 유일한 일은 미국 신문과 잡지에 영국에 관한 것들을 써서 싣는 것뿐입니다. 우리는 미국이 줄 수 있는 모든 도움이 필요해요. 〈새터데이 이브닝 포스트〉라는 잡지에서 제가 쓰는 이야기라면 어떤 것이든 실을 겁니다. 그쪽과 계약이 되어 있거든요. 당신이라면 좋은 이야기를 알 거라고 생각해서 왔답니다. 비행에 대한 이야기 말이에요."

"다른 사람들이 수천 명은 될 텐데요. 저보다 격추된 경험이 더 많은 비행사들도 많습니다."

"그건 중요하지 않습니다. 당신은 지금 미국에 있어요. 미국 사람들이 흔히 말하듯이 당신이 '전투 현장에 있었기' 때문에 대서양 이쪽에서는 특별한 사람이거든요. 미국은 이제 막 참전했다는 사실을 잊지 말아요."

"제가 어떻게 하면 됩니까?"

"나랑 점심을 같이 먹읍시다. 먹으면서 전부 이야기해 주세요. 당신이 가장 흥미진진한 모험 이야기를 해 주면 내가 그걸 써서 〈새터데이 이브닝 포스트〉에 싣는 겁니다. 아주 사소한 것도 도움이 됩니다."

나는 흥분했다. 유명한 작가를 만난 것은 평생 처음이었다. 나는 내 사무실에 앉아 있는 그를 면밀하게 관찰했다. 정말 신기했던 점은 그가 아주 평범해 보인다는 사실이었다. 특이한 점이 전혀 없었다. 얼굴, 대화, 안경 너머의 눈, 심지어 그의 옷조차 몹시 평범했다. 그러나 여기 이 사람은 전 세계적으로 유명한 작품들을 쓴 작가였다. 수백만 명이 그의 책을 읽었다. 나는 그의 머리에서 불꽃이 번쩍번쩍 튀거나, 아니면 적어도 초록색 긴 망토를 두르고 챙이 넓은 헐렁한 모자 정도는 쓰고 있을 줄 알았다.

그러나 아니었다. 나는 그때 처음으로 소설가에게는 두 가지 구별되는 면이 있다는 것을 깨닫기 시작했다. 우선 소설가가 대중에게 내보이는 면이 있다. 다른 사람들처럼 평범한 모습, 평범한 일을 하고 평범한 언어를 쓰는 사람이 그것이다. 둘째로 그가 작업실의 문을 잠그고 완전히 혼자가 되면 드러나는 비밀스러운 면이 있다. 그는 완전히 다른 세계, 그의 상상력이 지배하는 세계로 빠져들어 그때 당시 자신이 쓰는 세계에 진짜로 살게 된다. 여러분이 궁금하다면 말이지만, 나 자신은 일종의 무아지경에 빠지고 주변의 모든 것들이 의식에서 사라진다. 종이 위를 움직이는 연필 끝만 바라보고 두 시간이 2초처럼 흐르는 일도 제법 흔하다.

　"갑시다." C. S. 포레스터가 나에게 말했다. "점심을 먹으러 갑시다. 당신이 달리 할 일이 있는 것 같지는 않군요."

　위대한 작가와 나란히 대사관을 걸어 나오면서 나는 흥분으로 속이 부글부글했다. 나는 혼블로워 시리즈 전부를 읽었고, 그가 쓴 다른 작품들도 거의 다 읽었다. 나는 지금도 그렇지만 바다에 관한 책들을 굉장히 좋아했다. 콘래드의 모든 소설과 또 다른 훌륭한 해양 작가인 캡틴 매리어트의 작품들(《장교 후보생 이지》, 《화약 관리자에서 제독까지》 등)을 전부 읽었을 정도였다. 그런데 내 마음속에서는 그들과 마찬가지로 매우 굉장한 작가와 함께 점심을 먹으러 가게 된 것이다.

　그는 워싱턴의 메이플라워 호텔 근처에 있는 작지만 비싼 프랑스 레스토랑으로 나를 데려갔다. 호화로운 식사를 주문한 후 그는 공책과 연필(1942년에 볼펜은 아직 발명되지 않았다)을 꺼내 식탁보 위에 올려놓았다.

"자." 그가 말했다. "당신이 전투기를 몰면서 겪은 일 중에서 가장 흥미진진하거나 무섭거나 위험한 것들을 이야기해 봐요."

나는 이야기를 하기 시작했다. 서부 사막에서 격추되어 전투기가 화염에 휩싸였던 때에 대해 이야기했다.

여종업원이 훈제 연어 두 접시를 가져왔다. 먹으면서 나는 이야기를 하려고 애썼고 포레스터는 기록을 하려고 애썼다.

주요리는 채소와 감자와 걸쭉하고 진한 그레이비소스를 곁들인 구운 오리였다. 이 요리를 먹으려면 완전히 집중해서 양손을 써야 했다. 나는 버벅거리며 이야기하기 시작했다. 포레스터는 연필을 내려놓고 포크를 집었다가도 다시 포크를 내려놓고 연필을 집곤 했다. 잘되지 않을 것 같았다. 그리고 나는 소리 내어 이야기를 하는 재주가 별로 좋지 않았다.

"선생님." 내가 말했다. "괜찮으시다면 제가 이야기를 종이에 써서 선생님께 보내 드릴게요. 그러면 선생님이 시간이 될 때 다시 고쳐서 쓰실 수 있을 겁니다. 그게 쉽지 않을까요? 오늘 밤에라도 쓸 수 있습니다."

당시에는 알 수 없었지만 그때가 내 인생을 바꾼 순간이었다.

"정말 훌륭한 생각이군요." 포레스터가 대답했다. "그렇게 하면 이 바보 같은 공책을 치우고 점심 식사를 즐길 수 있겠어요. 그런 수고를 끼쳐도 괜찮겠습니까?"

"그럼요. 하지만 좋은 글을 기대하시면 곤란합니다. 그냥 사실만 쓸 거니까요."

"걱정 말아요. 사실만 있으면 나는 이야기를 쓸 수 있어요. 그렇지만 사소한 것들을 많이 넣어 주면 좋겠군요." 그가 덧붙였다. "글을 쓸 때는 아주 사소한 세부 묘사가 중요하거든요. 예를 들어 왼쪽 신발의 신발 끈이 풀렸다든지, 점심을 먹을 때 안경 가장자리에 파리가 앉았다든지, 당신이 대화를 나눴던 사람의 앞니가 깨졌다든지 하는 것들 말입니다. 돌이켜 모든 것을 기억해 보려고 노력해 봐요."

"최선을 다하겠습니다."

그가 나에게 이야기를 보낼 주소를 주었고, 그런 다음 우리는 전부 다 잊어버리고 느긋하게 점심 식사를 끝냈다. 포레스터 씨는 말을 아주 잘하는 사람은 아니었다. 확실히 글을 쓰는 것만큼 말을 잘하진 않았다. 친절하고 점잖은 사람이긴 했지만 여전히 머리에서 불꽃이 튀지 않았고, 지적인 증권 중개인이나 법률가와 이야기하는 것과 별다른 차이가 없었다.

그날 밤 워싱턴 근교에서 내가 혼자 살던 작은 집에 앉아 나는 이야기를 썼다. 일곱 시 무렵에 시작했는데 자정에 끝났다. 이야기를 계속 쓰기 위해서 포르투갈 브랜디 한 잔을 마셨던 기억이 난다. 평생 처음

268

으로 나는 내가 하는 일에 완전히 몰두했다. 나는 시간을 거슬러 떠돌았고 다시 한 번 타는 듯이 더운 리비아의 사막에서 하얀 모래를 밟으며 구형 글래디에이터의 조종석에 기어올라 안전벨트를 매고 헬멧을 조정하고 모터에 시동을 걸고 이륙을 하기 위해 천천히 달렸다. 모든 것들이 아주 선명하게 되돌아오는 경험은 정말 놀라운 것이었다. 종이 위에 그것들을 쓰는 것이 전혀 어렵지 않았다. 이야기가 저절로 써지는 것 같았다. 각 페이지마다 연필을 든 손이 앞뒤로 빠르게 움직였다. 끝까지 쓰고 나서 그냥 재미 삼아 제목을 붙였다. '식은 죽 먹기'라고.

다음 날 대사관의 누군가가 그것을 타자기로 쳐 주었고 나는 포레스터 씨에게 보냈다. 그러고 난 다음에 까맣게 잊어버렸다.

정확히 2주가 지난 후에 나는 위대한 작가에게서 답장을 받았다. 내용은 이랬다.

친애하는 R. D.

완성된 글이 아니라 메모를 주기로 한 줄 알았는데요. 한 방 먹었습니다. 글이 정말 멋집니다. 재능 있는 작가의 작품이에요. 나는 한 단어도 건드리지 않았습니다. 나는 작품을 당신의 이름으로 내 대리인인 해럴드 맷슨에게 보내 〈새터데이 이브닝 포스트〉에 내 추천사와 함께 기고하라고 했어요. 〈포스트〉에서 즉각 수락했고, 원고료로 1,000달러를 지급했다는 소식을 들으면 당신도 기쁠 겁니다. 맷슨의 수수료가 10퍼센트예요. 맷슨의 900달러짜리 수표를 동봉합니다. 전부 당신 겁니다.

제가 동봉한 맷슨의 편지를 보면 아시겠지만 〈포스트〉에서 작품을 더

써 달라고 요청한다고 하네요. 당신이 더 쓰게 되길 바랍니다. 자기

가 작가라는 사실을 알고 있었는지요? 축하를 전합니다.

C. S. 포레스터

〈식은 죽 먹기〉는 이 책의 마지막에 수록되어 있다.

맙소사! 나는 생각했다. 아이고! 900달러라니! 잡지에 실을 거라고!

하지만 그렇게 쉽게 되는 걸까?

정말 기묘하게도 진짜로 그렇게 쉽게 되었다.

그다음으로 내가 쓴 이야기는 소설이었다. 내가 만들어 낸 이야기였

다. 왜인지 묻지는 말라. 그리고 맷슨 씨가 그 작품 역시 팔았다. 그다

음 두 해 동안 워싱턴이라는 외국에서 저녁 시간을 이용해 단편을 11편

썼다. 전부 미국 잡지에 팔렸고 나중에 《응답 바람》이라는 소책자로 한

데 묶여 출판되었다.

이 시기에 일찌감치 나는 어린이들을 위한 이야기도 시도해 보았다.

'그렘린'이라는 제목이었는데, 내가 알기로는 이 단어가 이때 처음 사용

되었다. 내 이야기에서 그렘린은 영국 공군의 전투기와 폭격기에 사는

작은 사람들이었고, 전투 중에 비행기가 추락하는 사고와 불타는 엔진과

총알구멍들은 전부 적군이 아니라 그렘린의 짓이었다. 그렘린들의 아내

들은 피피넬라라고 했고, 아이들은 위젯이라고 했는데, 이야기 자체가 미숙한 작가의 작품이라는 사실이 분명히 보였는데도 월트 디즈니에게 팔렸다. 그는 이 이야기로 장편 만화영화를 제작하기로 했다. 그러나 이 이야기는 먼저 디즈니의 채색 삽화와 함께 〈코스모폴리탄 매거진〉에 실렸고(1942년 12월), 그때부터 영국 공군과 미국 공군 전체에 그렘린 이야기가 빠르게 퍼져 일종의 전설이 되었다.

그렘린 덕분에 나는 워싱턴의 영국 대사관에서 3주간 휴가를 받아 잽싸게 할리우드로 갔다. 그곳에서 나는 디즈니의 비용으로 사치스러운 비벌리힐스 호텔에 묵고 번쩍거리는 대형차를 타고 돌아다녔다. 매일 위대한 디즈니와 버뱅크에 있는 그의 스튜디오에서 작업을 하며 곧 제작될 영화의 줄거리를 구상했다. 나는 신나게 즐겼다. 겨우 스물여섯 살때였다. 나는 디즈니의 거대한 사무실에서 열리는 이야기 회의에 참석했는데, 그곳에서 난무하는 온갖 말과 갖가지 제안은 일단 속기사가 받아썼다가 나중에 타자기로 옮겼다. 나는 재능 넘치고 제멋대로인 만화영화 작가들이 작업을 하는 이 방 저 방을 기웃거리며 돌아다녔다. 이미 〈백설공주〉, 〈덤보〉, 〈밤비〉를 비롯한 멋진 만화영화 여러 편을 만든 사람들이었다. 그 당시에도 디즈니는 이 정신 나간 것 같은 예술가들이 자기 작업만 제대로 해낸다면 스튜디오에 출근하는 시간이나 행동거지 같은 것은 신경 쓰지 않았다.

휴가가 끝나자 나는 워싱턴으로 돌아갔고 나머지는 그들에게 맡졌다.

내 그렘린 이야기는 디즈니의 채색된 삽화가 잔뜩 실린 아동 도서로 뉴욕과 런던에서 출판되었다. 제목은 물론 '그렘린'이었다. 이 판본은 이제 아주 드물어서 찾기가 어렵다. 나 자신에게도 겨우 한 권이 남아 있을 뿐이다. 영화도 끝내 완성되지 않았다. 내 생각에는 디즈니가 이 판타지에 대단한 확신을 가지고 있었던 것 같지 않다. 할리우드에 있는 그는 유럽의 하늘에서 벌어지는 큰 전쟁으로부터 멀리 떨어져 있었다. 게다가 그에게 그렘린은 영국 공군에 대한 이야기이지, 자기네 나라 이야기가 아니었기 때문에 더욱 갈팡질팡했다고 나는 생각한다. 결국 그는 관심을 잃었고 발상 전체가 중단되었다.

그렘린 덕분에 전시 워싱턴에서 나는 아주 놀라운 경험을 또 하게 되었다. 엘리너 루스벨트가 백악관에서 손자 손녀들에게 《그렘린》을 읽어 주다가 그 책을 매우 좋아하게 된 모양이었다. 나는 그녀와 대통령과 함께하는 저녁 식사에 초대받았다. 백악관으로 가면서 나는 흥분으로 몸이 떨렸다. 우리는 아주 멋진 시간을 보냈고, 나는 다시 초대를 받았다. 루스벨트 부인은 나에게 대통령의 별장인 하이드 파크에서 주말을 보내라며 초대하기 시작했다. 믿거나 말거나 거기에서 프랭클린 루스벨트가 휴식을 취하는 동안 나는 그와 단둘이서 많은 시간을 보냈다. 일요일 점심 식사를 하기 전에 그가 마티니를 섞을 때 그와 함께 앉아 있곤 했으며, 그는 나에게 "방금 처칠 수상에게서 흥미로운 전보를 받았는데 말이야." 같은 말을 하곤 했다. 그런 다음 그가 전보의 내용이 어떤 것이었는지, 독일을 폭격하거나 유보트를 가라앉힐 새로운 계획 같은 것을 이야기하면 나는 차분하게 담소를 나누고 있는 것처럼 보이려고 최선을 다했다. 실상 나는 세계에서 가장 강한 권력을 가진 남자가 이런 대단한 비밀을 나에게 이야기하고 있다는 사실을 깨닫고 덜덜 떨었다. 가끔 그는 나를 자기 자동차에 태우고 별장 부지를 드라이브했다. 내 기억에 구형 포드였던 것 같은데 그의 마비된 다리를 위해 특수하게 개조된 차량이라 페달이 없었다. 조작은 전부 손으로 했다. 특별 경호원들이 그를 휠체어에서 들어 올려 운전석으로 옮기고 나면 그는 손을 저어 경호원들을 물러가게 했고, 우리는 좁은 도로를 따라 무시무시한 속도로 드라이브를 하곤 했다.

어느 일요일에 하이드 파크에서 점심을 먹던 중 프랭클린 루스벨트가 했던 이야기는 모인 손님들을 떨게 만들었다. 기다란 식탁의 양쪽에는 노르웨이의 마사 공주와 내각 구성원 여러 명을 포함해서 열네 명 정도가 앉아 있었다. 우리는 걸쭉한 회색 소스를 얹은 그다지 맛이 없는 흰살 생선 요리를 먹고 있었다. 갑자기 대통령이 손가락으로 나를 가리키며 말했다. "여기에도 영국인이 있군요. 다른 영국인에 대한 이야기를 해 드리죠. 1827년에 워싱턴에 있었던 여왕의 대리인이었는데." 그가 그 사람의 이름을 말했지만 잊어버렸다. 그는 이야기를 계속했다. "여기 있는 동안에 그 사람이 죽었던 모양입니다. 어떤 이유에서

인지 영국에서는 그의 몸을 영국으로 보내 매장을 해야 한다고 주장했지요. 그 당시에 그렇게 할 수 있는 방법은 사체를 술에 절이는 것밖에 없었어요. 그래서 사체를 럼주 통에 집어넣었답니다. 통은 범선의 돛대에 묶였고, 배는 영국을 향해 떠났습니다. 바다에서 4주 정도가 지난 후 선장은 통에서 끔찍한 악취가 나는 것을 알아차렸습니다. 결국 냄새가 너무 지독해진 나머지 그들은 통을 묶은 줄을 끊어 배 밖으로 굴려 버릴 수밖에 없었어요. 그렇다면 왜 그렇게 지독한 냄새가 났을까요?" 대통령은 그 유명한 활짝 웃는 얼굴로 손님들에게 환한 미소를 보내며 물었다. "왜 그랬는지 말씀드리죠. 몇몇 선원들이 술통의 아래쪽에 구멍을 뚫고 마개를 꽂아 놓았답니다. 그러고는 밤마다 럼주를 퍼마신 겁니다. 그들이 술을 다 마셔 버리자 바로 그때부터 문제가 시작된 거죠." 프랭클린 루스벨트는 큰 소리로 웃음을 터트렸다. 식탁에 앉았던 여러 여자들의 안색이 아주 창백하게 변했고, 그들이 삶은 흰살 생선 접시를 살짝 밀어 놓는 모습이 보였다.

그 시절에 내가 썼던 작품들은 C. S. 포레스터와 작업했던 처음 작품을 제외하고는 전부 허구였다. 실제로 일어났던 일에 대해 쓰는 것은 내 흥미를 끌지 못한다. 내가 직접 경험한 일을 쓰는 것은 특히 더 재미가 없다. 그래서 이번 이야기에도 세부적인 묘사가 이렇게 많이 부족한 것이다. 아테네 파르테논의 4,500미터 상공에서 독일군 전투기와 벌였던 공중전이나 그리스 북부의 산봉우리들을 넘나들며 융커스 88 폭격기를 추격했을 때의 짜릿함 같은 것을 묘사하는 것은 쉽지만 그러고 싶지 않다. 나에게 글쓰기의 즐거움이란 이야기를 만드는 데에서 나온다.

내 평생 포레스터에게 보낸 이야기 말고 실화를 쓴 작품은 단 하나이다. 주제가 너무 매혹적이라 도저히 쓰지 않고 버틸 재간이 없었다. 그 이야기의 제목은 '밀덴홀의 보물'인데, 역시 이 책에 실려 있다.

자, 보시라. 나는 이렇게 작가가 되었다. 운이 좋아 포레스터 씨를 만나지 않았더라면 아마 일어나지 않았을 일이다.

이제 30년도 더 지났는데도 나는 여전히 열심이다. 나에게 소설을 쓸 때 가장 중요하고 어려운 것은 줄거리를 찾는 일이다. 독특하고 좋은 줄거리를 얻기란 매우 어렵다. 언제 마음속에 멋진 발상이 떠오를지 결코 모르지만, 어머나, 그런 발상이 떠오르면 양손으로 움켜쥐고 꽉 붙잡아야 한다. 중요한 점은 즉각 메모를 해 두어야지, 그러지 않으면 잊어버린다는 것이다. 좋은 줄거리는 꿈과 같다. 꿈에서 깬 즉시 종이에 적어 두지 않는다면 아마 잊어버리고 꿈은 영원히 사라져 버릴 것이다.

그래서 이야기에 대한 아이디어가 별안간 찾아오면 나는 서둘러 연필이나 크레용이나 립스틱이나 뭐든 간에 쓸 수 있는 것을 찾아 나중에 그 아이디어를 다시 떠오르게 할 단어 몇 개를 끄적인다. 한 단어로 충분할 때도 많다. 한번은 혼자 시골길에서 차를 몰고 가고 있었는데 빈 집에서 두 층 사이의 엘리베이터에 갇힌 사람 이야기라는 아이디어가 떠올랐다. 차에는 글씨를 쓸 수 있을 만한 게 아무것도 없었다. 그래서 나는 차를 멈추고 밖으로 나갔다. 차 뒷면은 먼지로 뒤덮여 있었다. 나는 한 손가락으로 먼지 위에 엘리베이터라는 단어 한 개를 썼다. 그걸로 충분했다. 집에 도착하자마자 나는 작업실로 직행해 빨간색 표지의 오래된 학교 공책에 그 아이디어를 썼다. 공책에는 간단히 '단편'이라는 표제가 붙어 있다.

나는 글쓰기를 진지하게 시작한 뒤로 죽 이 공책을 가지고 있다. 공책은 전부 98페이지다. 내가 직접 세어 보았다. 모든 페이지가 흔히 이야기 아이디어라고 불리는 것들로 빽빽하다. 쓸모없는 것도 많다. 그러나 내가 여태까지 쓴 모든 소설과 모든 아동 도서는 이 작고 너덜너덜한 빨간 표지 공책에 적힌 서너 줄짜리 메모에서 시작되었다.

환상적이고 멋진 것들을 만들어 내는 초콜릿 공장은 어떨까? 공장을 운영하는 사람은 미치광이 남자?

이것은 〈찰리와 초콜릿 공장〉이 되었다.

마을의 모든 가게들로 이어지는 지하 터널망을 가진 여우 이야기. 밤이면 가게 마룻장을 열고 올라가 마음대로 물건을 집어 간다.

〈멋진 여우 씨〉이다.

자메이카와 원주민 어부들에게 사로잡힌 거대 거북이를 본 꼬맹이 소년. 소년은 아버지에게 거북이를 사서 풀어 달라고 애원. 히스테리 상태가 됨. 아버지가 거북이를 산다. 그런 다음에는? 아마 소년이 거북이와 함께 가거나 함께하지 않았을까.

〈동물들과 이야기하는 소년〉이다.

카드를 꿰뚫어 보는 능력을 손에 넣은 남자. 카지노에서 수백만 파운드를 딴다.

이것은 〈백만장자의 눈〉이 되었다.

공책에 끄적거린 아이디어 중에는 5년이나 어쩌면 10년 동안 사용하지 않고 남아 있는 것도 있다. 그렇지만 좋은 것은 결국 언젠가는 쓰이게 마련이다. 그리고 그 이상의 것이 되지 않는다고 해도, 아동 도서 또는 단편이 궁극적으로 얼마나 가는 실로부터 엮여 나가는지 보여 준다고 생각한다. 이야기는 쓰면서 점점 더 쌓이고 확장된다. 가장 좋은 것들은 책상 앞에 앉았을 때 나온다. 그렇지만 줄거리의 도입부가 없으면 이야기를 쓰기 시작하는 것 자체가 불가능하다. 내 작은 공책이 없다면 나도 속수무책일 것이다.

7

식은 죽 먹기

내 첫 이야기-1742년

많이는 기억나지 않는다. 어쨌든 그 앞은. 그 사건이 일어나기 전까지는.

푸카(알제리 북부에 있는 도시—옮긴이)에 착륙했다. 우리가 연료를 다시 채우는 동안 폭격기 조종사들은 협조적이었고 차도 대접해 주었다. 그들이 과묵했던 것이 기억난다. 천막에 차를 가지고 들어올 때도, 앉아서 차를 마실 때도 아무 말도 하지 않았다. 차를 다 마시고 일어나서 나갈 때도 아무 말도 하지 않았다. 그 당시 상황이 그다지 좋지 않았기 때문에 그들이 저마다 자기 자신을 다잡고 있다는 것을 나는 알고 있었다. 너무 자주 출격해야 했지만 대체할 조종사들은 오지 않고 있었다.

우리는 차를 대접해 준 것에 감사하다고 말하고 글래디에이터의 연료 급유가 끝났는지 보러 밖으로 나갔다. 풍향계가 표지판이기라도 한 것처럼 뻣뻣하게 곧추설 정도로 바람이 불었던 것이 기억난다. 다리 주위로 마구 흩날리는 모래가 시끄러운 소리를 내며 천막에 부딪혔고, 천막이 바람에 펄럭거리는 모습이 꼭 캔버스 천으로 된 인간이 손뼉을 치는 것 같았다.

"폭격기 조종사들은 불행한가 봐." 피터가 말했다.

"불행하지 않아." 내가 대답했다.

"글쎄, 화가 났잖아."

"아냐, 그들은 넌더리가 난 거야. 그뿐이야. 그래도 계속 해 나갈 거야. 계속 해 나가려고 애쓰는 게 보이잖아."

우리의 낡은 글래디에이터 두 대가 모래밭에 나란히 서 있었는데 카키색 셔츠와 반바지를 입은 공군 병사들은 아직 연료를 다시 채우느라 바쁜 것 같았다. 나는 얇은 흰색 면으로 된 비행복을 입고 있었고 피터는 푸른색 비행복을 입고 있었다. 비행할 때 그보다 더 따뜻하게 입을 필요는 없었다.

피터가 말했다. "얼마나 멀어?"

"채링크로스 지나 34킬로미터." 내가 대답했다. "도로 오른쪽으로." 채링크로스는 사막의 도로가 북쪽에 있는 메르사 마트루로 갈라지는 곳이었다. 이탈리아군이 메르사 외곽에 진주해 있었는데 상당히 잘 싸우고 있었다. 내가 알기로 이탈리아 사람들이 잘 싸운 것은 그때뿐이었다. 그들의 사기는 마치 민감한 고도계처럼 오르락내리락했는데 그 당시에는 추축국(2차 대전 당시 독일, 이탈리아, 일본 — 옮긴이)의 기세가 절정이었던 터라 4만 정도는 되는 듯했다. 우리는 연료 재급유가 끝나기를 기다리며 서성거렸다.

피터가 말했다. "식은 죽 먹기야."

"그래. 쉬워야지."

우리는 헤어졌고 나는 내 조종석에 올랐다. 나는 내가 안전벨트를 매도록 도와줬던 공군 병사의 얼굴을 늘 기억하고 있었다. 그는 마흔가량된 꽤 나이가 많은 남자로 깔끔하게 정돈된 뒤통수의 금발 약간을 제외하면 대머리였다. 얼굴에는 온통 주름이 가득했고 눈은 우리 할머니의 눈과 닮았으며 마치 결코 돌아오는 법이 없는 조종사들이 안전벨트를 매는 것을 도우며 한평생을 보낸 사람처럼 보였다. 그는 날개 위에 서서 내 안전벨트를 잡아당기며 말했다. "조심하슈. 조심해서 나쁠 게 없으니까."

"식은 죽 먹기죠." 나는 대꾸했다.

"퍽이나."

"정말이라니까요. 아무것도 아니에요. 식은 죽 먹기예요."

그다음 일은 잘 기억이 나지 않는다. 기억나는 것은 나중의 일뿐이다. 아마 우리는 푸카에서 이륙해 기수를 서쪽으로 향하고 메르사 방면으로 날아갔을 것이다. 고도는 약 240미터 정도였으리라고 생각된다. 오른쪽에 바다가 보였을 터이고, 바다는 아마, 아니 확실히 새파랬고 아름다웠다. 특히 멀리 시야가 미치는 곳까지 바닷물이 모래 위로 밀려들어 길고 굵은 하얀 선을 동서로 그리는 모습이 몹시 아름다웠다. 아마 채링크로스 위를 지나 비행을 계속해 지시받은 34킬로미터 지점까지 날아갔던 것 같긴 하지만 잘 모르겠다. 내가 아는 것이라고는 문제가 있었다는 것뿐이다. 많고 많은 문제. 그리고 문제가 더 심해지자 우리가 기수를 돌려 돌아가는 길이었다는 것도 알겠다. 그중에서도 가장 큰 문제는 낙하산으로 탈출하기에는 높이가 너무 낮다는 점이었다. 바로 그 시점부터 기억이 돌아온다. 항공기 앞부분이 아래로 떨어지던 것이 기억나고 지면에서 항공기 앞부분을 내려다보던 것과 외떨어져 자라난 낙타가시나무 덤불이 보이던 것이 기억난다. 낙타가시나무 옆 모래 사이에 누운 바위들이 보이던 것, 낙타가시나무와 모래와 바위가 위로 쑥 솟아올라 나를 습격하던 것이 기억난다. 아주 또렷하게 기억하고 있다.

그다음에는 기억나지 않는 작은 공백이 있다. 어쩌면 1초였을지도, 아니면 30초였을지도 모른다. 나는 모르겠다. 아주 짧았으니 아마 1초 정도가 아니었을까 싶긴 한데 다음 순간 오른쪽에서 쾅 하는 소리가 들렸다. 우측 날개의 연료 탱크에 불이 붙었던 것이다. 그리고 좌측 날개의 탱크에도 마찬가지로 불이 나면서 쾅 소리가 났다. 나에게는 그것이 중요하지 않았다. 나는 편안하면서도 약간 나른하고 졸린 느낌에 한동안 가만히 앉아 있었다. 눈이 보이지 않았지만 그것도 중요하지 않았다. 걱정할 일은 하나도 없었다. 하나도. 다리 주위에 열기를 느끼기 전까지는 그랬다. 처음에는 따뜻한 정도라 그것도 괜찮았지만 갑자기 뜨거운 열기, 다리 전체에 모든 것을 태워 버릴 듯 따끔따끔 뜨거운 열기가 느껴졌다.

열기가 불쾌하다는 것은 알 수 있었지만 내가 알 수 있는 것은 그것뿐이었다. 마음에 들지 않았다. 그래서 나는 다리를 좌석 밑으로 웅크리고 기다렸다. 내 생각에 몸과 두뇌 사이의 통신 시스템에 뭔가 문제가 생겼었던 것 같다. 시스템이 잘 작동되지 않는 것 같았다. 어째서인지 벌어진 일에 대한 모든 정보를 뇌에 전달하고 지시를 요구하는 속도가 좀 느렸다. 그렇지만 결국 "여기 아래쪽은 너무 뜨거워. 어떻게 해야하지? (서명) 왼쪽 다리와 오른쪽 다리"라는 메시지가 전달되었던 것 같다. 한동안 대답이 없었다. 뇌가 사태를 파악하고 있었다.

그러더니 천천히 전선을 통해 한마디씩 회신이 타전되었다. "비행기가-불타고-있다. 탈출하라-반복한다-탈출하라-탈출하라." 명령이 다리와 팔과 몸의 모든 근육으로, 시스템 전체로 전달되었다. 근육이 작동에 들어갔다. 근육은 최선을 다했다. 약간 밀어도 보고 약간 당겨도 보고 안간힘을 다해 봤지만 소용이 없었다. 위로 다시 전문이 올라갔다. "나갈 수 없어. 뭔가 우리를 잡아매고 있어." 이 전문에 대한 회신이 도착하기까지는 더 오랜 시간이 걸려서 나는 그저 기다리며 앉아 있는 수밖에 없었다. 그러는 사이 열기가 더욱 심해졌다. 나를 잡아매고 있는 것의 정체를 파악하는 일은 뇌에 달려 있었다. 거인의 손이 내 어깨를 누르고 있는 것은 아닐까? 아니면 무거운 돌일까? 아니면 집일까? 아니면 증기 롤러일까? 아니면 서류 캐비닛일까? 아니면 중력일까? 아니면 줄일까? 잠깐만. 줄-줄이라. 메시지가 들어오기 시작했다. 메시지는 아주 천천히 왔다. "안전벨트. 안전벨트를-풀어라." 내 팔이 메시지를 받고 작동에 들어갔다. 양팔이 안전벨트를 당겼지만 풀리지 않았다. 팔은 미약하긴 하지만 제 나름대로 최선을 다해 몇 번이고 되풀이해서 안전벨트를 당겼지만 소용이 없었다. 메시지가 돌아갔다. "안전벨트는 어떻게 푸는 거야?"

이번에는 회신이 돌아오길 기다리면서 삼사 분은 앉아 있었던 것 같다. 서두르거나 조바심을 내 봤자 아무런 소용이 없었다. 그것만은 확신할 수 있었다. 그렇지만 기다리는 시간이 얼마나 길었던지. 나는 소리를 내어 말했다. "제기랄. 타 죽을 지경이라고. 내가……" 그런데 내 말이 중간에 가로막혔다. 회신이 오고 있었다—아니 그렇지 않은 듯—맞았다. 회신이 서서히 도착하고 있었다. "신속—분리—핀을—떼어 내—멍청아—서둘러."

핀이 떨어지자 안전벨트가 풀렸다. 이제 탈출하자. 탈출하자. 탈출하자. 그러나 할 수가 없었다. 조종석에서 몸을 들어 올릴 수 없었다. 양팔과 다리들은 제 나름대로 최선을 다했지만 소용이 없었다. 절망적인 마지막 메시지가 "긴급 상황"이라는 딱지를 달고 급히 위로 올라갔다. 메시지의 내용은 이랬다.

"아래에 우리를 잡아매고 있는 것이 또 있어. 다른 것. 다른 것. 다른 무거운 것."

팔과 다리는 이제 사투를 벌이고 있지 않았다. 힘을 다해 봤자 소용이 없다는 것을 본능적으로 아는 것 같았다. 팔과 다리는 가만히 멈춰

회신이 오길 기다렸다. 아, 정말 얼마나 시간이 걸리던지. 20초, 30초, 40초가 뜨겁게 지났다. 아직 진짜 최고조에 달하진 않았다. 살이 지글지글 익거나 고기 타는 냄새가 나지는 않았으니까. 그렇지만 언제라도 닥칠 수 있었다. 글래디에이터는 구형이라 허리케인이나 스핏처럼 가압 강철로 만들어진 게 아니기 때문이다. 글래디에이터의 캔버스 천으로 된 팽팽한 날개의 표면은 놀라울 정도로 불이 잘 붙는 약품으로 처리되어 있으며 그 밑으로 수백 개에 달하는 작고 가느다란 막대기들이 있다. 이 막대기들은 나뭇더미 아래에 불쏘시개로 넣는 것과 같은 종류인데 불쏘시개와 차이가 있다면 더 건조하고 더 가늘다는 것뿐이다. 만약 한 현자가 "세상에서 가장 잘, 그리고 가장 빨리 탈 커다란 물건을 만들겠다"라고 말하고 임무에 매진한다면 아마 글래디에이터와 거의 비슷한 물건을 만들어 내지 않을까. 나는 가만히 앉아서 기다렸다.

갑자기 답이 왔다. 간결해서 좋으면서도 동시에 모든 것이 설명되는 답이었다. "낙하산이–문제–버클을–돌려."

나는 버클을 돌려 낙하산의 안전멜빵을 풀고 조금 힘들게 몸을 일으켜 조종석의 한쪽 옆을 넘어 굴러떨어졌다. 뭔가 타고 있는 것 같았다. 그래서 나는 모래 위를 두르르 구른 다음 화재를 피해 네발로 기어가 쓰러졌다.

불 속에서 기관총 탄약이 일부 발사되는 소리가 들렸고 몇몇 총알이 내 근처의 모래에 박히는 소리가 들렸다. 그러나 걱정은 되지 않았다.

그저 소리를 듣고 있을 뿐이었다.

아픔이 느껴지기 시작했다. 얼굴이 제일 아팠다. 얼굴이 뭔가 잘못된 것 같았다. 무슨 일인가 생겼다. 나는 천천히 손을 올려 얼굴을 더듬었다. 끈적끈적했다. 코가 제자리에 붙어 있지 않은 것 같았다. 이를 더듬어 보려고 애썼지만 어떤 결론을 내렸는지는 기억이 나지 않는다. 아마 깜빡 잠이 들었던 것 같다.

갑자기 피터가 나타났다. 그의 목소리가 들렸고 미친 사람처럼 날뛰며 고함을 지르는 소리와 내 손을 흔들며 말하는 소리가 들렸다. "맙소사, 네가 아직도 안에 있는 줄 알았어. 난 800미터쯤 떨어진 곳에 내려서 미친 듯이 뛰어왔다고. 괜찮아?"

내가 말했다. "피터, 내 코가 어떻게 된 거야?"

그가 어둠 속에서 성냥을 긋는 소리가 들렸다. 사막에는 밤이 빨리 온다. 잠시 침묵이 흘렀다.

"사실 코가 별로 남아 있지 않은 것 같은데." 그가 말했다. "아프냐?"

"빌어먹을 멍청이처럼 굴지 마. 당연히 아프지."

그는 자기 비행기로 돌아가서 비상 상황에 대비한 꾸러미에서 모르핀을 가져오겠다고 했지만 금세 다시 나타나 너무 깜깜해서 비행기를 찾을 수가 없었다고 말했다.

"피터, 아무것도 안 보여." 내가 말했다.

"밤이라 그래." 그가 대답했다. "나도 안 보여."

이제 추웠다. 몸서리칠 정도로 추워서 피터는 우리 둘 다 조금이라도 온기를 유지할 수 있도록 내 옆에 바싹 붙어 누웠다.

이따금 그는 이렇게 말하곤 했다. "코가 없는 사람은 한 번도 본 적이 없는데." 나는 계속해서 피를 많이 토했고 그럴 때마다 피터가 성냥을 켰다. 한번은 그가 담배를 주었지만 피에 젖어 버렸고 어쨌든 피우고 싶지도 않았다.

거기서 얼마나 오래 버텼는지 모르겠다. 더 기억나는 것은 아주 조금밖에 없다. 피터에게 내 주머니에 인후염 약이 든 깡통이 있으니 한 알 먹어야 한다고, 그렇지 않으면 내 인후염이 옮을 것이라고 계속 말했던 기억이 난다. 우리가 있는 곳이 어디인지 내가 묻자 피터가 이렇게 대답했던 것도 기억난다. "우리는 두 진영 사이에 있어." 영국 순찰대가 우리에게 영어로 이탈리아 인인지 묻는 목소리를 들었던 기억이 난다. 피터가 그들에게 뭐라고 말했다. 그가 했던 말은 기억나지 않는다.

그 이후에는 뜨겁고 걸쭉한 스프와, 스프를 한 숟가락 가득 먹고 구역질이 났던 것이 기억난다. 그러는 동안 내내 피터가 근처에 있다는 유쾌한 느낌, 멋진 피터가 멋진 일들을 하면서 결코 내 곁을 떠나지 않을 거라는 느낌이 들었다. 내가 기억하는 건 그게 전부이다.

남자들이 항공기 옆에 서서 페인트를 칠하며 열기에 관한 이야기를 나눴다.

"비행기에 그림을 그리네." 내가 말했다.

"그래." 피터가 대꾸했다. "정말 멋진 생각이야. 치밀해."

"왜? 나는 모르겠는데?"

"웃긴 그림이잖아. 저 그림들을 보면 독일 조종사 놈들도 모두 웃음을 터뜨리고 말 거야. 너무 웃느라 몸이 떨려서 똑바로 조준을 할 수 없을걸."

"으아, 헛소리 헛소리 헛소리."

"아냐, 굉장한 생각이라니까. 멋져. 가서 자세히 보자."

우리는 늘어선 항공기를 향해 뛰어갔다. "껑충, 펄쩍, 뛰어." 피터가 말했다. "박자에 맞추어 껑충, 펄쩍, 뛰어."

"껑충, 펄쩍, 뛰어." 나도 말했다. "껑충, 펄쩍, 뛰어." 그리고 우리는 계속 춤을 췄다.

첫 번째 항공기에 그림을 그리던 사람은 밀짚모자를 쓰고 슬픈 얼굴을 하고 있었다. 그는 잡지에서 그림을 베끼고 있었는데 피터가 그것을 보더니 말했다. "이거야 원 맙소사, 저 그림 좀 봐." 그는 웃음을 터뜨렸다. 우렁차게 시작한 웃음은 곧 배꼽을 쥐는 박장대소로 발전했고 그는 양손으로 두 허벅지를 동시에 두드리며 입을 크게 벌리고 눈을 감은 채 포복절도했다. 그의 실크해트가 머리에서 모래 위로 굴러떨어졌다.

"웃기지 않아." 내가 말했다.

"웃기지 않는다고!" 그가 소리쳤다. "'웃기지 않는다'는 게 무슨 뜻이야? 날 봐. 내가 웃는 걸 보라고. 이렇게 웃는 상태로는 아무것도 맞힐 수 없어. 건초를 실은 마차나 집이나 이 한 마리도 제대로 맞힐 수 없을 걸." 그는 웃느라 온몸을 떨면서 크하하하 소리를 내며 모래 위를 신나게 뛰어다녔다. 그러더니 그가 내 팔을 잡았고 우리는 춤을 추듯 움직이며 다음 항공기로 갔다. "껑충, 펄쩍, 뛰어." 그가 말했다. "껑충, 펄쩍, 뛰어."

그곳에서는 주름으로 얼굴이 온통 쭈글쭈글한 키 작은 남자가 항공기 동체에 붉은 크레용으로 긴 이야기를 쓰고 있었다. 밀짚모자가 뒤통수 바로 위에 자리를 잡았고 그의 얼굴은 땀으로 번들거렸다.

"안녕하세요." 그가 말했다. "안녕하세요. 안녕하세요." 그는 매우 우아하게 모자를 쓸어 머리에서 떨어뜨렸다. 피터는 내내 웃느라 캑캑거리며 시끄럽게 굴고 있었는데, 항공기에 쓰여진 글을 읽으면서 그는 새로이 웃음을 터뜨리기 시작했다. 그는 좌우로 몸을 흔들며 모래 위에서 춤을 추면서 양손으로 허벅지를 두드리고 몸을 꺾었다. "맙소사, 무슨 이야기가 이래. 무슨 이야기가. 무슨 이야기가. 날 봐. 내가 웃는 걸 좀 보라고." 그는 미친 사람처럼 껄껄 웃고 머리를 흔들면서 활기차게 펄쩍펄쩍 뛰었다. 갑자기 농담이 눈에 들어온 나도 그와 함께 웃기 시작했다. 얼마나 웃었던지 위가 아플 지경이었는데 모래 위에 쓰러져서 굴러다니며 폭소하고 또 폭소했다. 너무 웃겨서 도리가 없었다.

"피터, 너 정말 끝내주는구나." 내가 고함쳤다. "그렇지만 독일 조종사들이 다 영어를 읽을 수 있나?"

"오, 맙소사." 그가 말했다. "오, 맙소사. 멈춰요." 그가 소리를 질렀다. "작업하던 거 멈춰요." 그러자 페인트를 칠하던 사람들이 전부 하던 일을 멈췄고 천천히 몸을 돌려 피터를 응시했다. 그들은 활기차게 콩콩 뛰면서 외치기 시작했다. "모든 날개에, 모든 날개에, 모든 날개에, 쓰레기 같은 것들을." 그들은 외쳤다.

"닥쳐." 피터가 말했다. "큰일났다. 조용히 해야 한다고. 내 실크해트는 어디에 있지?"

"뭐?" 내가 물었다.

"넌 독일어를 할 수 있잖아." 그가 말했다. "네가 번역을 해야 해. 이 사람이 번역을 해 줄 거요." 그는 페인트공들에게 소리쳤다. "이 사람이 번역할 겁니다."

그때 그의 검은 실크해트가 모래밭에 놓여 있는 게 보였다. 나는 눈길을 돌렸고 사방을 둘러보다가 다시 모자를 보았다. 그것은 접을 수 있는 실크해트로 모래밭에 옆으로 자빠져 있었다.

"너는 미쳤어." 내가 소리쳤다. "너는 아주 제대로 미쳤어. 네가 무슨 짓을 하고 있는지 알긴 하냐? 네가 우리 모두를 죽게 할 거야. 너는 완전히 제대로 미쳤다고. 알아? 넌 진짜 미쳤어. 맙소사, 넌 미쳤다고."

"세상에, 왜 그렇게 큰 소리를 내세요. 그렇게 소리 지르면 안 돼요. 몸에 안 좋다고요." 이것은 여자의 목소리였다. "열이 잔뜩 났네요." 그녀는 말했다. 누군가가 내 이마를 손수건으로 닦아 주는 느낌이 들었다. "그렇게 흥분하면 안 된답니다."

그러더니 그녀가 사라지고 하늘만 보였다. 연푸른색이었다. 구름 한 점 없는 하늘에 독일 전투기가 가득했다. 위에, 아래에, 사방에 그들이 있어서 내가 갈 수 있는 길이 없었다. 할 수 있는 일이 없었다. 그들은 차례로 공격을 했는데 비스듬히 날기도 하고 고리 모양으로 움직이는가 하면 공중에서 춤을 추는 등 비행기를 매우 조심성 없이 몰았다. 그러나 내 날개에 그려진 웃긴 그림 덕분에 나는 공포에 사로잡히지 않을 수 있었다. 나는 자신이 있었고 이런 생각을 했다. "나 혼자서 100대랑 싸워서 다 격추시켜야지. 저놈들이 웃음을 터뜨리는 동안 내가 쏠 거야. 그렇게 할 거야."

그때 그들이 가까이 날아왔다. 하늘 전체가 그들로 덮였다. 얼마나 많았던지 어떤 것을 지켜보고 어떤 것을 공격해야 할지 알 수 없었다. 하늘에 검은 장막이 생겼고 푸른색은 어쩌다 드문드문 보일 뿐이었다. 그러나 네덜란드 인의 바지를 기울 수 있을 정도로는 보였고(하늘에 네덜란드 인의 바지를 기울 수 있을 정도의 푸른 기운만 있으면 오늘은 비가 오지 않을 것이라는 속담에서 인용─옮긴이) 그것으로 충분했다. 그 정도만 있으면 괜찮았다.

그들은 계속 가까워졌다. 가까이, 점점 더 가까이 왔고 내 얼굴 바로 앞까지 온 나머지, 푸른 하늘빛과 메서슈미트(2차 대전 중 독일 공군에서 널

292

리 사용된 전투기 – 옮긴이)의 동체 색에 대비되어 선명하게 두드러지는 검은 십자가들밖에 보이지 않았다. 재빨리 고개를 돌리자 더 많은 전투기와 더 많은 검은 십자가들이 보였고 이제 십자가의 날개와 하늘의 푸른 빛밖에 보이지 않았다. 십자가의 날개마다 팔이 달려 있었는데 그것들이 한데 모여 원을 이루어 내 글래디에이터 사방에서 춤을 추었다. 그러는 동안 메서슈미트의 엔진은 낮은 소리로 기쁘게 노래했다. 그들은 오렌지레몬놀이(두 아이가 손을 맞잡아 만든 문 아래로 아이들이 노래를 부르며 지나가는 놀이 – 옮긴이)를 하고 있었다. 이따금 둘씩 떨어져 나와 무대 한가운데에서 공격을 했기에 그들이 오렌지레몬놀이를 한다는 것을 알 수 있었다. 그들은 비스듬히 날다가 방향을 홱 트는가 하면 활발하게 춤을 추었고, 동체를 이쪽으로 기울였다가 다음 순간 다른 쪽으로 기울였다. "성 클레멘트의 종이 울리네, 오렌지와 레몬." 엔진이 노래했다.

그러나 나는 여전히 자신이 있었다. 그들보다 내가 춤을 더 잘 출 수 있었고 내 파트너가 더 나았다. 세상에서 가장 아름다운 아가씨였다. 나는 고개를 숙여 곡선을 그리는 그녀의 목과 부드럽게 경사진 날씬한 어깨와 갈망에 차서 한껏 뻗은 호리호리한 팔을 보았다.

갑자기 오른쪽 날개에 생긴 총알구멍 몇 개가 눈에 들어왔다. 나는 화가 나는 동시에 무서워졌다. 그러나 분노가 주였다. 그러자 자신감이 회복되어 나는 말했다. "저런 짓을 저지른 독일 놈은 유머 감각이라고는 없군. 무리에 늘 유머 감각 없는 놈이 한 명쯤 끼어 있게 마련이지.

하지만 걱정할 건 없어. 하나도 걱정할 거 없지."

그때 더 많은 총알구멍이 눈에 들어왔고 나는 겁에 질렸다. 나는 조종석의 덮개를 밀어 열고 일어나 소리쳤다. "이 바보 같은 놈들아, 이 웃긴 그림을 보라고. 내 꼬리에 있는 그림을 봐. 비행기 동체에 있는 이야기를 보라고. 동체에 있는 이야기를 제발 좀 봐."

그러나 그들은 계속 다가왔다. 그들은 다가오면서 둘씩 짝을 지어 무대 한가운데로 나와 나를 겨냥하고 쏘았다. 메서슈미트 전투기들의 엔진이 큰 소리로 노래했다. "올드 베일리 교회의 종이 울리네, 언제 갚을 것인가?" 엔진이 노래를 하자 검은 십자가들이 춤을 추었고 음악의 리듬에 맞춰 몸을 흔들었다. 내 날개에, 엔진 덮개에, 조종석에 구멍이 더 많이 생겼다.

그러더니 갑자기 내 몸에도 구멍이 몇 개 생겼다.

하지만 아픔은 없었다. 급강하하기 시작하고, 내 비행기의 날개가 펄럭 펄럭 펄럭 빠르게, 더 빠르게 뒤집어지고, 푸른 하늘과 검은 바다가 빙글빙글 돌고 돌며 서로를 뒤쫓다가 하늘도 바다도 없어지고 내 몸이 뒤집힐 때마다 번쩍거리는 햇빛만 남을 때까지 죽 그랬다. 그러나 검은 십자가가 나를 따라 내려와 계속 손을 잡고 춤을 추었고 엔진이 노래하는 소리가 계속 들렸다. "여기 너를 침대로 인도해 줄 촛불이 오네, 여기 네 목을 칠 큰 칼이 오네." 엔진이 노래했다.

계속 날개가 펄럭 펄럭 펄럭 펄럭 뒤집혔고 내 주변에는 하늘도 바다도 없이 햇빛뿐이었다.

그러더니 오직 바다만 있었다. 아래에 바다가 보였고 흰 파도가 보여서 나는 생각했다. "백마들이 거친 바다를 달리네."(백마를 뜻하는 white horse의 복수형 white horses는 흰 파도라는 뜻 – 옮긴이) 그때 나는 백마와 바다 덕분에 내 뇌가 잘 움직이고 있다는 사실을 알 수 있었다. 바다와 백마가 가까워지고 있으니, 백마가 커져 가고 있으니, 바다가 매끄럽고 잔잔한 곳이 아니라 정말 바다 같고 물처럼 보이니 남은 시간이 별로 없다는 것을 알 수 있었다. 그러다 마지막 남은 백마가 재갈을 잇새에 물고 입에 거품을 물고 발굽으로 물보라를 흩날리고 목을 구부리면서 미친 듯이 앞으로 달려왔다. 백마는 태운 사람도 없이 제어할 길이 없는 상태로 바다 위를 미친 듯이 달려왔고 우리는 충돌할 것이 분명했다.

그 후에는 따뜻해졌고 검은 십자가도 하늘도 보이지 않았다. 뜨겁지도 춥지도 않고 그저 따뜻할 뿐이었다. 나는 벨벳으로 만든 붉고 커다란 의자에 앉아 있었는데 때는 저녁이었다. 뒤에서 바람이 불었다.

"여기가 어딥니까?" 내가 물었다.

"넌 실종됐어. 넌 실종됐어. 죽었다고 여겨지지."

"그렇다면 어머니께 이야기를 해야 해요."

"할 수 없어. 그 전화는 쓸 수 없어."

"왜 안 됩니까?"

"하느님께만 연결되니까."

"내가 어떤 상태라고 하셨죠?"

"실종. 전사로 추정 중."

"사실이 아니에요. 거짓입니다. 형편없는 거짓말이에요. 여기 제가 있으니 실종이 아니잖아요. 저한테 겁을 주려는 모양인데 그렇겐 안 될 겁니다. 분명히 말하지만 그렇겐 안 되고말고요. 거짓말이라는 걸 알았으니 부대로 돌아가겠습니다. 절 막을 순 없어요. 그냥 갈 거니까요. 갑니다. 보셨죠? 저 갑니다."

나는 붉은 의자에서 일어나 뛰기 시작했다.

"그 엑스레이 사진 좀 다시 보여 줘요, 간호사."

"여기 있어요, 선생님." 다시 여자의 목소리가 들렸다. 이번에는 더 가까웠다. "오늘 밤엔 좀 시끄러우시네요, 그렇죠? 베개를 바로 해 드릴게요. 계속 바닥으로 밀어내시네요." 목소리는 가까웠고 아주 부드러운 데다 친절했다.

"제가 실종되었습니까?"

"아니요, 당연히 아니죠. 괜찮으신데요."

"제가 실종되었다고들 하던데요."

"바보 같은 소리 마세요. 괜찮으세요."

오, 모두가 바보, 바보, 바보지만 날씨가 정말 좋았고 나는 달리고 싶지 않았지만 멈출 수 없었다. 나는 풀밭을 가로지르며 달렸고 멈출 수가 없었다. 내 두 다리가 나를 움직였고 나는 다리를 제어할 수 없었다.

다리가 내 것이 아닌 것 같았다. 내려다보면 내 다리라는 것이, 발에 신고 있는 게 내 신발이라는 것이, 다리가 내 몸에 붙어 있는 것이 보였는데도 말이다. 다리는 내가 원하는 대로 하지 않았다. 그저 들판을 가로질러 계속해서 달렸기 때문에 나는 다리와 함께 가는 수밖에 없었다. 나는 뛰고 뛰고 뛰었다. 들판이 가끔 거칠고 울퉁불퉁해지는 곳이 있었지만 발을 헛디디는 법이 없었다. 나는 나무들과 생울타리들을 지났고 어느 벌판에서는 내가 지나쳐 달려가자 양들이 먹던 것을 멈추고 들입다 달아났다. 한번은 옅은 회색 옷을 입은 어머니가 허리를 구부려 버섯을 따는 것이 보였다. 내가 달려서 지나치자 어머니가 고개를 들고 말씀하셨다. "바구니가 거의 다 찼구나. 곧 집에 갈까?" 그러나 내 다리는 멈추지 않았고 나는 계속 달려야 했다.

그러다 절벽이 앞에 보였고, 절벽 너머가 얼마나 깜깜한지도 보였다. 거대한 절벽이 있었고 그 너머에는 아무것도 없이 그저 깜깜한 어둠뿐이었다. 달리던 들판에 해가 쨍쨍 내리쬐고 있었는데도. 햇빛은 절벽 끄트머리에서 딱 멈췄고 그 너머는 어둡기만 했다. "밤이 시작되는 곳인가봐." 나는 생각했다. 다시 한번 멈추려고 해 봤지만 쓸데없는 짓이었다. 다리는 절벽을 향해 더 빠르게 달리기 시작했고 보폭이 더 넓어졌다. 나는 아래로 손을 뻗어 바지 천을 움켜잡아 다리를 멈추려고 했지만 소용이 없었다. 그래서 나는 넘어지려고 했다. 그러나 다리는 민첩했고 넘어지려고 몸을 던질 때마다 발끝으로 착지해서 달리기를 계속했다.

이제 절벽과 어둠이 훨씬 가까워졌고 빨리 멈추지 않으면 절벽 끄트머리를 넘어가게 되리라는 것을 알 수 있었다. 다시 한번 나는 땅에 몸을 던졌지만 또다시 발가락으로 착지해서 계속 달렸다.

빠른 속도로 가장자리를 향해 달려간 나는 그대로 절벽을 넘어 어둠 속으로 뛰어들었고 떨어지기 시작했다.

처음에는 깜깜하기만 한 것은 아니었다. 절벽 면에 자라는 작은 나무들이 보였다. 나는 아래로 떨어지면서 나무들을 움켜잡았다. 여러 번이나 가지를 잡을 수 있었지만 내 몸무게와 떨어지는 속도 때문에 잡는 즉시 부러졌다. 한번은 양손으로 두꺼운 가지를 잡았지만 나무가 앞으로 기울어지더니 뿌리가 하나씩 꺾이는 소리가 들렸다. 나무는 절벽에서 뽑혀 나왔고 나는 계속 떨어졌다. 그러면서 점점 어두워졌다. 해와 낮이 저 멀리 절벽 꼭대기에 있는 들판에 있었기 때문이었다. 떨어지면서 나는 눈을 크게 뜨고 주위의 어둠이 회색을 띤 검은색에서 검은색으로, 검은색에서 칠흑 같은 어둠으로, 칠흑 같은 어둠에서 내가 손으로 느낄 수는 있지만 볼 수는 없는 순수한 액체 같은 검정으로 변하는 것을 지켜보았다. 그러나 나는 계속 떨어지고 있었다. 너무나 깜깜한 나머지 어디에도 아무것도 없었다. 너무 깜깜하고 계속 추락하고 있었기 때문에 어떤 것을 하거나 걱정하거나 생각하는 게 아무 소용이 없었다. 아무런 소용이 없었다.

"오늘 아침에는 좋아지셨네요. 훨씬 좋아지셨어요." 다시 여자의 목소리가 들렸다.

"안녕하세요."

"안녕하세요. 다시는 못 깨어나시는 게 아닌가 했어요."

"여기가 어딥니까?"

"알렉산드리아요. 병원에 있어요."

"제가 여기에 얼마나 있었죠?"

"나흘이요."

"지금이 몇 시예요?"

"아침 일곱 시요."

"왜 제 눈이 안 보이죠?"

그녀가 좀 더 다가오는 소리가 들렸다.

"아, 저희가 잠시 눈에 붕대를 둘러 두었거든요."

"얼마나 하고 있어야 합니까?"

"그저 잠시예요. 걱정 마세요. 괜찮으세요. 아시겠지만 굉장히 운이 좋으셨어요."

나는 손가락으로 얼굴을 더듬었지만 만져지지 않았다. 그저 뭔가 다른 것만 느껴졌다.

"얼굴이 잘못되었나요?"

그녀가 내 침대 옆으로 다가오는 소리가 들렸다. 그녀의 손이 내 어깨를 건드리는 것이 느껴졌다.

"더 이상 말씀을 하시면 안 돼요. 아직 말을 해도 된다는 허락이 떨어지지 않았는걸요. 몸에 안 좋아요. 그냥 가만히 누워 계시고 걱정하지 마세요. 괜찮으시니까요."

그녀가 바닥을 가로질러 걸어가는 발소리가 들렸다. 그리고 문을 열었다가 다시 닫는 소리가 들렸다.

"간호사." 내가 말했다. "간호사."

그러나 그녀는 사라지고 없었다.